Dieses Buch gehört:

Foto: © cbj, München

Enid Blyton, 1897 in London geboren, begann im Alter von 14 Jahren, Gedichte zu schreiben. Bis zu ihrem Tod im Jahre 1968 verfasste sie über 700 Bücher und mehr als 10 000 Kurzgeschichten. Bis heute gehört Enid Blyton zu den meistgelesenen Kinderbuchautoren der Welt. Ihre Bücher wurden in über 40 Sprachen übersetzt.

Von Enid Blyton ist bei cbj folgende Serie erschienen:

»Fünf Freunde« (70 Bände)

Enid Blyton™

Fünf Freunde

3 Abenteuer in einem Band

Illustriert von
Bernhard Förth

cbj

cbj
Kinder- und Jugendbuchverlag
in der Verlagsgruppe Random House

MIX
Papier aus verantwortungsvollen Quellen
FSC® C014496
FSC
www.fsc.org

Verlagsgruppe Random House FSC® N001967
Das für dieses Buch verwendete FSC®-zertifizierte Papier
Holmen Book Cream liefert Holmen Paper, Hallstavik, Schweden.

1. Auflage 2015

Als Einzelbände erstmals erschienen 2010/2012 unter den Titeln:
»Fünf Freunde und der Spuk um Mitternacht«,
»Fünf Freunde suchen den Piratenschatz« und
»Fünf Freunde im Orient-Express«.
Die Geschichten wurden von Sarah Bosse geschrieben.
Enid Blytons Unterschrift und »Fünf Freunde«
sind eingetragene Warenzeichen von Hodder and Stoughton Ltd.

Lektorat: Andreas Rode
Umschlagbild: Silvia Christoph
Innenillustrationen: Bernhard Förth
Umschlaggestaltung: Atelier Langenfass, Ismaning
jk · Herstellung: AJ
Satz: Uhl + Massopust, Aalen
Druck: GGP Media GmbH, Pößneck
ISBN 978-3-570-17093-9
Printed in Germany

www.cbj-verlag.de

Inhalt

Fünf Freunde
und der Spuk
um Mitternacht

Gespenstische Nacht

Anne zog ihre Wollstola enger um die Schultern und starrte in die Flammen des Lagerfeuers. Immer wieder tanzten Funken in den schwarzen Nachthimmel und verglühten. Um sie herum unterhielt man sich mit gedämpften Stimmen und auf der anderen Seite des Feuers spielte jemand auf einer Gitarre. Einige sangen mit.

Anne, ihre Brüder Julius und Richard sowie ihre Cousine Georg waren an diesem Abend auf die Gemeindewiese gekommen. Die Ortsverwaltung bot in diesem Jahr zum ersten Mal während der Ferien eine Veranstaltungsreihe für Kinder und Jugendliche an. Heute stand das gemeinsame Lagerfeuer auf dem Programm, zu dem sich über ein Dutzend Teilnehmer eingefunden hatten.

Natürlich war auch der Hund Tim mit von der Partie. Manchmal verschwand er in der Dunkelheit, um nach Mäusen zu schnüffeln, und Georg, die eigentlich Georgina hieß, aber lieber einen Jungennamen trug und auch wie einer auftrat, warf ihm einen aufmerksamen Blick hinterher. Doch eigentlich hatte sie keine Sorge, dass er nicht zurückkommen würde. Schließlich war er ein wirklich treuer Gefährte.

Die Teilnehmer saßen auf Strohballen rund um das große Feuer.

Anne, die angefangen hatte zu frösteln, hatte ihren Strohballen ein wenig weiter zum Feuer gezogen. Doch nun glühte ihr Gesicht geradezu: Von vorn war es ihr zu warm, während ihr Rücken nach wie vor kalt war.

Irgendwie war es ihr unheimlich. Zwar war sie nun wahrlich nicht allein hier, doch der helle Feuerschein ließ die Dunkelheit um sie herum noch schwärzer erscheinen und die von den hellen Flammen geblendeten Augen konnten sich nur schwer auf die Finsternis einstellen.

Plötzlich zuckte Anne zusammen. Aus der Dunkelheit war jemand auf sie zugesprungen und bohrte nun seine spitzen Finger in ihre Schultern. »Uah!«, brüllte ihr die Spukgestalt ins Ohr.

Anne schrie auf.

Aber es war nur Georg. »Was meinst du, gehen wir rüber zu den Jungs?«, rief sie lachend.

»Mensch, musst du dich so anschleichen?«,

maulte Anne. Aber dann musste auch sie lachen. Der Spaß war Georg gelungen. »Du hast mir vielleicht einen Schreck eingejagt.«

»Das hab ich gemerkt.« Georg grinste übers ganze Gesicht, das im Feuerschein rotorange schimmerte und auf das die flackernden Flammen gruselige Schatten malten.

»Du siehst auch aus wie ein Gespenst«, stellte Anne fest. »Aber gut, lass uns zu den Jungs rübergehen. Mir wird langsam kalt, ich muss mich bewegen.«

Richard und Julius saßen in einem kleinen Grüppchen mit dem Gitarrenspieler zusammen und schmetterten Pfadfinderlieder. Einige klatschten und wiegten ihre Oberkörper im Takt hin und her. Der Gitarrenspieler hieß Marius und war ein bisschen älter als die Freunde.

Tim lief unruhig hin und her. Ihm war der Gesang offenbar zu schräg!

Anne stimmte in den Gesang mit ein. Einige der Lieder kannte sie aus der Schule. Sie sang gern und beim Klatschen wurden ihr die Hände warm.

Plötzlich rief jemand: »Da kommt der Teig. Holt eure Stöcke!«

Sofort verstummte der Gesang, und die Jugendlichen stürzten sich auf die große Schüssel mit Teig, um etwas davon um einen Stock zu wickeln und diesen über die Flammen zu halten. Alle hatten Hunger und freuten sich auf die Stockbrote.

Doch an sein Essen zu kommen, war mitunter gar nicht so leicht. Einige von den jüngeren Kindern hielten ihre Teigstücke zu nah über die Flammen, sodass das Brot verbrannte und sie von Neuem anfangen mussten. Da war Geduld gefragt!

»Mmm!«, machte Richard, als er endlich ein knuspriges Stück von seinem dampfenden Brot brechen konnte. Der Duft stieg ihm in die Nase. »Das wurde aber auch Zeit, ich hab solchen Hunger.«

»Dann sieh nur zu, dass du dir nicht den Mund verbrennst«, mahnte Anne vorsorglich. »Gierig, wie du bist.«

Aber zu spät. Richard hatte sich das Stück bereits zwischen die Zähne geschoben und keuchte nun mit offenem Mund, um etwas kühlere Luft in den Mund zu kriegen.

Anne verdrehte die Augen. »Typisch Richard.«

Zum Glück standen überall kleine Wasserflaschen herum. Rasch reichte sie ihm eine. »Hier, das hilft.«

Schnell griff Richard danach und trank gierig. »Danke, das war die Rettung.«

»Und, wie gefällt euch der Abend bisher?«, fragte Georg mit vollem Mund.

»Toll!«, rief Julius. »Es war eine gute Idee, an diesem Ferienprogramm teilzunehmen. Es ist ja nicht so, als wüssten wir mit uns und unserer Zeit nichts anzufangen, aber es ist auch schön, mal etwas mit anderen zusammen zu unternehmen.«

»Ein bisschen gruselig finde ich es hier«, gab Anne zu und zog die Stola eng vor der Brust zusammen. »Es ist, als ob … Ich weiß gar nicht, wie ich es beschreiben soll … Es liegt so ein Knistern in der Luft, als würde noch etwas passieren.«

Georg rieb sich die Hände. »Na, genau das ist doch das Richtige für uns. Lagerfeuerromantik und Abenteuer. Aber wart ab, es geht ja noch weiter.«

Anne seufzte. »Ja, die mitternächtliche Führung durch unsere Gemeinde.«

Julius hielt sich kichernd die Hand vor den Mund. »Wenn die wüssten, wie oft wir hier schon auf eigene Faust nachts unterwegs waren.«

»Ja, aber im Programmheft stand, dass wir bei der Führung viele interessante Dinge zu hören kriegen«, erinnerte Richard und pustete sorgfältig auf sein nächstes Brotstückchen, bevor er es sich in den Mund schob.

Georg überlegte. »Stand dort nicht sogar *unglaubliche Dinge*? Da bin ich aber mal gespannt.«

Nach einer Weile hatten alle Teilnehmer ihre Stockbrote verputzt und sich mit heißem Tee gewärmt. Das Feuer war inzwischen heruntergebrannt. Frisch gestärkt brachen sie auf zu der mitternächtlichen Führung durch die Gemeinde.

Herr Förster, ein Mitglied des Heimatvereins, klatschte in die Hände, und die Jugendlichen kamen herbeigelaufen. Herr Förster befand sich schon im Ruhestand, und die Heimatkunde war zu seiner großen Leidenschaft geworden. Dass so viele junge Leute an seiner Führung Interesse hatten, freute ihn sehr, und so lächelte er zufrieden, als sich alle um ihn scharten und ihn erwartungsvoll anblickten.

Herr Förster trug eine dunkelgrüne Wachsjacke mit Lederverstärkungen an den Schultern, die um seinen dicken Bauch ein wenig spannte, und sein Seehundsschnauzbart wippte beim Sprechen auf und ab.

»Liebe Kinder«, sagte er und breitete seine Arme dabei theatralisch aus. »Ich freue mich, dass ihr mich auf meinem nächtlichen Spaziergang begleiten wollt, und verspreche euch sicher nicht zu viel, wenn ich euch sage, dass ihr dabei Dinge erfahren werdet, die euch aufs Höchste erstaunen werden. Ja, Zartbesaitete werden gewiss das ein oder andere Mal eine Gänsehaut verspüren.«

Dann winkte er. »Ich darf euch also bitten, mir zu folgen. Unser erstes Ziel wird unsere alte Pfarrkirche sein. Wusstet ihr, dass die ältesten Fundamente aus dem 12. Jahrhundert stammen?«

»Ich hoffe nur, dass er uns jetzt nicht komplett mit solchen Daten zutextet«, flüsterte Richard.

Julius, der sich sehr für geschichtliche Dinge interessierte, zuckte die Schultern. »Ich find's spannend. Hast du dir schon mal die Strahlenmadonna angeschaut, die in der Kirche über dem Mittelgang hängt? Genial gemacht. Egal, von wo aus du sie betrachtest, sie scheint dir immer in die Augen zu sehen. Und dann mit diesem verklärten Blick. Und wenn man bedenkt, dass sie bereits im Mittelalter entstanden ist …«

Anne spürte eine leichte Gänsehaut. Julius hatte recht. Diese Madonna hatte einen ganz besonderen Gesichtsausdruck. Es war, als ob sie einem mit ihrem Blick folgte. Wie ein lebendiges Wesen.

Doch zum Erstaunen der Kinder ging Herr Förster mit ihnen nicht zum Haupteingang der Kirche, sondern zu einem kleinen Nebeneingang, der zum Glockenturm führte.

Herr Förster zog einen dicken Schlüsselbund

aus der Hosentasche und sperrte das alte, klobige Schloss mit einem riesigen Schlüssel auf.

»Bevor ich euch hineinlasse in diese heiligen Gemächer, muss ich euch noch ein paar Verhaltensregeln mit auf den Weg geben«, sagte er. »Die Treppe ist alt und steil, manche Stufen sind stark ausgetreten. Also, geht langsam hinauf und gebt gut acht, wohin ihr eure Füße setzt. Auch die Lichtverhältnisse sind nicht die besten. Verhaltet euch deshalb ruhig und drängelt nicht.« Dann wollte er die Tür öffnen, verharrte aber in der Bewegung. »Ach ja, und wenn ihr sonderbare Geräusche hört, dann erschreckt nicht. Woher sie stammen, das erzähle ich euch, wenn wir oben in der Turmstube angekommen sind.«

Georg befahl Tim, unten auf sie zu warten. »Du kannst nicht die vielen Stufen raufsteigen, mein Lieber.«

Beleidigt verzog sich Tim in eine Ecke und ließ sich dort auf dem Boden nieder.

»Armer Tim«, flüsterte Anne.

Aber Georg winkte ab. »Er wird es überleben. Wir sind doch gleich wieder da. Tim bewacht solange den Eingang.«

Anne hielt sich dicht bei ihrem großen Bruder Julius. In diesem dämmrigen Licht die alte, steile Treppe hinaufzusteigen, das war ihr nicht ganz geheuer. Fast alle Kinder schwiegen oder unterhielten sich nur im Flüsterton, um sich auf ihre Schritte zu konzentrieren. Das machte die Atmosphäre noch gespenstischer. Irgendwann war nur das Scharren der Schuhe auf den Steinstufen zu hören.

Die Spannung war fast zu greifen.

Plötzlich krallten sich Annes Finger in Julius' Arm. »Hast du das auch gehört?«, flüsterte sie. »Was war das?«

Julius hielt einen Moment inne, um zu horchen, aber er wollte den Tross nicht aufhalten, der da die enge Treppe hinaufstrebte, und lief sogleich weiter. Auch er hatte das schaurige Geräusch gehört.

Am Getuschel der anderen Kinder erkannte Anne, dass es auch ihnen nicht entgangen war. Solch ein Geräusch hatte Anne noch nie gehört. Es war kaum zu beschreiben. Wie ein Rasseln und Quietschen, das mit einem leisen Jammern oder Stöhnen unterlegt war. Anne kriegte eine Gänsehaut.

Oben auf der Glockenempore würde Herr Förster auf sie warten. Wenn sie doch nur schon dort angekommen wären.

Auf der Empore roch es nach Staub und Muff, als ob hier alte Matratzen gelagert würden. Doch nichts dergleichen war zu sehen. Dagegen glänzten in der Mitte des Raumes matt die Kirchenglocken. Vier kleinere und eine mächtige, die allesamt mit Inschriften versehen waren. Unter ihnen befanden sich Löcher im Holzboden, durch die die Seile hinabhingen, mit deren Hilfe sie geläutet wurden.

Georg, die weiter hinten gelaufen war, drängelte sich zu Julius und Anne vor. Durch die kleinen, verzierten Fensteröffnungen in der Außenmauer zog ein eisiger Windhauch.

Der Raum wurde nur von einer einzigen Glühbirne erleuchtet. Herr Förster hielt außerdem eine Petroleumlampe in der Hand. »Seid ihr alle da?«, fragte er in die Runde und stellte sich auf die Zehenspitzen, um die Kinder durchzuzählen.

»Was waren das für Geräusche?«, fragte eine verängstigt klingende Stimme.

Anne war froh, dass jemand anders danach fragte, denn sie wollte nicht als Feigling dastehen.

»Ha, das kam doch bestimmt von einem Tonband, nur um uns einen Schrecken einzujagen«, rief ein dunkelblonder Junge lässig.

»Aber keineswegs!«, widersprach Herr Förster. »Ihr werdet gleich erfahren, woher diese Geräusche kommen, aber zunächst erzähle ich euch etwas über unsere Glocken.«

Am Gesichtsausdruck der Kinder war abzulesen, dass die wenigsten sich dafür interessierten. Aber als Herr Förster ihnen erzählte, dass die fünf Glocken sogar Namen trugen, wurden sie doch hellhörig.

»Diese zum Beispiel heißt Maria«, sagte Herr Förster und zeigte auf eine der kleineren. »Sancta Maria regina piissima pacis, pacem da populis clamat ahenea vox«, las er die lateinische Inschrift vor und übersetzte sie sogleich. »Heilige Maria, du milde Königin des Friedens, verleih den Völkern Frieden, so ruft meine eherne Stimme.«

»*Eherne* Stimme?«, fragte ein Junge. »Was soll das denn heißen?«

Julius wusste es aus der Schule. »Das heißt so viel wie *immerwährend* und ist abgeleitet von dem Wort Eisen.«

»Richtig«, sagte Herr Förster. »Die immerwährende eiserne Friedensglocke. Wobei die Glocken natürlich eigentlich nicht aus Eisen, sondern aus Bronze sind.«

Dann erklärte er noch einiges zu den anderen Glocken, die die Namen Joseph, Salvator und Europa trugen. Die kleinste war die Katharina-Glocke. Diese durften die Kinder anschlagen. Einer nach dem anderen trat heran und zog den Klöppel. Doch sie sollten es vorsichtig tun, denn es war ja schon mitten in der Nacht und es sollte möglichst niemand von dem Geläut geweckt werden. Ein helles, klares Bimmeln hallte schwingend durch den Glockenturm.

Nur der dunkelblonde Junge, der eben noch so lässig getan hatte, konnte es sich nicht verkneifen, kräftig an dem Klöppel zu ziehen, sodass ein lauter Glockenschlag durch die Nacht hallte.

»Meine Güte, Alexander, dass du auch immer aus der Reihe tanzen musst!«, maulte Marius, der vorhin die Gitarre gespielt hatte. »Mit dir kann man sich auch nirgendwo sehen lassen.«

Einige Kinder kicherten, aber an Herrn Försters Miene war abzulesen, dass er es wenig amüsant fand. »Ich darf doch um etwas mehr Disziplin bitten«, sagte er in strengem Ton. »Wir sind hier nicht im Kindergarten. Es sollte euch bewusst sein, dass es eine große Ehre für euch ist, diese Räume betreten zu dürfen und …«

In diesem Moment war das sonderbare Geräusch wieder zu hören, und augenblicklich gab keines der Kinder mehr einen Mucks von sich.

»Ich befürchte, du hast den Unmut des Hausherren auf dich gezogen, lieber Alexander«, stellte Herr Förster nüchtern fest.

»Des Hausherren?«, fragte ein Mädchen. »Wohnt hier etwa jemand?«

Herr Förster nickte. »Ja, und zwar bereits seit über zweihundert Jahren.«

Einige Kinder kicherten hinter vorgehaltener Hand. Für solche Märchen waren sie doch nun wirklich zu alt. Aber sie sagten nichts. Nur Alexander konnte es wieder nicht lassen. Die mahnenden Worte des Heimatkundlers hatten ihn offenbar wenig beeindruckt. »Wer wohnt denn hier? Der Glöckner von Notre Dame etwa?«

Herr Förster bahnte sich einen Weg durch die Gruppe und blieb vor Alexander stehen. »Du wirst es nicht für möglich halten, mein Junge, aber du hast nicht so ganz unrecht.«

Jetzt lauschten alle Kinder gespannt. Ein Glöckner, der seit über zweihundert Jahren in diesem Turm wohnte? Das konnte doch nicht wahr sein! Welche Geschichte steckte da wohl dahinter?

Alle traten einen Schritt näher an Herrn Förster heran, als dieser zu erzählen begann.

»Ihr müsst wissen, dass damals in der ersten Hälfte des 18. Jahrhunderts strenge Sitten herrschten. Und der hiesige Pfarrer stand im Ruf, ein besonders strenger Mensch zu sein«, erklärte Herr Förster. »Ein junger Bursche von einem der umliegenden Höfe fand bei ihm Arbeit als Glöckner. Aber er bekam dafür kein Geld. Die Familie war so arm, dass der junge Mann seine Arbeit tat, obwohl er als Gegenleistung nur ein Dach über dem Kopf und jeden Tag eine karge Mahlzeit bekam.«

»Hat er etwa hier im Glockenturm wohnen müssen?«, fragte Anne erstaunt.

Herr Förster nickte. »Ja, das kann man sich heute kaum noch vorstellen, nicht wahr?«

Georg überkam ein Schaudern bei dem Gedanken. »Aber wenn er die Glocken läuten musste, war es doch furchtbar laut hier drin.«

»Korrekt«, bestätigte Herr Förster. »Und außerdem sehr kalt. Bedenkt, wie zugig es jetzt schon hier ist. Wie war es damals wohl im Winter bei Schnee und Frost? Die Kälte wurde dem jungen Mann zum Verhängnis.«

Anne kuschelte sich in ihre Stola. Sie mochte gar nicht daran denken, wie schrecklich das Leben für den jungen Mann gewesen sein musste.

»Ist er etwa erfroren?«, fragte ein anderes Mädchen.

Doch Herr Förster schüttelte den Kopf. »Nein, er hat so schrecklich gefroren, dass er es nicht mehr aushielt und aus der Sakristei eine alte Pferdedecke nahm, die dort herumlag. Der Pfarrer unterstellte ihm Diebstahl und schloss ihn zur Strafe hier oben im Glockenturm ein.«

»Aber das war doch nur ein alte Pferdedecke!«, rief Richard empört. »Was war denn schon dabei?«

Herr Förster zuckte die Schultern. »Das waren raue Sitten. Der Pfarrer wollte ein Exempel statuieren. Aber es kommt noch schlimmer. Der alte Pfarrer starb wenige Tage, nachdem er den jungen Burschen hier eingesperrt hatte, und niemand dachte an den armen Kerl, der hier oben sein Dasein fristen musste.«

Plötzlich sahen sich alle ängstlich um, als hätten sie Sorge, der junge Mann könnte hier irgendwo in der Ecke hocken.

»Erst, als ein paar Männer zu Weihnachten hier heraufstiegen, um ein spezielles Glockengeläut zu zelebrieren, bei dem die Glocken mit Hilfe von Hämmern angeschlagen werden sollten, fanden sie den armen Kerl. Aber sie kamen leider zu spät.«

Tief beeindruckt von der Geschichte des armen Jungen, schwiegen die Kinder. Selbst Alexander wagte es nicht, eine Bemerkung zu machen. Alle hatten Mitleid mit dem jungen Mann, dem so Schreckliches widerfahren war, auch wenn es schon so lange her war.

Julius wagte es als Erster, wieder etwas zu sagen. »Und die Geräusche?«, fragte er.

Herr Förster hob mahnend den Zeigefinger. »Man sagt, das sei die Seele des jungen Mannes, der die Menschen an sein Schicksal erinnern will. Auf diese Weise will er sie dazu anhalten, gerecht zu sein anderen gegenüber und Milde walten zu lassen.«

Wieder herrschte Schweigen. Natürlich glaubte keiner von ihnen wirklich daran, dass die Seelen der Toten umherwanderten, aber dennoch …

Jetzt lachte Herr Förster. »In Wahrheit kommt das Geräusch aber von den Ketten des Uhrwerks unserer alten Turmuhr!«

Die meisten Teilnehmer der Führung grinsten erleichtert. Dennoch war ihnen anzusehen, dass es sie immer noch gruselte.

»Und nun, liebe Kinder, darf ich euch zum Abstieg bitten. Ich habe euch noch mehr erstaunliche Geschichten über unsere Gemeinde zu erzählen. Als Nächstes werden wir das Pesthaus besuchen.«

Georg rieb sich die Hände. Diese Nacht entwickelte sich ganz nach ihrem Geschmack!

Die Spuk-Eiche

Keines der Kinder hatte gewusst, dass sich in den älteren Wirtschaftsgebäuden hinter dem städtischen Krankenhaus im Mittelalter das sogenannte Pesthaus befunden hatte.

»Natürlich standen diese Häuser damals noch nicht«, erklärte Herr Förster und wies mit der Hand auf die roten Ziegelbauten. »Doch die Kellergewölbe sind noch erhalten.«

»Aber warum Pesthaus?«, erkundigte sich Julius. »War das damals schon ein Krankenhaus? Eins für Pestkranke?«

Allein der Gedanke an diese grauenvolle Krankheit, die Tausende von Menschen innerhalb kürzester Zeit dahingerafft hatte, ließ Anne erschaudern. Der »Schwarze Tod« – so hatten die Menschen die Seuche genannt.

»Nun ja, was man damals so Krankenhaus nannte«, sagte Herr Förster. »Viel tun konnte man ohnehin nicht gegen diese Krankheit. Wirksame Medikamente gegen die Pest gab es damals ja noch nicht. Hätte es seinerzeit schon Antibiotika gegeben, ja, dann hätte die Sache anderes ausgesehen. Aber so?«

Herr Förster hob die Arme zu einer hilflosen Geste. »Es handelte sich hier also eher um ein Siechenhaus.«

»Siechenhaus?«, hakte ein Mädchen nach.

»Ja, man brachte die Kranken her, damit man sie aus dem Haus hatte – der Ansteckung wegen. Hier starben sie dann«, sagte der Heimatkundler. »Die Toten beerdigte man in Massengräbern außerhalb der Stadt.«

Anne hielt sich die Hand vor den Mund. »Wie furchtbar. Gut, dass uns diese Seuche heute nichts mehr anhaben kann.«

Plötzlich fühlte sie sich unwohl. Sie wusste natürlich, dass die Krankheit längst ausgerottet war, doch als Herr Förster die Kinder nun aufforderte, ihm in die Kellergewölbe zu folgen, war ihr doch mulmig zumute.

Erleichtert stellte sie fest, dass ihr keineswegs der Geruch von feuchtem Muff oder gar Verwesung entgegenströmte, als sie die Treppe hinunterstieg, sondern ein herrlicher Duft von frisch gewaschener Wäsche. Hier in den alten Gewölben befand sich nämlich nun das Wäschelager des Hospitals. Überall standen Regale, die bis an die Decke reichten. Darin lagen weiße, ordentlich gefaltete Leinentücher und Bettbezüge. Am liebsten hätte Anne die Hand über die Wäschestapel gleiten lassen, doch sie wusste nicht, ob das erlaubt war. Außerdem – das bemerkte sie erst jetzt – war der größte Teil der Laken in durchsichtige Schutzfolie gehüllt.

»Nun, wie ihr seht, hat dieser Ort so gar nichts Furchterregendes mehr an sich«, stellte Herr Förster fest. »Im Mittelalter freilich glaubte man, die Pest sei von Gott auf die Welt gesandt worden, um die Menschen für ihre Sünden zu bestrafen. Und wenn man bedenkt, dass diese Gewölbe vollgestopft waren, mit dahinsiechenden Menschen …«

Während er noch sprach, löschte Herr Förster plötzlich die grellen Neonröhren, die bisher mit ihrem Schein die Räume durchflutet hatten. Nur noch die flackernde Flamme seiner Petroleumlampe spendete gedämpftes Licht.

Für einen Moment glaubte Anne, den schrecklichen Gestank durch den frischen Wäscheduft hindurch wahrnehmen zu können und das Stöhnen und Jammern der Kranken zu hören. Doch dann wischte sie alle Gedanken an die schreckliche Krankheit fort.

»Die Pest wurde von Rattenflöhen übertragen«, wusste Julius zu berichten. »Die Menschen haben sich gegenseitig angesteckt, wenn sie sich zum Beispiel gegenseitig angehustet oder angeniest haben. Tröpfcheninfektion nennt man das. Soweit ich weiß, hat die Seuche sehr lange gewütet. Ich glaube, am schlimmsten war es in der Mitte des 14. Jahrhunderts.«

Richard nickte. Auch er hatte im Geschichtsunterricht gut aufgepasst. »Ja, aber zu Anfang des 18. Jahrhunderts brach die Pest erneut aus, wenn auch nicht mehr so heftig. Manche glauben ja, dass auch der berühmte Komponist Mozart an der Pest gestorben ist.«

Herr Förster winkte ab. »Nun, das ist wirklich reine Spekulation, an der wir uns nicht beteiligen wollen.« Dann wandte er sich auch schon wieder dem Ausgang zu. »Und nun, meine Lieben, möchte ich euch bitten, mich zu der letzten Station unserer kleinen Rundreise durch unsere Gemeinde zu begleiten. Zur Spuk-Eiche.«

Plötzlich musste Anne gähnen. Der Gedanke, wieder hinaus in die kühle Nachtluft zu müssen und noch ein gutes Stück zu laufen, machte ihr erst bewusst, wie müde sie inzwischen war. Auch wenn Herr Förster wirklich spannende Geschichten zu erzählen hatte.

»Hoffentlich dauert es nicht mehr allzu lange«, flüsterte sie Georg zu und hielt sich die Hand vor den Mund, als ein weiteres Gähnen sie überkam.

Georg grinste. »Wenn es nach mir ginge, könnte der Ausflug die ganze Nacht dauern!«

»Ich finde es ja auch spannend«, erwiderte Anne. »Aber ich bin so schrecklich müde. Hast du eine Ahnung, wo diese Eiche steht?«

Georg schüttelte den Kopf. »Ihr seid hier doch aufgewachsen, nicht ich.«

»Vielleicht geht es um den alten Baum auf dem Gemeindeanger«, warf Richard ein. »Das ist doch eine Eiche, oder?«

Julius zeigte ihm einen Vogel. »Du hast wohl im Bio-Unterricht nicht aufgepasst. Der große Baum auf dem Gemeindeanger ist eine Kastanie. Wir haben da doch schließlich immer Kastanien gesammelt, als wir noch klein waren. Erinnerst du dich nicht?«

Richard schlug sich mit der flachen Hand vor die Stirn. »Klar! Du hast recht!«

»Ist es weit bis zu der Eiche?«, fragte da einer der kleineren Jungen zaghaft. Doch Herr Förster versicherte, es seien nur wenige Minuten zu Fuß.

Schweigend setzte sich der kleine Tross in Bewegung. Inzwischen waren alle etwas müde, und jeder hing seinen Gedanken nach. Anscheinend war selbst Alexander zu müde, um seine schlauen Sprüche weiter zum Besten zu geben.

Schon bald hatten sie die alte Eiche erreicht. Nebel war inzwischen aufgezogen. Das Mondlicht ließ ihn gespenstisch leuchten, wie er in Schwaden um den Baum herum zog. Ein Käuzchen schickte seinen Klageruf durch die Nacht.

»Sonderbar«, flüsterte Julius leise, denn er wollte die gespenstische Stimmung nicht stören. »Ich bin hier schon so oft vorbeigekommen, aber dieser imposante Baum ist mir noch nie aufgefallen.«

»Sehr beeindruckend«, gab Richard leise zurück. »Wie alt mag er wohl sein?«

»Ein paar hundert Jahre bestimmt«, sagte Anne. »Was dieser Baum wohl für Abenteuer erlebt hat? Also, wenn der reden könnte …«

Und ob der Baum Abenteuer erlebt hatte! Eine Geschichte war es besonders wert, erzählt zu werden. Ihretwegen hatte Herr Förster die Kinder zu der Eiche geführt.

Anne zwängte sich zwischen ihre Brüder, als er zu erzählen begann. So fühlte sie sich sicherer.

Mittlerweile war die Luft so kalt und feucht, dass sich beim Sprechen eine kleine Nebelwolke um Herrn Försters Mund bildete. »Die Geschichte, die sich um diesen Baum rankt, ist eine besonders tragische.« Er faltete die Hände vor seinem dicken Bauch, was ihm einen feierlichen Ausdruck verlieh. »Es ist erst gute hundert Jahre her. Damals lebte hier in der Nähe eine junge Frau namens Elisabeth. Sie hatte sich in einen jungen Mann hier aus dem Ort verliebt. Doch der stammte aus einer armen Tagelöhnerfamilie und Elisabeth war die Tochter eines Großbauern. An dieser Eiche hier trafen sich die beiden immer heimlich. Sie mussten sehr vorsichtig sein, denn, wie ihr euch sicher denken könnt, hatte der Großbauer ganz andere

Pläne für seine Tochter, als sie einem armen Habenichts zu überlassen.«

»Wahrscheinlich war sie irgendeinem reichen Schnösel versprochen«, sagte Alexander lässig und zog die missbilligenden Blicke der anderen auf sich. Sie fanden seine schnodderige Ausdrucksweise gar nicht angebracht. »Einem Adelsfuzzi oder so.«

Doch Herr Förster ließ sich von Alexander nicht aus dem Konzept bringen.

»Richtig«, sagte er. »Sie sollte den Sohn eines anderen Großbauern heiraten. Doch als der Tag der Hochzeit gekommen war, floh die junge Braut. Sie trug bereits ihr weißes Kleid, als sie zu der Eiche eilte, wo sie sich mit ihrem Geliebten verabredet hatte. Gemeinsam wollten sie fliehen und irgendwo ein neues Leben anfangen.«

»Das klingt aber romantisch«, sagte eines der Mädchen.

Herr Förster nickte. »Doch es endete leider tragisch. Wie es das Schicksal wollte, fiel der junge Mann am selben Tag von der Leiter und lag bewusstlos zu Hause. Niemand wusste von seinem Vorhaben. Niemand konnte Elisabeth Bescheid geben und so wartete sie vergeblich auf ihren Geliebten.«

»Also musste sie glauben, er habe sie im Stich gelassen«, schlussfolgerte Anne. »Wie furchtbar!«

»Ja, in der Tat«, sagte Herr Förster. »Die junge Braut kehrte zurück und heiratete den Sohn des Großbauern. Doch ihren Kummer konnte sie nicht vergessen. Schon bald wurde sie sehr krank und starb kurze Zeit später. Man sagt, dass ihre ruhelose Seele bis heute in Vollmondnächten wie dieser auf der Suche nach ihrem jungen Geliebten hier bei der Eiche umherstreicht.«

Jetzt herrschte Schweigen.

Anne spähte zum Himmel, wo hinter den Nebelschwaden der runde Mond leuchtete. Eine Gänsehaut lief ihr über den Rücken. Aus dem Augenwinkel nahm sie plötzlich etwas Helles wahr, das hinter dem nächsten Gebüsch verschwand. Für einen Moment stockte ihr der Atem.

Doch es war nur ein Nebelschwaden gewesen!

Schließlich ergriff Herr Förster mit gedämpfter Stimme das Wort. »Folgt mir jetzt bitte zum Gemeindeplatz. Dort wartet der Bus auf euch, der euch nach Hause bringen wird. Ich hoffe, unser kleiner Rundgang durch die Gemeinde hat euch gefallen.«

Die Kinder applaudierten. Ja, das war ein toller Ausflug gewesen!

Am Gemeindeplatz verabschiedeten sie sich von Herrn Förster und stiegen in den altmodischen roten Bus, der bereits auf sie wartete. Herr Förster blieb stehen, bis auch das letzte Kind eingestiegen war, und winkte.

Sofort beschlugen die Fensterscheiben. Georg wischte sich mit der Faust ein Guckloch und spähte in die Dunkelheit. »Von mir aus hätte es noch weitergehen können.«

Anne gähnte herzhaft. »Danke, das war echt toll, aber jetzt bin ich wirklich sehr müde.«

Richard rieb sich den Bauch. »Und ich bin hungrig.«

Die anderen lachten. Typisch Richard!

Und er hatte Glück. Als der Busfahrer die Kinder vor dem Haus aussteigen ließ, stand die Mutter bereits in der Tür. Gewissenhaft wartete der Busfahrer, bis die Freunde im Haus verschwunden waren.

Zu Richards großer Freude hatte die Mutter

eine Mitternachtssuppe vorbereitet. Auch die anderen freuten sich darüber, denn sie waren ein wenig durchgefroren und die Suppe wärmte schön von innen. Und Tim fiel begeistert über die Hundekuchen her, die in seinem Napf lagen.

Natürlich wollte die Mutter ganz genau wissen, wie der Ausflug gewesen war. Die Freunde erzählten bereitwillig. Sie waren noch ganz erfüllt vom eben Erlebten.

Schließlich legte Anne ihren Löffel beiseite. »Ich bin todmüde und zugleich total aufgekratzt. Ich weiß gar nicht, ob ich überhaupt einschlafen kann.«

Und in der Tat fiel es ihr schwer abzuschalten, als sie schließlich in ihrem Bett lag. Sie hatte sich dicke Wollsocken angezogen, denn ihre Füße waren immer noch kalt, so als würde der Nebel noch immer ihre Beine hochkriechen.

»Gehen dir auch Herrn Försters Geschichten durch den Kopf?«, flüsterte Georg durch die Dunkelheit. Sie teilte mit Anne das Zimmer und Tim schlummerte friedlich auf einem Flickenteppich vor ihrem Bett.

»Ja«, antwortete Anne. »Besonders die Geschichte von dem armen Jungen, der im Glockenturm gestorben ist.«

»Ach! Und ich hätte gedacht, dass dir die Geschichte von dem Liebespaar mehr ans Herz gegangen wäre, romantisch wie du bist.«

»Schon …«, sagte Anne. »Die Geschichte ist ja auch tragisch. Stell dir vor, du müsstest irgendeinen Kerl heiraten, den du gar nicht ausstehen kannst. Und das in dem Glauben, dass der, den du über alles liebst, nicht mehr zu dir steht!«

Georg lachte leise. »Gut, dass heute andere Sitten herrschen. Also, dem würde ich was erzählen.«

»Wem?«, hakte Anne nach.

»Eigentlich allen beiden: Dem ungeliebten Bräutigam und meinem Vater, wenn der mich gegen meinen Willen verheiraten wollte. Und was den armen Burschen im Glockenturm anbelangt, so bin ich froh, dass heute keiner mehr unter solch unmenschlichen Bedingungen arbeiten muss – zumindest hier bei uns nicht.«

Anne nickte vor sich hin, obwohl Georg das im Dunkeln ja gar nicht sehen konnte. Dann meinte sie: »Ich kann schon verstehen, dass man vor lauter Herzschmerz krank werden kann.«

»Ich weiß nicht«, antwortete Georg und gähnte.

»An so einem Schicksal muss man doch verzweifeln«, sagte Anne. »Ich meine, das ist doch doppelt tragisch.«

Doch von Georg kam keine Antwort mehr. Sie war eingeschlafen.

Anne lag weiter wach, zu deutlich standen ihr noch die Bilder von dem dunklen Glockenturm, dem hungernden und frierenden Glöckner, den

Pestkranken und der armen, verzweifelten Braut vor Augen. Irgendwann vermischten sich die Bilder zu einem wilden Durcheinander, das Anne mit hinübernahm in einen unruhigen Schlaf.

Was machen wir heute?

»Du hast heute Nacht vielleicht gejammert und gewimmert«, sagte Georg. »Hast du schlecht geträumt?« Sie stand vor dem offenen Fenster und machte Kniebeugen. Tim beobachtete sie verwundert. Er konnte wohl den Sinn in dem, was sein Frauchen da machte, nicht erkennen.

Anne rieb sich verschlafen die Augen. »Keine Ahnung. Ich kann mich nicht erinnern.«

Plötzlich wurde die Tür zum Mädchenzimmer aufgerissen und die Jungen stürmten herein. »Guten Morgen allerseits. Zeit aufzustehen!«

Anne warf blinzelnd einen Blick auf den Wecker. »Meine Güte, es ist doch noch früher Morgen! Wie schafft ihr das bloß, dass ihr nach der langen Nacht so putzmunter seid?«

Julius reckte und streckte sich. »Der Tag ruft, liebe Anne! Die Sonne lacht!«

»Und von unten dringt der Duft von frischen Brötchen!«, ergänzte Richard.

Anne zog sich die Decke über den Kopf. »Dass du auch immer ans Essen denken musst.«

Richard riss seiner kleinen Schwester die Decke weg. »Was gibt es Schöneres, als den Tag mit einem kräftigen Frühstück zu beginnen?«

Anne gab jeden Widerstand auf. »Ist ja schon gut! Ich stehe ja auf, ihr Quälgeister!«

»Was steht denn heute auf dem Programm?«, fragte Richard. »Habt ihr eine Idee?«

Julius zuckte die Schultern. »Keine Ahnung. Aber uns wird schon was einfallen.«

»Erst mal frühstücken!«, rief Richard und war auch schon die Treppe hinunter verschwunden, um als Erster am Tisch Platz zu nehmen.

Die Mutter freute sich, die Kinder so gut gelaunt beim Frühstück zu sehen. »Der nächtliche Ausflug scheint euch ja gutgetan zu haben.«

Nur Anne schaute immer noch müde aus der Wäsche und strich sich gähnend Honig auf eine Brötchenhälfte. »Ja, das war schon toll, aber heute Abend muss ich definitiv früher ins Bett.«

Die Mutter lachte. »Na, das war ja auch nicht so gedacht, dass ihr euch jetzt jede Nacht um die Ohren haut. Was wollt ihr denn heute machen?«

Julius goss sich eine Tasse Tee ein. »Das wissen wir noch nicht.«

Die Mutter wies mit dem Kopf zum Fenster. »Bei dem schönen Wetter solltet ihr draußen was unternehmen.«

Georg biss in ihr Käsebrötchen und wollte gerade etwas sagen, besann sich dann aber eines Besseren. Sie kaute und schluckte den Bissen zuerst hinunter. Mit vollem Mund zu sprechen, gehörte sich nicht. »Versteht sich von selbst, dass wir draußen was machen. Ich muss sowieso gleich mit Tim eine Runde drehen. Er braucht seinen Auslauf.«

»Und dann?«, fragte Anne. »Hat jemand eine Idee?«

Aber die Freunde schwiegen. Sie waren über sich selbst erstaunt, denn es kam äußerst selten vor, dass sie nichts mit sich anzufangen wussten.

Georg stieß Julius den Ellenbogen in die Seite. »Mensch, ihr beide habt doch vorhin so voller Tatendrang gesteckt!«

Richard schob den Stuhl zurück und erhob sich. »Ich schau mal, was das Ferienprogramm der Gemeinde heute anbietet. Weiß einer, wo der Zettel ist?«

»In der Küche an der Pinnwand«, sagte die Mutter.

Richard ging, um das Faltblatt zu holen. Auf dem Rückweg ins Esszimmer blieb er im Türrahmen stehen und las. »Hm«, machte er dann. »Nichts, was uns interessieren würde.«

»Was denn?«, fragte Anne neugierig. »Lies doch mal vor!«

»Um elf gibt es ein Schnuppertraining im Golfklub und heute Nachmittag eine Puppenwerkstatt. Das war's schon.«

Julius verzog den Mund. »Sehr spärlich.«

Anne mochte nicht zugeben, dass sie die Puppenwerkstatt durchaus interessieren würde. Aber sie hatte ohnehin keine Lust, allein dort hinzugehen.

»Na, ihr seid mir ja ein paar Sportsgurken!«, rief Georg und sprang von ihrem Stuhl auf. »Ich gehe jetzt auf jeden Fall mit Tim raus. Kommt einer mit?«

Doch die Jungen hatten keine Lust auf einen Spaziergang.

»Ich glaube, ich werde mir mal mein Buch schnappen«, erklärte Julius. Richard wollte ein bisschen an seinem Fahrrad herumschrauben.

»Und was ist mit dir?«, fragte Georg Anne.

Doch die blickte sie nur aus glasigen Augen an und gähnte.

Georg winkte kopfschüttelnd ab.

»Meine liebe Anne!«, rief die Mutter. »Ich würde vorschlagen, dass du dich wieder ins Bett legst und noch ein Stündchen schlummerst.«

Das hielt Anne auch für besser und schlich die Treppe hinauf.

»Komm, Timmy, gehen wir«, sagte Georg und griff nach der Hundeleine, die im Flur auf der Kommode lag. »Mit dem Haufen hier ist heute kein Blumentopf zu gewinnen.«

Georg wunderte sich wirklich sehr über ihre beiden Cousins. Erst sprühten sie so von Energie, dass sie ihre kleine Schwester derart unsanft aus dem Schlaf weckten, und dann waren sie nicht einmal für einen Spaziergang zu begeistern. Pfeifend bog Georg in einen Feldweg ein, während Tim schnuppernd am Feldrand entlanglief, als würde er von einer unsichtbaren Schnur gezogen. Die Nase hielt er dabei tief auf den Boden, damit ihm auch ja kein Geruch entging. Dann und wann blieb er stehen, um ein bisschen intensiver zu schnüffeln. Vielleicht hatte ein Kaninchen dort seine Spur hinterlassen oder ein Fasan. »Zeitung lesen« nannte sein Frauchen das immer.

Georg saugte die frische Luft tief durch die Nase ein und lauschte auf den Gesang der Vögel, die irgendwo im Feld versteckt nach Körnern suchten.

Plötzlich blieb Tim wie angewurzelt stehen und begann zu kläffen.

»Tim, was ist denn los?«, fragte Georg, denn sie konnte nicht erkennen, was ihren Hund so aufregte. Sie packte Tim am Schlafittchen und schüttelte ihn sanft. »Hör doch auf zu bellen. Hier ist nichts.«

Doch Tim ließ sich nicht beirren. Es sah aus, als würde er ein unsichtbares Wesen verbellen.

Georg wurde es ein bisschen unheimlich. Sie spähte in alle Richtungen. War da etwa jemand? Nein, nichts zu sehen.

»Tim, hör endlich auf!«, herrschte sie ihn an.

Schließlich gab der Hund Ruhe, doch weitergehen wollte er nicht. Also leinte Georg ihn an und zog ihn mit sich den Weg entlang.

»Komm schon!«, maulte Georg ungeduldig. »Es gibt keine Gespenster.«

Mit einem Mal hatte Georg eine Idee. Was auch immer Tim so beunruhigt hatte – vermutlich hatte er etwas gewittert, was für Menschen nicht wahrnehmbar war – es hatte sie auf eine Idee gebracht. »Weißt du was?«, sagte Georg zu ihrem Hund. »Ich weiß jetzt, was wir fünf heute noch unternehmen. Wir gehen auf Gespensterjagd!«

Als sie von ihrem Ausflug zurückkam, lief sie direkt in die Küche, wo ein Kalender mit Blumenmotiven an der Wand hing. Georg schaute nach dem aktuellen Datum. Neben der Zahl entdeckte sie einen Kreis.

»Hab ich's mir doch gedacht«, murmelte sie leise vor sich hin, als ihre Tante plötzlich hereinkam.

»Hallo Georg, da bist du ja wieder«, sagte sie. »Was hast du dir gedacht?«

Georg fühlte sich ertappt, denn sie wollte von ihren Plänen natürlich nichts verraten. »Oh, dass heute erst Vollmond ist. Herr Förster hat uns letzte Nacht einbläuen wollen, es sei Vollmond. Vermutlich meinte er, das würde die Stimmung noch gruseliger machen. Aber ich war mir ganz sicher, dass der Mond noch nicht ganz voll war. Und da steht's.« Georg tippte auf den Kalender. »Heute ist es erst so weit.«

Ihre Tante winkte ab. »Da bin ich froh, dass es meinen Schlaf nicht stört. Es gibt ja Menschen, die drehen sich bei Vollmond von einer Seite auf die andere, weil sie nicht schlafen können. Aber ich bin da zum Glück unempfindlich.«

Sie konnte dabei nicht ahnen, wie sehr sie Georg mit dieser Auskunft beruhigte. Die hatte nämlich für die kommende Nacht ganz konkrete Pläne, die sie sogleich den anderen unterbreiten wollte.

»Schläft Anne noch?«, fragte Georg.

»Ich glaube, ja«, antwortete ihre Tante. »Vor ein paar Minuten habe ich leise die Tür geöffnet und ins Zimmer geschaut. Da lag sie noch in süßen Träumen.«

»Und die Jungs?«, wollte Georg wissen. »Weißt du, wo die sind?«

Ihre Tante zeigte mit dem Daumen über die Schulter. »Richard ist mit Julius' Rad in den Ort gefahren, um einen neuen Fahrradschlauch zu kaufen. Den alten konnte er wohl doch nicht mehr flicken. Er war zu porös. Und wo Julius ist, weiß ich nicht. Wollte er nicht lesen?«

Georg seufzte. »Dann schau ich mal in seinem Zimmer nach.«

Doch dort lag nur ein Buch aufgeschlagen auf dem Bett. Von Julius selbst war keine Spur zu sehen.

Georg ballte die Fäuste. Das durfte doch nicht wahr sein! Nun hatte sie schon so eine tolle Idee und dann konnte sie niemandem davon erzählen! Sie hätte platzen können vor lauter Ungeduld!

Am liebsten hätte sie Anne geweckt, aber es war besser, das nicht zu tun. Schließlich musste sie für den nächtlichen Ausflug ausgeschlafen sein.

Also nutzte Georg die Zeit, einige Vorbereitungen zu treffen. Irgendwann würden die Jungen schon wieder auftauchen. Dann war immer noch genug Zeit, ihnen von dem Plan zu erzählen.

Georg schlich auf Zehenspitzen in das Mädchenzimmer, um Anne nicht zu wecken. Sie schnappte sich ihren Rucksack, in dem sich immer allerlei nützliches Zeug befand, und ging in das Zimmer der Jungen zurück.

Dort schüttete sie den Inhalt des Rucksackes auf den Boden und machte daraus zwei Haufen. Auf die eine Seite legte sie die Dinge, die sie für den nächtlichen Ausflug für nützlich hielt: ihre Taschenlampe, das kleine Fernglas, Notizblock und Stifte, ihr Taschenmesser und eine kleine Rolle Band.

Die übrigen Sachen – zwei Taschenbücher, eine Bastelschere, Klebeband und ein paar weitere Kleinigkeiten – mussten zu Hause bleiben. Sie wären nur unnötiger Ballast.

»Hey, was machst du denn da?«, fragte Julius, der soeben ins Zimmer kam.

»Da bist du ja endlich!«, rief Georg, ohne Julius' Frage zu beantworten.

Julius hob den rechten Zeigefinger. »Ich musste mir eben ein Pflaster suchen. Hab mir an einer Buchseite den Finger geschnitten. Aber es ist nicht schlimm. Also?«

»Also, was?«, erwiderte Georg. »Ach, du meinst, was ich hier mache? Ich packe für uns einen Rucksack. Ich habe nämlich eine super Idee, was wir unternehmen können. Ich dachte, wenn euch schon nichts einfällt, dann denk ich mir halt was aus.«

Julius setzte sich im Schneidersitz neben seine Cousine. »Erzähl.«

»Wir gehen auf Gespensterjagd!«, zischte Georg

begeistert. »Heute Nacht erst, versteht sich. Wenn eure Eltern schlafen.«

Julius runzelte die Stirn. »Gespensterjagd? Was denn für eine Gespensterjagd?«

»Ich dachte an die Spuk-Eiche, bei der wir mit Herrn Förster waren«, erklärte Georg. »Er hat uns nämlich ein bisschen angeflunkert, weißt du? Erinnerst du dich, dass er gesagt hat, die junge Braut würde bei Vollmond manchmal an der Eiche auftauchen? Und dann hat er so getan, als ob gestern Vollmond gewesen wäre. Aber das stimmte gar nicht. Heute ist es erst so weit!« Georg blickte ihren Cousin erwartungsvoll an.

Doch Julius schien die Begeisterung nicht zu teilen. »Du willst heute Nacht noch mal zu diesem Baum, weil Vollmond ist? Du liebe Güte, Georg, du weißt genau so gut wie ich, dass es keine Gespenster gibt.«

Georg verdrehte die Augen. »Mensch, Julius, sei doch nicht so fantasielos! Allein der Gedanke, bei der Spuk-Eiche könnte etwas passieren, macht diesen Ausflug doch schon spannend. Wo ist denn deine Abenteuerlust geblieben?«

»Höre ich da was von Abenteuerlust?« Plötzlich

stand Richard in der Tür. Er putzte sich die verschmierten Finger an einem Lappen ab. Offenbar hatte er seine Fahrradreparatur beendet.

»Georg will auf Gespensterjagd gehen«, erklärte Julius, wobei ein abfälliger Unterton nicht zu überhören war.

»Ja!«, rief Georg und erklärte auch Richard ihren Plan.

»Das klingt doch cool!«, meinte Richard. »Ich bin dabei. Klare Sache. Wann starten wir?«

»Sobald wir sicher sind, dass eure Eltern schlafen«, antwortete Georg. »Die Fahrräder deponieren wir schon vorher hinter dem Schuppen, damit wir heute Nacht keinen unnötigen Lärm machen. Den Rucksack habe ich schon fertig gepackt.«

»Warte«, sagte Richard, zog die oberste Schublade seiner Kommode auf und fischte seine Taschenlampe heraus. »Die steckst du am besten auch noch ein. Die Batterien sind ganz neu.«

Julius hob seufzend die Hände. »Okay, ich bin dabei. Gehen wir also heute Nacht auf Gespensterjagd.«

»Übrigens fehlt noch etwas ganz Wesentliches in deinem Rucksack«, stellte Richard nüchtern fest. »Wir müssen was zu essen und zu trinken einpacken.«

Georg stieß ihm lachend den Ellenbogen in die Seite. »Na, ein paar Kekse und eine Flasche Saft sollten wohl reichen, meinst du nicht? Übrigens hast du mit deinen verschmierten Fingern gerade den Schubladengriff dreckig gemacht.«

»Ups!«, machte Richard und versuchte, den Fleck mit seinem Lappen wegzuwischen, wobei er den Dreck nur noch mehr verteilte.

Jetzt kam auch Anne aus dem Zimmer der Mädchen und reckte sich verschlafen.

»Hallo, du Schlafmütze!«, rief Richard. »Du kommst mir gerade recht. Du kannst mir doch sicher helfen, diesen Fleck hier wegzubekommen, bevor Mutter ihn sieht.«

Anne stemmte sich die Hände in die Seiten. »Was ist das denn hier für ein konspiratives Treffen? Heckt ihr was aus?«

Doch bevor Georg ihr von den Plänen berichten konnte, hob Anne die Hand und sagte: »Warte, ich hole eben einen Lappen und Putzmittel.«

Georg zuckte die Schultern. »Typisch Anne, sie ist mal wieder die Gewissenhaftigkeit in Person.«

Während Anne den Fleck fachmännisch entfernte, berichtete Georg ihr von ihrem Plan.

Anne schauderte es ein wenig bei dem Gedanken an die feuchten Nebelschwaden, die ihr ungnädig die Beine hochgekrochen waren, doch sie fand die Idee gut. »Und ausgeschlafen bin ich jetzt allemal«, fügte sie grinsend hinzu. »Aber diesmal ziehe ich mich noch wärmer an.«

Als die fünf – denn Tim war natürlich dabei – in der Nacht das Haus verließen, war es noch weit vor Mitternacht. Trotzdem war am Himmel bereits ein praller Vollmond zu sehen. Sein Schein beleuchtete ihren Weg. Wie sie gehofft hatten, waren die Eltern früh zu Bett gegangen. Trotzdem bestiegen die Freunde ihre Räder vorsichtshalber erst, als sie das Grundstück verlassen hatten.

Hintereinander radelten sie in Richtung Eiche. Die Dynamos ihrer Fahrräder sirrten durch die Nacht.

Die Eiche stand auf der anderen Seite des Städtchens am Ortsrand, sodass es ein gutes Stück zu fahren war. Doch die Freunde fanden den Weg schnell.

Auf dem letzten Stück stiegen sie ab, denn hier war der Untergrund uneben und sie hatten Sorge, trotz des hellen Mondlichts einen Stein oder eine tiefe Kuhle zu übersehen. Schließlich lehnten sie die Räder an ein Gebüsch.

»Und nun?«, flüsterte Richard.

»Jetzt gehen wir zur Eiche rüber«, sagte Georg. »Schauen wir nach, ob sie uns bei Vollmond tatsächlich ein Gespensterspektakel zu bieten hat.«

Wieder zogen dünne Nebelschwaden über die dunklen Felder, die sich hinter der Wallhecke er-

streckten, und wickelten sich wie Zuckerwatte um Büsche und Bäume. Auch wenn der Nebel nicht besonders dicht war, so ließ er doch alle Geräusche dumpfer klingen: die nächtlichen Klagerufe der Käuzchen ebenso wie das Fiepen der Mäuse am Feldrand.

Plötzlich begann Tim, leise zu knurren. Georg strich ihm über das gesträubte Nackenfell, um ihn zu beruhigen.

»Ich glaub, da kommt jemand«, zischte Anne.

»Pst, Tim!«, flüsterte Georg. »Sei leise.«

»Ob das unser erstes Gespenst ist?«, flüsterte Richard und kicherte.

Anne fand den Gedanken gar nicht so lustig. Eine Gespensterjagd war spannend, aber einem echten Gespenst wollte sie dabei dann doch nicht begegnen.

»Ziehen wir uns lieber ins Gebüsch zurück«, schlug Julius vor und machte den Anfang.

Gespannt hielten die Freunde in ihrem Blätterversteck die Luft an. Da näherten sich tatsächlich Schritte! Anne spürte, wie ihr das Blut in den Schläfen pochte. Ein Zweig pikte ihr in den Nacken und der intensive Geruch der Pappeln kitzelte ihr in der Nase. Sie fühlte sich rundum unwohl. Unbewusst griff sie nach Julius' Arm. Worauf hatte sie sich da nur eingelassen?

Jetzt waren die Schritte ganz nah gekommen. Zu sehen war aber trotz des hellen Mondlichts noch nichts. Plötzlich war da auch noch ein anderes Geräusch. Es klang wie ein unheimliches Keuchen. Was war das?

»Julius, ich hab Angst«, flüsterte sie beinahe lautlos, und ihr großer Bruder legte ihr den Arm um die Schulter.

Anne dachte, ihr Herz müsste stehen bleiben, als die Schritte unmittelbar vor ihr anhielten. Nur das Keuchen war weiterhin zu vernehmen.

Doch als sie plötzlich eine Stimme hörte, die »Hasso, komm!« zischte, begriff sie mit einem Mal, was da vor sich ging. Wäre sie nicht so angespannt gewesen, hätte sie gelacht. Ein riesiger Stein fiel ihr vom Herzen.

Das vermeintliche Gespenst war eine ältere Frau, die mit ihrem Hund zu einem nächtlichen Spaziergang aufgebrochen war. Der Hund zog fürchterlich an der Leine, sodass er heftig keuchen musste.

»Puh!« Auch Georg war erleichtert, als die Frau weiterging. Doch ihr kam für einen Moment in den Sinn, dass sie selbst ja auch Gespenst spielen und die Frau ein bisschen erschrecken könnten.

In diesem Moment hörten sie einen Schrei!

Elisabeth

Die Jungen wären am liebsten sofort aus dem Gebüsch gesprungen, um zu sehen, was passiert war, doch Georg hielt sie zurück. Es war besser, wenn die Frau sie nicht sah.

Die Freunde spähten vorsichtig aus dem Versteck.

Da stand die Frau, vor Schreck wie versteinert, und über das angrenzende Feld sah man eine

weiße Gestalt davonschweben. Eine Braut mit wehendem Schleier!

»Elisabeth!«, entfuhr es Anne.

Georg fuhr herum und hielt warnend den Zeigefinger an die Lippen. Sie mussten leise sein!

Die Frau hielt den Hund kurz an der Leine. Dieser fletschte die Zähne und wäre dem Gespenst am liebsten hinterhergerannt. Sein Frauchen hatte alle Mühe, ihn davon abzuhalten.

»Sei brav, Hasso. Ich …«, stotterte die Frau, als könnte ihr Hund sie verstehen. »Das … das war …«

»Das kann doch nicht wahr sein«, flüsterte Anne Georg ins Ohr. Sie hatte nur Augen für die weiße Gestalt, die sich im Mondlicht immer weiter von ihnen entfernte und schließlich vom Nebel verschluckt wurde.

Auch Georg stand mit offenem Mund da und starrte auf das weite Feld. Mit der Hand hielt sie Tim fest, damit er ja keinen Mucks von sich gab.

Endlich hatte die Frau sich gefasst und herrschte ihren Hund nun richtig an.

Sie warf einen angsterfüllten Blick über das

Feld. »Sei jetzt still, Hasso! Seien wir froh, dass sie weg ist! Und jetzt sehen wir zu, dass wir nach Hause kommen.«

Als die Frau an dem Gebüsch vorbeiging, in dem sich die Freunde versteckt hielten, murmelte sie vor sich hin: »Ich hätte nie gedacht, dass... Man erzählt sich ja so allerlei, aber dass sie wirklich...« Dann machte sie ein Kreuzzeichen. »Die arme Seele.«

Georg hielt die Luft an. Hoffentlich witterte dieser Hasso Tim nicht! Doch der andere Hund wollte lieber dem Gespenst nachjagen. Nur widerstrebend ließ er sich von seinem Frauchen heimwärts ziehen.

Eilig strebte die Frau mit ihrem Hund auf den Ortsrand zu, wo mittlerweile in einigen Häusern das Licht angegangen war. Offenbar hatten auch andere Leute den Schrei gehört.

Als sie weit genug entfernt war, wagten sich die Freunde endlich aus ihrem Versteck.

Sofort nahm Tim die Witterung auf und lief zu der Eiche, wo er heftig schnüffelte. Auf einmal hob er die Schnauze in die Luft, und noch ehe Georg ihn zurückhalten konnte, rannte er auf den Acker, genau in die Richtung, in der die weiße Gestalt verschwunden war.

»Tim!«, rief Georg ihm noch hinterher. »Bleib hier!«

Doch Tim rannte weiter, als habe er sein Frauchen gar nicht gehört.

Georg seufzte und hob die Hände zu einer hilflosen Geste. »Nun jagt er einem waschechten Gespenst hinterher, stell sich das mal einer vor!«

Richard schüttelte sich wie ein nasser Hund. »Kann mich mal einer kneifen? Ich meine, das kann doch nicht wahr sein, dass wir spaßeshalber auf Gespensterjagd gehen, und dann begegnet uns auch prompt so ein Geist.« Er streckte den Arm aus und zeigte auf das Feld hinaus. »Das ist ja wie bestellt gewesen. Gruselt es euch denn gar nicht?«

Anne zog die Schultern hoch und rieb sich die Oberarme. »Doch. Wenn ich ehrlich bin, dann sitzt mir der Schreck ganz schön in den Knochen.« Sie blickte sich ängstlich um. Ob noch weitere Gestalten aus dem Nichts auftauchten? »Ich würde am liebsten nach Hause fahren.«

»Papperlapapp!«, rief Georg und nahm sich den Rucksack vom Rücken. »Kommt gar nicht in die

Tüte. Wir gehen der Sache auf den Grund. Deshalb sind wir schließlich hier. Wenn uns schon ein echtes Gespenst vor die Nase kommt, dann geben wir doch nicht Fersengeld!« Kurz entschlossen holte sie die Taschenlampen aus dem Rucksack und drückte eine davon Richard in die Hand.

Anne konnte nur staunen über so viel Unerschrockenheit.

Julius legte seiner kleinen Schwester die Hand auf die Schulter. »Sieh es mal so, Anne. Wir glauben doch wohl alle nicht an Gespenster. Also schauen wir mal, wer uns da an der Nase herumführen will. Und wenn wir es wider Erwarten mit einem echten Gespenst zu tun haben, dann ist es doch erst recht ein großes Abenteuer.«

Anne boxte ihm gegen den Arm. »Vergackeiere mich nicht immer! Natürlich glaub ich nicht wirklich an Gespenster. Aber was ist, wenn uns jemand in eine Falle locken will?«

»Keine Sorge«, erwiderte Georg. »Tim ist doch bei uns.«

»Apropos Tim«, erinnerte Richard und nahm das Fernglas aus dem Rucksack. »Er könnte langsam mal zurückkommen, findet ihr nicht auch?«

Er spähte durch den Feldstecher. »Keine Chance, es ist zu dunkel, um etwas zu erkennen.«

»Siehst du«, sagte Georg. »Wir können Tim doch nicht im Stich lassen. Wir müssen hinterher!«

Georg und Richard, die als Einzige Taschenlampen dabeihatten, setzten sich an die Spitze. Dann machten sie sich auf den Weg. Die Freunde waren froh, dass sie die beiden Leuchten mitgenommen hatten, denn der dichte Nebel schluckte das fahle Mondlicht.

Anne und Julius hefteten sich ihnen dicht an die Fersen.

»Nicht so schnell!«, zischte Anne und suchte am Arm ihres Bruders Halt, während sie sich immer weiter von den Lichtern der Ortschaft entfernten. Bald war auch die Eiche nicht mehr zu sehen.

»Wie weit wollen wir denn laufen?«, fragte Julius. »Ich kann keine weiße Gestalt sehen. Wir wissen ja auch nicht, wohin sie gerannt ist.«

Richard blieb abrupt stehen und hielt sich die Taschenlampe unter das Kinn, sodass der Schein gespenstische Schatten auf sein Gesicht warf. »Uah! Vielleicht ist sie auch nirgendwohin gerannt, sondern hat sich einfach in Luft aufgelöst!« Er schnippte mit den Fingern. »Einfach so!«

Julius tippte ihm an die Stirn. »Richard, du bist ein Spinner.«

»Pst!«, machte Georg. Aus der Ferne war Hundegebell zu hören. »Das ist Tim! Los, in die Richtung!«

Also eilten die Freunde weiter, immer dem Gebell entgegen. Schließlich stand Tim vor ihnen. Er verbellte ein helles Stück Stoff, das vor ihm auf dem Feld lag.

Georg streichelte ihm über den Kopf und hob das Stoffstück auf. »Braver Tim.«

Anne nahm ihr das Tuch aus der Hand, während Georg mit der Taschenlampe leuchtete.

»Es ist ein Seidenschal«, stellte Anne fest.

»Dann trägt unser Gespenst also sehr irdische Kleidung«, meinte Julius sachlich.

Anne suchte den Rand des Tuches ab, um irgendeinen Hinweis zu finden. »Da!« Sie wies auf ein kleines Schild, das in den Saum eingenäht war. »Der Schal ist von Wilbur. Gute Qualität. Unser Gespenst hat Geschmack.«

»Und offenbar Geld.« Georg nahm ihr den Seidenschal wieder aus der Hand und stopfte ihn kurzerhand in den Rucksack. »Den nehmen wir schon mal mit.«

»He!«, protestierte Anne. »Das ist Seide, die darfst du nicht so knuddeln, sonst …«

Georg starrte Anne ungläubig an. »Das ist doch wohl total egal.«

»Nichts da!«, entgegnete Anne.

Richard grinste. »Nun gib ihr schon *Beweisstück A* wieder, damit sie es ordentlich zusammenfalten kann.«

Georg gehorchte. Dann zog sie Block und Stift hervor. »Julius, wie spät ist es?«

Im Schein der Taschenlampe schaute Julius auf seine Armbanduhr. »Fünf nach zwölf vorbei.«

»Okay«, sagte Georg und machte sich Notizen. »Dann ist das Gespenst also gegen Mitternacht hier aufgetaucht. Es war zuerst direkt an der Eiche und ist dann in dieser Richtung verschwunden. Welche Himmelsrichtung ist das?«

»Hm, lass mich mal überlegen.« Richard breitete die Arme aus. »Da liegt der Ort, der Kirchturm dürfte so ziemlich in einer Richtung mit meinem Arm sein. In halbwegs gerader Linie dahinter liegt ein gutes Stück weiter unser Haus. Ich weiß, dass die Kirche südwestlich von unserem Haus liegt, man kann sie ja sehen, wenn man aus dem Badezimmerfenster schaut.«

»Dann ist das Gespenst also ebenfalls in südwestlicher Richtung verschwunden«, schlussfolgerte Julius. »Vielleicht etwas weiter westlich.«

Georg machte sich eifrig Notizen und versuchte, so gut es ging, auf dem kleinen Block eine Skizze anzufertigen. »Na ja, eine gute Skizze sieht anders aus. Aber das soll fürs Erste genügen.«

Julius bat Richard, ihm die Taschenlampe zu geben. Er drehte sich einmal im Kreis und leuchtete die Umgebung ab. »Ich denke, hier können wir heute Nacht nichts mehr ausrichten. Es ist weiter nichts zu sehen und der Nebel wird immer dichter.«

»Ich würde auch vorschlagen, wir schauen uns das ganze morgen noch einmal bei Tageslicht an«, sagte Georg und strubbelte ihrem Hund über den Kopf. »Und unseren Tim haben wir auch wieder. Also, fahren wir heim.«

Der Rückweg zu den Rädern war leicht zu finden, denn noch brannte in einigen Häusern am

Ortsrand Licht. Sie mussten nur darauf zusteuern. Als sie ihre Fahrräder über den Feldweg schoben und in die Nähe des Ortes kamen, sahen die Freunde, dass sogar ein paar Anwohner aus den Häusern gekommen waren und miteinander sprachen.

»Wenn ihr mich fragt, dann sollten wir jetzt nicht durch dieses Wohngebiet fahren, sondern uns rechts halten und lieber einen Umweg in Kauf nehmen«, flüsterte Richard. »Ich habe wenig Lust auf neugierige Fragen.«

»Du hast recht«, meinte auch Julius. »Sicher hat der Schrei die Leute auf die Straße gelockt und die Frau mit dem Hund hat ihnen brühwarm von dem Gespenst erzählt.«

»Am Ende verdächtigen sie noch uns, dass wir was mit der Sache zu tun haben«, stimmte Georg ihren beiden Cousins zu. Was haben vier Kinder schon nachts bei der Spuk-Eiche verloren!«

Also stiegen sie auf ihre Räder und fuhren mit ausgeschaltetem Licht zunächst am Ort vorbei.

Georg war zufrieden. Ihre Idee hatte ihnen wirklich einen spannenden Ausflug beschert. Damit, dass diese weiße Gestalt aufgetaucht war, hatte sie natürlich selbst nicht gerechnet. Aber es setzte der ganzen Aktion die Krone auf. Jetzt war ihr Ferienprogramm gesichert, denn ein neues Abenteuer wartete auf sie, das Rätsel um die Spuk-Eiche wollte gelöst werden!

Gut gelaunt trat sie ordentlich in die Pedale und fuhr vorweg.

Doch als sie in die Einfahrt zum Haus einbog, war die gute Laune wie weggeblasen.

»Oh nein!«, rief Georg, als sie sah, dass in Esszimmer und Hausflur Licht brannte.

Kaum knirschte der Kies unter den Fahrradreifen, da wurde auch schon die Haustür geöffnet und die Mutter trat mit verschränkten Armen in den Lichtkegel.

»Mist«, fluchte Richard leise. »Jetzt gibt's ein Donnerwetter.«

Mit gesenkten Köpfen schoben die Freunde ihre Räder in den Schuppen. Nur Tim lief eilig zur Haustür, um die Mutter zu begrüßen. Er konnte ja nicht wissen, was los war.

Die Mutter legte den Zeigefinger auf die geschlossenen Lippen. Die Freunde sollten das Haus leise betreten.

Das kann nur eins bedeuten, stellte Julius erleichtert fest. Der Vater schlief und hatte von dem nächtlichen Ausflug nichts mitbekommen.

Die Mutter schickte die Freunde ins Esszimmer. Leise schloss sie die Tür, nachdem sie den Raum als Letzte betreten hatte. »Darf ich fragen, wo ihr um diese Zeit herkommt? Ich habe mir Sorgen gemacht.«

Julius legte ihr beschwichtigend die Hand auf den Arm. »Aber Mutter, du weißt doch, dass du dich um uns nicht sorgen musst, wir hatten einfach … Also, wir …«

Georg fiel ihm ins Wort. »Das ist meine Schuld. Ich hab das ausgeheckt und die anderen dazu angestiftet mitzumachen.«

»Was ausgeheckt?«, fragte ihre Tante.

Julius, Richard und Anne warfen Georg durchdringende Blicke zu. Wollte sie etwa alles verraten?

Georg zuckte die Schultern und sagte: »Ach, weil wir uns doch gestern so gelangweilt haben, dachte ich, ich überrede die anderen zu einem kleinen nächtlichen Ausflug zu diesem Baum, bei dem es angeblich spuken soll. So ein kleiner gruseliger Ausflug sollte das werden, aber es war nur mittelprächtig gruselig. Eigentlich war es vor allem neblig und kalt.« Sie warf einen Blick auf die Uhr. »Wir waren ja auch kaum mal eine Stunde weg.«

»Beim nächsten Mal sagt ihr aber Bescheid, wenn ihr zu solch einem ›Gruselausflug‹ aufbrechen wollt, hört ihr? Warum habt ihr mir nichts gesagt?«

Jetzt war Anne gefragt, die es mit ihrer unnachahmlichen Art wie keine Zweite verstand, sich bei den Leuten einzuschmeicheln. Sie blickte ihre Mutter mit großen Augen an, lächelte süß und legte den Kopf leicht schief. »Aber, Mutter, verstehst du denn nicht? Dass wir das Haus heimlich verlassen haben, das machte das Ganze doch noch spannender.«

Die Mutter seufzte und schüttelte den Kopf. »Ihr seid mir schon die richtige Bande, alle miteinander. Aber jetzt seid ihr ja wohlbehalten wieder hier. Das ist die Hauptsache. Vater braucht von eurem Abenteuer ja nichts zu erfahren.«

Die Freunde warfen sich erleichterte Blicke zu.

»Jetzt aber ab mich euch ins Bett«, sagte die Mutter.

Georg musste sich ein Grinsen verkneifen. Wenn ihre Tante wüsste, dass das Abenteuer gerade erst anfing!

Richard war am nächsten Morgen als Erster auf den Beinen. Noch bevor die anderen zum Frühstück herunterkamen, hatte er im Arbeitszimmer seines Vaters – natürlich mit dessen Erlaubnis – eine Wanderkarte herausgesucht.

»Gut gemacht«, lobte Georg, als sie schließlich am Tisch saßen, und biss in ihr Käsebrot. »So können wir uns gut einen Überblick verschaffen.«

»Ja«, sagte Richard. »Ich dachte mir, wir schauen mal auf der Karte nach, was so alles in westlicher oder südwestlicher Richtung der Eiche zu finden ist.«

Die Freunde beeilten sich mit dem Frühstück und hockten schließlich im Wohnzimmer auf dem Boden, die ausgebreitete Karte in ihrer Mitte.

»Hier.« Julius tippte auf eine Stelle unweit des Ortsrandes. »Hier steht die Eiche. Es ist sogar das kleine Symbol für ein Naturdenkmal eingezeichnet.«

»Hm, mal sehen.« Georg zog die Karte näher

zu sich her. »Hier ist Westen. In dieser Richtung erstrecken sich die Felder und Ackerflächen. Da kommt erst mal eine Weile nichts außer einem kleinen Wäldchen. Und da sind zwei Höfe.«

»Ob unser Gespenst so weit gerannt ist?«, fragte Anne ungläubig. »Bis zu einem der Höfe? Ob es auch von dort kam?«

Georg zuckte die Schultern. »Kann sein, kann nicht sein.«

Julius machte mit der Hand eine wegwerfende Geste. »Wo soll diese weiße Gestalt denn sonst hingelaufen sein? Ich meine, einfach nur so immer weiter auf die Felder hinauszurennen, das macht doch keinen Sinn.«

»Moment mal«, sagte plötzlich Richard. »Wer sagt denn, dass sie wirklich nach Westen gelaufen ist? Sie könnte sich ja auch südlicher gehalten haben.« Wie einen Greifvogel ließ er seinen Finger auf die Karte hinabsausen. »Da gibt es zum Beispiel einen kleinen Parkplatz. Erinnert ihr euch? Dort ist diese Aussichtsplattform, von der aus man Vögel beobachten kann.«

Georg hatte sich einige Notizen gemacht. *Parkplatz an der Aussichtsplattform* hieß die letzte. Sie tippte mit der Spitze ihres Kugelschreibers darauf. »Die Sonne scheint. Was hält uns davon ab, einmal dorthin zu fahren?«

Anne zuckte die Schultern. »Eigentlich nichts. Aber nach dem, was wir uns letzte Nacht geleistet haben, sollten wir doch Mutter fragen.«

»Aber Mutter ist nicht da«, wandte Richard ein. »Sie ist eben zum Einkaufen aufgebrochen.«

Julius stand auf und begann, den Frühstückstisch abzuräumen. »Dann legen wir ihr eben einen Zettel hin. Ganz einfach.«

»Gar nicht einfach!«, protestierte Anne. »Nachher braucht sie unsere Hilfe bei irgendwas und ist noch sauer, weil wir einfach abgehauen sind.«

»Hast du denn eine Ahnung, wann Mutter zurückkommt?«, fragte Richard. »Ich meine, das kostet uns doch nur Zeit.«

»So viel Zeit muss sein. Sie wird nicht ewig fortbleiben.«

In der Tat mussten die Freunde nicht lange warten. Schon bald darauf kam die Mutter mit vollen Einkaufstüten herein und bat die Jungen, zwei Getränkekisten aus dem Auto zu holen.

Auf alle Fälle war den Freunden genug Zeit

geblieben, sich eine Geschichte auszudenken, die sie der Mutter präsentieren konnten, ohne sie anzuflunkern.

»Mutter, wir möchten einen Ausflug machen und Vögel beobachten«, erklärte Anne. »Hast du was dagegen?«

»Vögel wollt ihr beobachten?«, wiederholte die Mutter. »Wie schön! Nein, natürlich habe ich nichts dagegen. Aber wir machen eine Zeit aus, wann ihr wieder zu Hause sein sollt. Übrigens könnt ihr gern Vaters großen Feldstecher mitnehmen. Er ist im Flur, in der obersten Schublade des Sideboards.«

Anne hüpfte in den Flur, um das Fernglas zu holen, als ihre Brüder gerade mit den Kisten hereinkamen.

Mit belustigtem Unterton rief die Mutter über die Schulter: »Aber passt auf, dass ihr nicht von Gespenstern heimgesucht werdet.«

Die Freunde warfen sich fragende Blicke zu. Hatte die Mutter doch mehr mitbekommen, als ihnen lieb war?

»Wie meinst du das?«, fragte Anne mit Unschuldsmiene. »Warum sollten uns denn Gespenster heimsuchen?«

Jetzt lachte die Mutter. »Ihr glaubt nicht, was ich vorhin beim Einkaufen erfahren habe. Die Leute erzählen, dass es neuerdings in unserem beschaulichen Städtchen spuken soll. Letzte Nacht erst will eine Frau ein echtes Gespenst gesehen haben. Und die Nachbarn haben einen Schrei gehört.« Dann drehte sie sich kopfschüttelnd um und begann, die Einkäufe auszupacken. »Also, manche Menschen reden einen Unfug. Das ist nicht zu fassen.«

Die Freunde unterdrückten ein Lachen und suchten ihre Sachen zusammen. Dann brachen sie auf.

Der Laubfrosch

Der Weg zu der Aussichtsplattform führte durch ein kleines Waldgebiet, das von einem Zufahrtsweg in der Mitte geteilt wurde. Hier zwischen den Bäumen hielt sich die Feuchtigkeit, die die Nachtluft gebracht hatte, länger, sodass es jetzt, da die Sonne die Luft erwärmt hatte, richtiggehend schwül wurde.

Überhaupt war es sehr feucht und sumpfig in diesem Gebiet. Links und rechts des Weges sammelte sich das Wasser in Pfützen und kleinen Tümpeln, und hier und da sah man einen Frosch durch das Laub hüpfen oder einen Lurch im seichten Wasser verschwinden.

Die eine Hand am Lenker schlugen die Freunde mit dem anderen Arm um sich, um lästige Insekten zu vertreiben, die hartnäckig um ihre Köpfe schwirrten.

»Hoffentlich haben wir die Plattform gleich erreicht!«, stöhnte Anne. »Da sind bestimmt nicht so viele Mücken wie hier.«

»Keine Sorge!«, rief Georg. »Da drüben ist sie schon, siehst du?«

Die Freunde stellten ihre Räder ab und steuerten auf die Plattform zu, die auf Stelzen an den Waldrand gebaut war. Auch hier war der Untergrund sumpfig und dicht mit Moos bewachsen.

»Hier zu gehen, ist aber ein ulkiges Gefühl«, stellte Richard fest. »Das ist ja, als würde man auf Watte laufen.« Er hatte recht, denn die Füße sanken bei jedem Schritt in das weiche Moos ein.

Neben der Aussichtsplattform war eine Informationstafel angebracht, auf der einige Dinge über die heimische Vogelwelt geschrieben standen. Doch die Freunde ignorierten sie zunächst und erklommen flink einer nach dem anderen die Leiter, über die man auf den Bretterboden hinaufkam. Sogar Tim schaffte das spielend. Georg fragte sich nur, wie sie ihn wieder hinunterkriegen sollten.

Richard und Julius zückten die Ferngläser. Langsam ließen sie den Blick über die vor ihnen liegenden Wiesen und Felder streifen, während sich Georg und Anne wie Indianer die Hand über die Augen hielten und in die Ferne spähten.

Tatsächlich waren von hier aus etliche Vögel zu sehen. Man konnte beobachten, wie sie im Boden nach Würmern und Insekten pickten. Andere Vogelpaare hatten offenbar Nester zu versorgen und zu verteidigen. Man sah, dass abwechselnd immer einer auf Futtersuche ging und dann wieder zum Ausgangsort zurückkehrte, während der andere die Stelle bewachte. Die Luft war erfüllt von Gezwitscher.

»Sehr beeindruckend«, sagte Julius und streckte den Arm aus. »Da drüben sind Lerchen, sehr ihr?« Dann reichte er den Feldstecher an Georg weiter. »Ich weiß nur – ehrlich gesagt – nicht, wie uns das weiterbringen sollte.«

»Bildung bringt einen immer weiter«, erinnerte ihn Richard grinsend. »Und wenn es in der Vogelkunde ist.«

Doch Georg hatte etwas anderes im Sinn. Anstatt den Blick auf die Lerchen zu richten, suchte sie die Gegend rund um die Plattform ab. Vor allem der kleine Parkplatz – eigentlich war es nur eine kleine geschotterte Fläche – hatte ihr Interesse geweckt.

»Hm«, machte sie plötzlich, gab Julius wortlos das Fernglas zurück und stieg die Leiter wieder hinunter. Zielstrebig lief sie auf den Parkplatz zu und suchte den Boden ab. Sie hatte doch richtig gesehen: Da waren frische Reifenspuren!

»Kommt her, ich hab was gefunden!«, rief sie und winkte.

Anne stieg die Leiter hinunter.

»Und Tim?«, fragte Richard. »Soll der etwa hier oben bleiben?«

Julius seufzte. Als Ältester und Kräftigster der Freunde erbarmte er sich des Hundes. Er hievte Tim hoch, sodass dieser die Vorderpfoten über seine Schulter legen konnte, und kletterte stöh-

nend rückwärts die Leiter hinunter. Dann setzte er den Hund auf den Boden, der sofort aufgeregt mit dem Schwanz wedelte, als wollte er sich bedanken. Ihm war die Sache offenbar auch nicht geheuer gewesen, und er war froh, dass er wieder mit allen vieren sicher auf dem Boden stand.

»Was ist denn?«, rief Georg ungeduldig. »Nun kommt schon rüber.«

»Gemach, gemach!«, antwortete Julius. »Das nächste Mal kannst du dich ja um Tim kümmern.«

Georg war in die Hocke gegangen und inspizierte irgendetwas. »Wo ist denn Richard?«

Julius zeigte mit dem Daumen über die Schulter. »Der ist noch auf der Plattform geblieben. Er hat wohl was gefunden.«

Georg zeigte auf den Boden direkt vor sich.

»Reifenspuren«, stellte Julius fest. »Auf einem Parkplatz eigentlich nichts Ungewöhnliches.«

Georg berührte den Boden. Sofort begann Tim, intensiv an der Stelle zu schnüffeln. »Schon, aber diese sind ganz frisch. Im inneren Bereich sind sie viel dunkler als außen rum, siehst du? Die Sonne hatte noch nicht genügend Zeit, um den aufgewühlten Boden zu trocknen. Sie stammen also mit großer Wahrscheinlichkeit von heute Nacht oder heute Morgen ganz früh.«

»Ziemlich schmal sind sie, findet ihr nicht?«, fragte Anne und sah sich um. »Wo sind denn die anderen? Ich meine die von den anderen beiden Reifen.«

Doch es waren nirgendwo sonst Reifenspuren zu sehen.

Julius kratzte sich an der Schläfe. »Das kann eigentlich nur eins bedeuten: Sie stammen von einem Motorrad.«

»Oder besser gesagt von einem Moped«, sagte Georg und erinnerte Julius daran, wie schmal die Spuren waren.

»Hey, jetzt schaut euch das an!« Anne war zum Rand der Wiese gegangen. »Hier ist eindeutig jemand durchgelaufen. Das Gras ist platt getreten. Sieht auch aus, als wäre das erst vor Kurzem gewesen.«

Julius spähte mit dem Feldstecher in die Ferne. »Die Richtung könnte stimmen, oder? Ja, da hinten müsste die Eiche sein.«

Anne verschränkte die Arme vor der Brust. »Dann meint ihr also, das Gespenst hatte hier sein

Moped stehen und ist dann damit davongebraust? Ulkige Vorstellung.«

»Ja«, sagte Georg lachend. »Ich sehe es genau vor mir: Sein weißes Gewand flatterte durch die Nacht. Es musste nur aufpassen, dass das Gewand nicht in die Speichen gerät.«

Richard bekam von alldem zunächst nichts mit. Er hatte sich noch ein wenig umgesehen, denn ihm ging so allerlei durch den Kopf.

Plötzlich entdeckte er in einer Ecke des überdachten Ausgucks ein wunderschönes buntes Blatt auf dem Bretterboden. Es war mehr als handtellergroß und perfekt erhalten, keine Einrisse oder Löcher waren zu sehen. Richard hatte keine Ahnung, von was für einem Baum es stammte, aber das ließ sich ja mit dem Bestimmungsbuch herausfinden. Auf alle Fälle war es ein perfektes Exemplar für sein Herbarium.

Richard bückte sich, um das Blatt mit spitzen Fingern am Stiel aufzuheben. Auf einmal kam ihm etwas entgegengesprungen! Vor Schreck ließ Richard das Blatt fallen und fiel nach hinten. Ein Schrei entfuhr ihm und er landete unsanft auf dem Hinterteil.

»Richard, was ist passiert?«, rief Anne besorgt und kam auch schon angerannt. Die anderen folgten ihr auf dem Fuße.

Richard drehte sich zur Seite und sah sich Auge in Auge mit einem knallgrünen Laubfrosch, der pumpend auf dem Bretterboden hockte.

»Keine Sorge, ich hab mich nur vor einem Laubfrosch erschreckt.« Richard rappelte sich langsam auf, um den Frosch nicht zu verscheuchen, und klopfte sich den Staub vom Hosenboden.

Anne war ein paar Stufen die Leiter hinaufgestiegen. »Ein Laubfrosch? Wie ist der denn wohl da raufgekommen?«

Richard zuckte die Schultern. »Vielleicht ist es ein Wetterfrosch. Du weißt doch, wenn das Wetter gut wird, dann klettern die Wetterfrösche die Leiter hoch.«

Anne zeigte ihm einen Vogel. »Aber doch nicht so ein kleiner Frosch und so eine riesige Leiter.«

Richard hob das Blatt wieder auf und hielt es in die Höhe. »Jedenfalls habe ich dieses Prachtexemplar für mein Herbarium gefunden«, sagte er. »Ich werde …« Richard stockte. Hatte er richtig gesehen? Glitzerte dort nicht etwas – genau dort, wo eben der Frosch unter dem Blatt gesessen hatte?

Richard ging in die Hocke, um es genauer zu betrachten. »Na, sieh mal einer an«, murmelte er vor sich hin. Dann nahm er das Fundstück zwischen Daumen und Zeigefinger und hielt es Anne vor die Nase. »Ein blauer Ohrstecker.«

Anne, die auf halber Höhe der Leiter stand, nahm ihm das Schmuckstück aus der Hand. »Der ist doch nicht blau, der ist violett. Aber wunderschön und sicher nicht billig. Wer auch immer ihn dort verloren hat, die Frau wird sich ärgern.«

Sie hielt den Stecker ins Sonnenlicht. »Wir können ihn ja bei Gelegenheit im Fundbüro abgeben. Wenn wir ihn hier liegen lassen, fegt der nächste Wind ihn nur fort.«

Georg war inzwischen dazugekommen und schaute den Ohrstecker über Annes Schulter hinweg an. »Wer weiß, vielleicht gehört er ja unserem Gespenst. Ich meine, wenn es schon weiße Seidentücher verliert, warum nicht auch einen Ohrstecker?«

Anne lachte. »Das wäre schon ein großer Zufall, oder?«

Georg zückte das kleine Buch und machte eine Notiz. »Das wäre nicht das erste Mal, dass wir es mit einem Zufall zu tun haben.«

»Aber was machen wir mit dem Frosch?«, fragte Anne, während sie den Ohrstecker in der Hosentasche verschwinden ließ.

»Wieso?«, fragte Richard. »Was sollen wir schon mit dem Frosch machen?«

»Er ist allein da raufgekommen, also kommt er auch wieder alleine runter«, meinte Julius.

Doch Anne genügte das nicht. »Ich weiß nicht. Nachher verletzt er sich noch beim Versuch hinunterzukommen. Und wenn er oben bleibt, verhungert er.«

Georg drückte Anne kurzerhand Block und Stift in die Hand, schob sie beiseite und erklomm die Leiter. »Komm, Richard, dann fangen wir den kleinen grünen Freund eben ein und setzen ihn unten ins Gras.«

Doch das war gar nicht so einfach. Der Laubfrosch wich den beiden immer wieder mit Riesensätzen aus. Richard und Georg wollten schon aufgeben. Endlich gelang es ihnen, den Frosch in eine Ecke zu drängen, aus der er schlecht entkommen konnte. Verschreckt saß er da und bewegte sich nicht.

»Schnell, Anne«, zischte Georg. »Gib mir das Seidentuch. Es ist noch im Rucksack!«

Und damit ging es. Vorsichtig ließ Georg das Tuch auf den Frosch hinabschweben. Der kleine Kerl saß in der Falle. Aber nur für kurze Zeit.

Behutsam nahm Richard den Frosch mitsamt dem Tuch auf, stieg vorsichtig von der Leiter und setzte ihn schließlich ins Gras. Sofort verschwand er mit einigen Sätzen in der hohen Wiese. »So, liebe Anne, Auftrag ausgeführt. Bist du jetzt beruhigt?«

Anne lächelte zufrieden. »Jawohl. Ich glaube ja, die kleinen Hüpfer haben Sprungfedern in ihren Hinterbeinen.« Dann begann Anne an ihren Unterarmen zu kratzen. »Ich wünschte nur, wir müssten auf dem Rückweg nicht mehr durch diesen mückenverseuchten Wald durch. Mich haben vorhin schon ganz viele erwischt. Das juckt wie wild.«

Julius zuckte die Schultern. Er war verschont geblieben. »Dann hast du wohl besonders süßes Blut. Aber ich befürchte, da können wir dir jetzt nicht helfen. Durch Mückenhausen musst du selbst durch.«

Anne seufzte und folgte den anderen, um ihr Rad zu holen.

»Hier.« Georg reichte Anne das Seidentuch, das sie noch nicht wieder in den Rucksack gesteckt hatte. »Du kannst dir ja das Geistertuch um einen Arm wickeln, dann ist wenigsten der eine vor den Blutsaugern geschützt.«

Diese Idee setzte Anne sofort in die Tat um. Dann ging es in schnellem Tempo zurück durch den Wald. Außer Puste erreichten sie die Landstraße und stoppten kurz.

Julius beugte sich über den Lenker. »Es ist noch früh. Was haltet ihr davon, wenn wir im Ort noch ein Eis essen, bevor wir heimfahren?«

Damit waren die anderen einverstanden. Gegen einen Eisbecher hatten sie nie etwas einzuwenden.

Anne wickelte sich den Schal vom Arm und band ihn sich um den Hals. Er war wirklich von besonders guter Qualität und fühlte sich sehr angenehm an auf der Haut.

Ich trage einen Schal von einem Gespenst,

dachte Anne belustigt und freute sich, wie der Schal im Wind flatterte.

Sie hatten Glück. Vor der Eisdiele am Marktplatz war noch genau ein Tisch für vier Personen frei. Tim legte sich hechelnd darunter und ließ die Zunge aus dem Maul hängen.

Die Kellnerin des Eiscafés kannte die Freunde gut und brachte direkt eine Schale Wasser für Tim an den Tisch.

Die Freunde bestellten Erdbeerbecher. Richard lief schon bei dem Gedanken an sein Lieblingseis das Wasser im Mund zusammen. Gierig begann er zu löffeln, sobald das Eis auf dem Tisch stand.

Anne ließ es langsamer angehen. Sie zog Richard jedes Mal damit auf, dass sie noch einen Rest genießen konnte, während er schon alles verputzt hatte. Sie wunderte sich immer wieder aufs Neue, dass er keine Bauchschmerzen bekam.

Schweigend löffelten die Freunde ihr Eis, als sie plötzlich hellhörig wurden. Am Nachbartisch wurde über das Gespenst gesprochen. Zwei ältere Damen mit Hut saßen bei einer Tasse Kaffee zusammen und tuschelten aufgeregt.

»Ich sage dir, die Geschichte wiederholt sich«,

sagte die eine. »Es ist schon einmal geschehen, ist schon bestimmt zwanzig Jahre her. Da hat man an der Eiche auch eine weiße Gestalt gesehen, genau dort, wo bei Vollmond Elisabeth spuken soll, und kurz darauf wurde die Tochter des Apothekers vermisst.«

»Ach, Mariechen«, erwiderte die andere Frau lachend und legte ihrer Tischnachbarin die Hand auf den Arm. »Daran erinnere ich mich genau. Die Tochter des Apothekers ist damals mit ihrem Liebhaber durchgebrannt. Das hatte wenig mit Spuk und Hexerei zu tun.«

»Aber es gab Zeugen, die just vorher diese weiße Gestalt drüben an der Eiche gesehen haben. In einer Vollmondnacht!«, beharrte die erste.

»Jaja«, beschwichtigte die andere. »Die Leute erzählen viel.«

»Aber, Grete!«, protestierte die Frau, die Mariechen genannt wurde. »Nun hat Frau Ballensiefen heute Nacht wieder so eine weiße Gestalt gesehen. Ihr Hund ist fast verrückt geworden, sagt sie.« Sie schüttelte sich. »Ach, mir wird's ganz anders bei dem Gedanken. Ich mag mir gar nicht vorstellen, dass mir so ein Gespenst begegnet wäre.«

»Nun ja. Du treibst dich normalerweise auch nicht nachts allein auf den Feldern herum«, antwortete die andere spöttisch und nippte an ihrem Kaffee, wobei sie sich ein Grinsen nur schlecht verkneifen konnte.

In diesem Moment geschah etwas Sonderbares. Anne wollte sich gerade eine besonders schöne Erdbeere in den Mund schieben, als ein Pick-up auf den Marktplatz gebraust kam und mit quietschenden Rädern vor einem kleinen Haus bremste. Die Freunde wussten, dass dort eine Schreinerei ansässig war.

Ein Mann mit Hut, Cordhosen und Gummistiefeln sprang aus dem Auto und baute sich breitbeinig vor dem kleinen Haus auf. Der Kleidung nach handelte es sich um einen Landwirt.

Die Freunde hielten beim Essen inne und beobachteten neugierig die Szene.

»Was hat das denn zu bedeuten?«, fragte Richard.

»Ich glaube, wir werden es gleich wissen«, meinte Georg. »Irgendwas ist da im Busch.«

Und richtig, der Bauer stemmte sich die Fäuste in die Seiten und brüllte: »Martin, komm raus, du … du Nichtsnutz!«

Zunächst tat sich nichts und der Bauer brüllte erneut. »Du sollst rauskommen, hab ich gesagt! Wo hast du sie versteckt?«

Endlich wurde die Tür der Schreinerei langsam geöffnet. Ein junger dunkelblonder Mann trat zögernd heraus. Er wischte sich die Hände an seiner Schreinerschürze ab. »Warum brüllen Sie denn so, Herr Prahl?«, fragte er.

Man konnte spüren, dass es ihm nur mühsam gelang, seinen Zorn über den Auftritt des Bauern zu zügeln.

»Tu doch nicht so, als wüsstest du nicht, wovon ich rede!«, brüllte der Landwirt mit hochrotem Kopf. »Sophie. Wo ist sie?«

Der junge Mann, der offenbar Martin hieß, stand mit offenem Mund da. »Wollen Sie mir sagen, dass Sophie fort ist? Das kann doch nicht sein!«

»Und ob das wahr ist!«, antwortete der Bauer. »Und du sagst mir jetzt sofort, wo sie sich versteckt hat. Die kann was erleben, sag ich dir.«

Jetzt kam der junge Mann näher und baute sich selbstbewusst vor dem Bauern auf. »Na, haben Sie es endlich geschafft? Haben Sie Ihre eigene Tochter vom Hof vertrieben? Bravo sage ich dazu nur. Bravo!«

»Auch noch frech werden!« Bauer Prahl hob drohend die Faust.

Jetzt zeigte der Schreiner mit dem Zeigefinger auf den Bauer. »Ich will Ihnen mal was sagen. Ich habe Sophie schon vor einiger Zeit verlassen, um sie nicht um ihr Erbe zu bringen. Und glauben Sie mir, wir waren beide sehr unglücklich deswegen.« Plötzlich brach seine Stimme, als müsste er mit den Tränen kämpfen.

Damit machte er auf dem Absatz kehrt und verschwand in seiner Werkstatt, ohne den Bauern noch eines Blickes zu würdigen.

Dieser stapfte wutentbrannt um seinen Pick-up herum, setzte sich hinters Steuer und brauste davon.

»Ich hab es dir ja gesagt, Grete«, kam eine aufgeregte Flüsterstimme vom Nachbartisch. »Gestern das Gespenst, und heute ist die Sophie verschwunden.«

Die Tochter des Bauern

Georg saß an Annes Schreibtisch und blätterte in ihren Aufzeichnungen. Die anderen schauten ihr über die Schulter.

»Schade, dass wir keine Zeit mehr hatten, weil wir heimmussten«, sagte sie. »Ich glaube, es hätte sich gelohnt, diesem Martin mal einen Besuch abzustatten.«

Julius schüttelte den Kopf. »Nee, lass mal, das war schon richtig so. Was hätten wir dem denn sagen sollen? Hallo, was war denn da vorhin los? Weißt du, was er dann geantwortet hätte? Das geht euch einen feuchten Kehricht an.«

»Meint du denn, das Verschwinden dieser Bauerstochter – dieser Sophie oder wie sie hieß – hat tatsächlich etwas mit unserem Gespenst zu tun?«, fragte Anne.

Georg zuckte die Schultern. »Wäre doch möglich.«

»Also, wenn wir zu diesem Martin wollen, sollten wir uns vorher einen Vorwand ausdenken«, sagte Richard. »Aber erst müssen wir sowieso

Mutter helfen, da ist nicht dran zu denken, noch einmal in den Ort zu fahren.«

»Hm«, machte Anne und schnippte auf einmal mit den Fingern. »Ich glaube, ich hätte da eine Idee. Da könnten wir quasi zwei Fliegen mit einer Klappe schlagen. Ihr kennt doch mein Schmuckkästchen.«

»Du meinst das, das du mal von Tante Alberta geschenkt bekommen hast?«, fragte Julius.

Anne nickte. »Ja, es ist eine Intarsien-Arbeit. Ihr wisst schon, so mit Einlegearbeiten aus verschiedenen Holzsorten. Und ich glaube, es ist ziemlich wertvoll. Leider ist es mir vor Kurzem aus der Hand gefallen und dabei ist eine Ecke herausgebrochen. Wir könnten mit dem Kästchen zu diesem jungen Schreiner gehen und fragen, ob er auch solche Dinge reparieren kann.«

»Es sähe wohl ein wenig komisch aus, wenn wir alle fünf wegen eines kleinen Kästchens in seiner Werkstatt auftauchen«, meinte Julius. »Was haltet ihr davon, wenn wir uns aufteilen? Richard und ich könnten uns mal den Hof von Bauer Prahl anschauen. Es dürfte doch kein Problem sein herauszufinden, wo dieser Hof ist.«

»Gute Idee«, meinte Georg. »Anne und ich gehen zum Schreiner und ihr schaut euch den Hof an.«

»Aber erst müssen wir Mutter helfen«, erinnerte Julius.

Die Jungen machten sich an den Gartenmöbeln zu schaffen, die mit der Drahtbürste abgebürstet und neu geölt werden mussten. Die Mädchen halfen der Mutter, grüne Bohnen zu ernten, die später eingekocht werden sollten. Es war eine Menge Arbeit und Anne warf immer wieder einen besorgten Blick auf die Küchenuhr. Die Zeit lief ihnen davon!

Endlich war die Arbeit getan und auch die Jungen kamen herein und schrubbten sich die Hände ordentlich sauber.

»Georg und ich fahren noch einmal in den Ort«, sagte Anne zu ihrer Mutter. »Ich möchte mein Schmuckkästchen reparieren lassen.«

Die Mutter legte den Kopf schief. »Das ist grundsätzlich eine gute Idee, aber hat das nicht bis morgen Zeit?«

Anne machte eine gequälte Miene. »Ja, schon, aber je eher ich es wegbringe, desto schneller habe ich es wieder.«

Und Georg fügte hinzu. »Bei der Gelegenheit kann ich auch einen Brief an eine Schulkameradin aus dem Internat einwerfen. Dann kommt er noch pünktlich zu ihrem Geburtstag an.«

Die Mutter seufzte und stellte die letzten gefüllten Einmachgläser auf der Anrichte zurecht, wo sie auskühlen sollten. »Aber seid bitte pünktlich zum Abendbrot wieder zu Hause.«

Georg hielt sich die Hand an die Schläfe. »Aye, aye, Käpten.«

Anne hatte das Schmuckkästchen in ein Handtuch gewickelt und vorsichtig in ihren Fahrradkorb gelegt, damit es nicht noch mehr Schaden nahm.

Als die Mädchen auf den Marktplatz kamen, drosselten sie die Fahrt, denn auf dem Kopfsteinpflaster ratterten die Räder heftig.

Anne schüttelte die Arme aus, als sie abgestiegen waren. »Mensch, das kribbelt vielleicht.«

Sie hatten Glück. In der Schreinerwerkstatt brannte noch Licht. Also schoben sie ihre Räder auf den Hof.

Plötzlich stutzte Georg. »Wo ist Tim?«

Vorsichtig hob Anne das Kästchen aus dem Fahrradkorb. »Ich glaube, er ist gerade dort hinten um die Ecke verschwunden. Vielleicht hat er ein Kaninchen entdeckt.«

»Tim?«, rief Georg. Aber der Hund kam nicht. Deshalb ging sie, um nachzusehen, wo er abgeblieben war.

Tim hatte keineswegs ein Kaninchen gefunden, sondern ein Moped, das in einem offenen Schuppen abgestellt war. Er schnüffelte aufgeregt an den Reifen und wedelte dabei heftig mit dem Schwanz. »Ich fress einen Besen!«, zischte Georg.

Jetzt kam auch Anne um die Ecke, um zu sehen, wo ihre Cousine blieb. »Was ist denn?«

»Bingo, Anne«, flüsterte Georg. »Ich glaube, unser lieber Tim hat das Moped gefunden.«

Anne presste sich vor Aufregung das Kästchen an die Brust und spürte, wie ihr Herz einen Takt schneller schlug. »Du meinst das Moped von dem Parkplatz? Wirklich?«

Georg zeigte auf Tim. »Ja, schau doch. Er erkennt den Geruch von heute Morgen wieder. Anne, ich sag dir, wir sind auf der richtigen Spur. Dieser Schreiner hat was mit unserem Gespenst zu tun.«

»Dann sollten wir besser aufpassen«, sagte Anne.

»Das, liebe Anne, sollten wir grundsätzlich immer«, stellte Georg ein wenig altklug klar und wandte sich zum Gehen.

Ein Glöckchen bimmelte, als die Mädchen den Laden betraten. Tim sollte vor der Tür warten.

Der junge Schreiner stand an seiner Werkbank und bearbeitete ein Holzstück mit dem Hobel. Als er das Bimmeln hörte, drehte er sich um und wischte sich die Hände an seiner Arbeitsschürze ab, genau wie er es auch am Vormittag getan hatte.

Er kam näher und lächelte freundlich. In seinen kurzen dunkelblonden Haaren hatten sich feiner Staub und auch einige Hobelspäne verfangen. »Hallo, was kann ich für euch tun?«

Anne schluckte. Jetzt, da sich ihr Verdacht, dass der Mann etwas mit dem Gespenst zu tun haben könnte, erhärtet hatte, war sie wie versteinert.

Schließlich nahm Georg ihr das Kästchen aus dem Arm und wickelte es vorsichtig aus dem Handtuch. Dann hielt sie es dem Schreiner hin.

»Meiner Cousine ist das schöne Schmuckkästchen hier hingefallen. Dabei ist eine Ecke herausgebrochen«, sagte sie. »Reparieren Sie so etwas auch?«

Der Schreiner Martin nahm ihr den kleinen Kasten aus der Hand und betrachtete ihn von allen Seiten. »Hm, ich denke, das kriege ich hin. Eilt es sehr? Ich habe im Moment viel zu tun, müsst ihr wissen.«

Anne schüttelte den Kopf. »Nein, es eilt nicht.«

»Gut, dann notiere ich mir eben deinen Namen und die Telefonnummer«, sagte der Mann und legte mit Schwung eine große Kladde auf den Ladentisch. Dabei wirbelte feiner Holzstaub auf, der Anne sofort in die Nase stieg.

»Hatschi!« Anne musste heftig niesen. Doch die Nase hörte nicht auf zu kribbeln. Schnell klaubte Anne ein Taschentuch aus ihrer Hosentasche.

Ein leises Klirren ließ sie aufhorchen. Der Ohrstecker! Den hatte sie schon völlig vergessen. Nun war er mit dem Taschentuch aus der Tasche gerutscht und zu Boden gefallen.

Anne bückte sich, hob ihn auf und hielt ihn Georg auf der flachen Hand hin. »Den wollten wir ja noch zum Fundbüro bringen. Aber das hat jetzt sowieso geschlossen.«

Georg war es nicht entgangen, dass der Schreiner für einen kurzen Augenblick auf das kleine

Schmuckstück starrte und kreidebleich wurde. Doch dann räusperte er sich und beugte sich tief über sein Buch. »Jetzt brauche ich noch deinen Namen und deine Telefonnummer. Ich rufe dann an, wenn ich es fertig habe.«

»Können Sie schon abschätzen, was es kosten wird?«, fragte Anne.

Der junge Mann winkte ab. »Nicht die Welt. Wir werden uns schon einig.«

Damit verließen die Mädchen die Werkstatt.

Georg spürte deutlich die Blicke des Schreiners im

Rücken. Als sie draußen um die Ecke verschwunden waren, flüsterte sie: »Hör mal, den Ohrstecker, den werden wir nirgendwo hinbringen.«

»Aber ...« Anne wollte protestieren. »Wenn jemand ...«

Doch Georg fiel ihr sofort ins Wort. »Mensch, Anne, hast du denn nicht mitgekriegt, wie der reagiert hat, als er das kleine Schmuckstück gesehen hat? Ich sag dir, der kennt diesen Ohrstecker.«

»Na, ihm wird er sicher nicht gehören«, wandte Anne ein.

Georg tippte ihr an die Stirn. »Natürlich nicht, aber vielleicht einer jungen Frau, mit der er an der Aussichtsplattform war.«

Anne zog die Augenbraue hoch. »Du meinst Sophie?«

Georg zuckte die Schultern. »Warum nicht? Es würde auf jeden Fall die Annahme untermauern, dass er dort war. Tim hat das Moped wiedererkannt, und der Typ den Ohrstecker.«

Anne betrachtete das glitzernde Schmuckstück auf ihrer Handfläche. Dann schloss sie die Faust darum und schob es zurück in ihre Hosentasche. »Kein Beweisstück, aber ein Hinweis«, sagte sie.

»Indiz nennt man das«, erklärte Georg. »Also, sehen wir zu, dass wir nach Hause kommen. Wir haben den Jungs was zu berichten.«

Doch auch die Jungen hatten einen spannenden Spätnachmittag genossen. Der Gutshof von Großbauer Prahl war sogar in der Karte eingezeichnet und daher leicht zu finden gewesen. Das Anwesen konnte sich sehen lassen. Die Gebäude waren in U-Form angelegt. In der Mitte befand sich das große Gutshaus mit seiner Freitreppe. Rechts und links davon lagen die Stallungen. Rund herum erstreckten sich Weiden und kleinere Wirtschaftsgebäude.

»Wow«, staunte Julius, als sie sich dem Gehöft näherten. »Der Bauer ist sicher nicht arm.«

»Schau, dort drüben steht der Pick-up«, sagte Richard, als er das Auto, das sie am Vormittag auf dem Marktplatz gesehen hatten, neben einem der Ställe entdeckte. »Hier sind wir also richtig.«

Im selben Moment führten einige Reiter ihre Pferde aus dem Stall. Auf dem Hof saßen sie auf und lenkten ihre Pferde dann zur großen Toreinfahrt, wo Richard und Julius standen.

Eine junge Frau, die vorwegritt, hob die Hand

zum Gruß an ihre Reitkappe. »Hallo, kann ich euch weiterhelfen?«

»Vielleicht«, antwortete Julius. »Wir suchen einen Job für die Ferien. Man hat uns gesagt, hier auf dem Hof gäbe es immer mal wieder solche Aushilfsstellen, bei denen man sich ein bisschen Taschengeld dazuverdienen kann.«

Die junge Frau nickte. »Ich weiß nicht, ob gerade jemand gesucht wird, aber vielleicht habt ihr ja Glück.«

»An wen müssen wir uns denn wenden?«, erkundigte sich Richard.

Die junge Frau warf einen Blick über die Schulter und überlegte einen Moment. »Am besten an den Chef selbst, an Herrn Prahl. Aber der hat im Moment andere Sorgen, soweit ich weiß.«

»Sorgen?«, hakte Julius nach, obwohl er natürlich längst wusste, worum es ging.

Die anderen Reiter der Gruppe warfen der jungen Frau vielsagende Blicke zu. Offenbar wollten sie nicht, dass sie sich in die privaten Angelegenheiten des Chefs einmischte.

»Ja, aber so genau weiß ich das auch nicht«, antwortete die Frau ausweichend. »Vielleicht geht ihr doch besser zu Herrn Kluge. Das ist der Verwalter. Ich meine, ich hätte ihn vorhin im Stall gesehen. Da hinten rechts.«

Julius und Richard bedankten sich und machten sich auf den Weg zum Stallgebäude. Zögernd traten sie ein und standen in einer Stallgasse. Links und rechts befanden sich Pferdeboxen, von denen nur wenige belegt waren. Aus dem hinteren Teil hörte man leises Schnaufen und Wiehern und auch das Klappern von Arbeitsgeräten.

»Ich glaube, da hinten ist einer«, sagte Julius. »Komm, schauen wir mal nach.«

Und richtig. In einer der Boxen war ein älterer Mann in Cordhosen und kariertem Hemd dabei, mit einer Forke die Box auszumisten.

»Hallo, guten Tag«, sagte Julius und wich einer Ladung Pferdemist aus, die an ihm vorbei in eine Schubkarre flog, die in der Stallgasse stand. »Sind Sie Herr Kluge?«

Der Mann hielt inne und lehnte sich auf den Stiel der Forke. »Hallo, wer will das wissen?«

»Ich bin Richard und das hier ist mein Bruder Julius«, sagte Richard. »Man hat uns gesagt, dass wir Sie hier finden würden.«

»Die Sache ist die«, fuhr Julius fort. »Wir suchen einen Ferienjob, um uns ein bisschen Taschengeld dazuzuverdienen. Und da dachten wir, wir fragen mal bei Ihnen nach, ob Sie Hilfe auf dem Hof brauchen. Und wenn es nur für ein paar Stunden ist.«

»Hm«, brummte Herr Kluge. »Lass mich mal überlegen. Morgen wird Heu eingefahren. Da könntet ihr gut mit anpacken.«

»Morgen?«, rief Julius. »Das würde fabelhaft passen.«

Herr Kluge kratzte sich am Kopf. »Eigentlich müsste ich das mit dem Chef absprechen, aber der ist gerade bei der Polizei.«

Richard tat überrascht. »Bei der Polizei? Ist bei Ihnen etwa eingebrochen worden?«

Herr Kluge schüttelte den Kopf. »Nein, nein, da geht es um eine persönliche Angelegenheit. Also, ich werde das später mit ihm besprechen. Für morgen sag ich euch schon mal zu. Später sehen wir dann weiter.«

Bestimmt gibt er gerade eine Vermisstenanzeige auf, kam es Julius in den Sinn.

Richard klatschte in die Hände. »Prima. Wann sollen wir hier sein?«

»Auf dem Hof ist früh Tag«, erklärte Herr Kluge. »Um sieben Uhr geht es los.«

Richard schluckte. Das war verdammt früh. An Ausschlafen war nicht zu denken. Aber er ließ sich nichts anmerken.

»Gut«, sagte Julius. »Dann sind wir morgen früh um sieben Uhr hier.«

Herr Kluge streckte den Arm aus. »Drüben an der großen Scheune.«

»Ihr habt was?« Anne glaubte, ihren Ohren nicht zu trauen.

»Du hast schon richtig gehört«, erwiderte Julius. »Wir haben auf dem Hof von Bauer Prahl einen Ferienjob angenommen.«

»Morgen früh um sieben geht es los«, ergänzte Richard.

Die Mutter hatte am Nachmittag Wäsche gefaltet und die vollen Wäschekörbe dann den Kindern in ihre Zimmer gestellt. Nun waren die Freunde dabei, die Wäschestücke in ihre Schränke zu räumen.

»Habt ihr Mutter schon davon erzählt?«, wollte Anne wissen.

»Nein«, gab Julius zu. »Ich hoffe, sie hat nichts dagegen.«

Aber Richard winkte lässig ab. »Was sollte sie schon dagegen haben? Aber überlegt mal, das ist doch superpraktisch. So können wir prima die Lage checken und uns mal unauffällig umhören und umsehen.«

Julius machte ein nachdenkliches Gesicht. »Nach dem, was ihr eben über diesen Schreiner gesagt habt, scheint er ja tatsächlich irgendetwas mit unserem Gespenst zu tun zu haben. Ich bin gespannt, was wir auf dem Bauernhof herausfinden werden.«

»Da bist du ein wenig zu voreilig«, sagte Georg. »Es scheint nur sicher zu sein, dass der Typ mit seinem Moped an der Aussichtsplattform war. Und er scheint den Ohrstecker zu kennen. Mehr wissen wir nicht sicher. Ob das alles was mit dem vermeintlichen Gespenst zu tun hat? Alles Vermutungen.«

Richard hatte eine Idee. »Der Sache können wir ganz einfach auf den Grund gehen. Anne braucht nur den weißen Seidenschal zu tragen, wenn sie das Kästchen abholt. Wenn er den auch wiedererkennt, können wir uns ziemlich sicher sein.«

Doch die Mutter legte die Stirn in Falten, als die Jungen ihr von ihrem Vorhaben erzählten. »Ich weiß nicht. Ich will erst mal hören, was Vater dazu sagt. Mir wäre es lieber, wenn ihr die Ferien dazu nutzen würdet, euch zu erholen oder etwas für die Schule zu tun, als auf einem Bauernhof zu schuften, wo ihr nachher noch von einem Heuboden fallt oder euch mit einer Mistgabel verletzt.«

Julius kam in den Sinn, wie oft sie bei ihren Abenteuern schon gefährliche Kletterpartien unternommen oder sich üblen Verbrechern gegenübergesehen hatten. Wenn die Mutter das gewusst hätte …

Doch der Vater fand die Idee ganz und gar nicht schlecht. Er meinte, es könne gar nicht schaden, auf diese Weise Erfahrungen zu sammeln. »Und wenn ihr euch mit körperlicher Arbeit an der frischen Luft noch ein bisschen Geld verdienen könnt, habe ich nichts dagegen.«

Also beschlossen Richard und Julius, am nächsten Tag in aller Frühe aufzubrechen, um auf dem

Gutshof von Bauer Prahl beim Heueinfahren zu helfen.

Doch wenn sie geahnt hätten, was sie am nächsten Tag erwartete, dann hätten sie sicher nicht so gut geschlafen.

Spinnweben und Geisterhand

Völlig verschlafen rafften sich Richard und Julius am nächsten Morgen auf. Die Mädchen schliefen noch, als die Brüder sich auf ihre Räder schwangen.

»Oh Mann, welcher Teufel hat mich nur geritten, dass ich mich darauf eingelassen habe«, stöhnte Richard und gähnte herzhaft. »Wir haben schließlich Ferien. Wir könnten noch so schön schlafen.«

»Der frühe Vogel fängt den Wurm«, sagte Julius und rieb Zeigefinger und Daumen aneinander. »Außerdem gibt es ein bisschen Geld, das ist doch auch nicht schlecht.«

Mühsam trat Richard in die Pedale. Es dauerte ein wenig, bis er in die Gänge kam. »Dabei fällt mir ein, dass wir gar nicht gefragt haben, welchen Stundenlohn die zahlen.«

»Lassen wir uns überraschen«, sagte Julius. »Außerdem ist das ja Nebensache. Unsere Mission ist eine andere.«

Auf dem Gutshof von Bauer Prahl herrschte in der Frühe schon geschäftiges Treiben. Die Knechte und Gehilfen rangierten mit den Traktoren und Anhängern. Einige waren schon zur Abfahrt bereit.

Als Herr Kluge die beiden Brüder erblickte, winkte er sie zu sich heran. »Hallo, Jungs, ihr seid ja pünktlich. Das lob ich mir. Ihr fahrt mit Hannes und Franz, das sind die mit dem Schlepper da drüben. Sie erklären euch alles Weitere.«

Richard und Julius stellten ihre Räder ab und liefen dann zu den beiden Männern, die mit ihrem Gespann schon zur Abfahrt bereitstanden. Die vier machten sich miteinander bekannt. Dann forderte Hannes, der den Trecker fuhr, die Jungen auf, sich auf die Hilfssitze über den Rädern zu setzen, während Franz es sich auf dem Anhänger so bequem wie möglich machte.

Es rumpelte heftig, als Hannes in einen Feldweg einbog, der sie zu der großen Heuwiese brachte, wo ein anderes Gespann bereits unterwegs war. Überall verstreut lagen bereits gepresste Heuballen. Dort angekommen sprang Franz vom Anhänger und reichten den Jungen je eine Heugabel.

»Ich bleibe hier oben auf dem Anhänger, während Hannes langsam über die Wiese fährt. Ihr lauft nebenher und hievt mit den Heugabeln die Ballen rauf, damit ich sie dann auf dem Anhänger verstauen kann.«

Julius und Richard nickten. Sie hatten verstanden und machten sich voller Elan an die Arbeit. Wenn man den richtigen Schwung nahm, war es gar nicht so schwer, und beide legten bald ein ziemliches Tempo vor.

»Langsam, langsam«, mahnte Franz.

»Wieso?«, rief Richard grinsend. »Kommst du etwa nicht mit?«

»Pah!« Franz warf lachend den Kopf in den Nacken. »Ich und nicht mitkommen? Ich hab in meinem Leben schon so viele Heu- und Strohballen gepackt, so weit kannst du nicht zählen. Aber du wirst schon merken, was ich meine.«

Richard begann zu grübeln, als er die Zinken der Gabel in den nächsten Ball stieß, um ihn auf den Anhänger zu hieven. Doch nach zwei, drei Ballen wusste er plötzlich, was der Vorarbeiter meinte. Seine Arme begannen zu schmerzen und mit jedem Ballen wurde es schlimmer. Dazu kam noch, dass sich die Ladung auf dem Wagen immer höher türmte, sodass die Jungen die neuen Heuballen auch immer höher hinaufreichen mussten. Schließlich brannten die Muskeln wie Feuer und Richard warf einen verstohlenen Blick zu seinem Bruder. An dessen Gesicht konnte er ablesen, dass es ihm nicht anders erging.

Dann kam die erlösende Nachricht. »Mittagspause!«, rief Hannes und winkte die Jungen zu sich in die Fahrerkabine. Grinsend half er ihnen hinauf.

»Na, ihr werdet morgen Spaß haben«, spottete er. »Muskelkater lässt grüßen.«

Richard und Julius waren von der ungewohnten Arbeit schon jetzt am Mittag vollkommen erschöpft. Während der Fahrt sprachen sie kein Wort und jeder hing seinen Gedanken nach.

Was bringt das überhaupt?, dachte Julius plötzlich. So kriegen wir nie was raus über die verlorene Tochter und das angebliche Gespenst!

Dann hatten sie den Gutshof erreicht. Sie holten ihre Taschen mit dem Imbiss von den Fahrrädern und suchten sich ein Plätzchen, wo sie sich ausruhen und essen konnten.

»Komm, wir hauen uns da drüben auf die Heuballen«, schlug Richard vor und zeigte auf einen Stapel längs der Stallmauer.

Aber Julius winkte ab. »Ich hab fürs Erste genug Heu gesehen. Das brauche ich nicht in der Pause auch noch. Was hältst du davon?« Julius hatte eine schmale Holzstiege entdeckt, die an der Seite im Innern des Stalls zu einer Tür hinaufführte.

Richard blickte sich um, um zu sehen, ob jemand sie beobachtete. »Meinst du, wir dürfen da rauf?«

Julius zuckte die Schultern. »Keine Ahnung. Was meinst du? Wagen wir es?«

Richard nickte und packte seinen Proviantbeutel. »Also los!«

Flink wie die Wiesel huschten sie die schmalen Holzstufen hinauf. Sie standen nun auf einem geräumigen Heuboden. Heu wurde hier zurzeit noch nicht gelagert. Die Ernte hatte ja gerade erst begonnen und die Scheunen waren noch längst nicht alle voll. Links sahen die Brüder eine kleine Holztür. Julius öffnete sie neugierig und die Jungen blickten in eine kleine Kammer.

»Wow!«, staunte Julius. »In solchen Kammern haben früher die Stallknechte geschlafen.«

Richard schüttelte sich. »Na toll, im Winter war das sicher nicht sehr behaglich.« Er blickte auf seinen Unterarm, wo sich die kleinen Härchen aufstellten. Der Glöckner im kalten Glockenturm kam ihm wieder in den Sinn. »Ich friere jetzt schon bei dem Gedanken.«

Julius zupfte ihn am Ärmel und zog ihn wieder Richtung Heuboden. »Na, die Zeiten sind ja zum Glück vorbei. Du hast ja gesehen, dass die Kammer nicht mehr genutzt wird. Außerdem scheint draußen die Sonne. Aber jetzt will ich endlich essen!« Er deutete in eine Ecke des Heubodens. »Schau mal! Da hinten stehen ein paar kleine Holzkisten, auf die wir uns setzen können.«

Die Jungen ließen sich nieder und packten ihre belegten Brote und die Saftflaschen aus. Julius hatte sogar eine Thermoskanne mit Tee dabei.

Plötzlich horchte Richard auf. »Hörst du das? Da ist jemand unten im Stall.«

Julius steckte sein angebissenes Brot zurück in die Brotdose und ging an der schmalen Treppe in Lauerstellung. Es waren der Verwalter, Herr Kluge, und der Gutsherr persönlich, die da in den Stall kamen und mit gedämpften Stimmen heftig diskutierten. Herr Prahl gestikulierte wild und strich sich ein ums andere Mal über den fast haarlosen Schädel. »Den Burschen pack ich mir, sag ich dir. Mit meinen eigenen Händen werde ich ihn zermalmen.«

Der Verwalter vergrub die Hände tief in den Taschen und machte ein verzweifeltes Gesicht. »Herr Prahl, so einfach ist das nicht. Martin …«

Bauer Prahl fuhr herum. »Ach, jetzt willst du ihn auch noch in Schutz nehmen, wie?«, fauchte er. »Meine Sophie ist weg und der Kerl steckt dahinter. Er will an mein Geld!«

»Aber das stimmt doch gar nicht! Das Gegenteil

ist der Fall!« Verzweifelt versuchte der Verwalter, seinen Chef zu beschwichtigen. »Sie haben doch gedroht, Sophie wegen ihrer Beziehung zu Martin zu enterben. Aber sie wollte aus Liebe zu Martin sogar auf ihr Erbe verzichten.«

»Das wäre genauso schlimm!«, brüllte Herr Prahl. »Meine Tochter würde in Armut leben, wo sie das alles hier hätte haben können. Aber so einen armseligen Traumtänzer wie diesen Schreiner kann ich hier einfach nicht brauchen! Und überhaupt, was nimmst du dir heraus?«

Der Verwalter seufzte tief. »Nun, was ich sagen will, ist, dass diese Anschuldigungen Sophie nicht zurückbringen. Ich glaube nicht, dass sie bei Martin ist. Er sagt doch, dass er sich schon vor einiger Zeit von ihr getrennt hat, um sie zu schützen.«

Bauer Prahl drohte mit der Faust. »Er ist ein Lügner!«

Der Verwalter machte ein nachdenkliches Gesicht. »Ich glaube nicht, dass Sophie bei ihm ist. Es muss etwas anderes vorgefallen sein. Sie haben doch selbst gesagt, dass ihre Sachen noch alle da sind. Wäre sie mit Martin durchgebrannt, dann hätte sie doch sicher ein paar Dinge mitgenommen. Waschzeug, Wäsche zum Wechseln, so was halt.« Herr Kluge ließ den Kopf sinken. »Am Ende stimmt es doch, was die Leute erzählen. Man hat eine weiße Geistergestalt gesehen, drüben bei der Eiche, und nun …«

»Oh Gott!« Bauer Prahl schlug sich die Hände vor das Gesicht. Seine Wut wich purer Verzweiflung. »Wenn es stimmt, dann ist dieser Martin schuld. Er hätte die Finger von meiner Sophie lassen müssen. Er hätte wissen müssen, dass meine Sophie nichts für ihn ist.«

Der Verwalter presste die Lippen aufeinander. Er war offenbar anderer Meinung, wagte es aber nicht, seinem Chef zu widersprechen.

Plötzlich hob Herr Prahl den Blick und schaute direkt hinauf zu der Luke, an der Richard und Julius auf der Lauer lagen. Er kniff die Augen zu Schlitzen zusammen.

Julius und Richard wagten kaum zu atmen. Als Richard den Blick senkte, wurde ihm schlagartig klar, was geschehen war. Zwischen den Fußbodenbrettern waren breite Ritzen. Mit jeder ihrer Bewegungen war offenbar Dreck in den Stall hinabgerieselt!

»Ist da oben etwa einer?«, zischte Bauer Prahl und machte eine Bewegung, als wolle er sofort oben nach dem Rechten sehen.

»Bestimmt nur eine der Hofkatzen«, versuchte Herr Kluge eine Erklärung und fasste seinen Chef am Arm.

Doch dieser riss sich los. »Womöglich kriegt da oben mal wieder eine ihre Jungen. Dagegen müssen wir was tun. Die vermehren sich wie die Karnickel!« Dann stapfte er entschlossenen Schrittes auf die Holzstiege zu.

Richard und Julius warfen sich verzweifelte Blicke zu. Was sollten sie jetzt tun? Der Fluchtweg war abgeschnitten! Und weder auf dem Heuboden noch in der kleinen Kammer war ein brauchbares Versteck!

Hastig schauten sie sich um. Da! Direkt hinter ihnen war eine Klappe in der Wand. Wohin die wohl führte? Vielleicht in eine Vorratskammer oder auf einen anderen Teil des Heubodens?

Beherzt griff Julius zu und zog die Klappe auf. »Verdammt!«

Die Öffnung in der Holzwand führte keineswegs in einen anderen Raum, sondern verbarg eine Art Rutsche, über die man Heu oder Stroh in den Stall hinuntergleiten lassen konnte. Aber es nutzte nichts. Sie hatten keine Wahl.

Richard, der der bessere Kletterer war, stieg mit den Füßen voran als Erster auf die Rutsche. Mit beiden Händen hielt er sich an der oberen Kante des Einstiegs fest. »Komm, es geht. Trau dich!«, zischte er.

Dann folgte Julius und zog die Klappe hinter sich zu, gerade noch rechtzeitig, bevor der Chef die Treppe hinaufgepoltert kam.

Richard taten schon jetzt die Finger weh, und er flehte innerlich, dass die Männer den Heuboden schnell wieder verließen. Spinnweben hingen den Jungen ins Gesicht und kitzelten sie in der Nase.

»Niemand da«, knurrte der Bauer. »Nicht mal eine verdammte Katze.«

Plötzlich sagte der Verwalter, der seinem Chef auf den Fersen gefolgt war, etwas Merkwürdiges. »Vielleicht war *sie* es!«

Der Bauer fuhr herum. »Wie meinst du das?«

Der Verwalter sprach mit zittriger Stimme weiter. »Vielleicht haben die Leute wirklich recht. Und nun spukt sie hier herum und beobachtet Sie!«

»Du meinst, sie ist tatsächlich zu einem Geist geworden?« Bauer Prahl sah verzweifelt aus.

Im selben Moment ertönte ein schauriger Schrei, so als jammere jemand in größter Verzweiflung.

»Was war das?«, rief Bauer Prahl erschrocken.

»Sicher nur eine der Katzen«, versicherte der Verwalter. Doch er schien seinen Worten selbst nicht ganz zu trauen.

»Meine Sophie hat mich gerufen!«, rief der Bauer und packte den Verwalter beim Hemdkragen. »Aus dem Jenseits!« Der Bauer fasste sich wieder mit beiden Händen an den Kopf, als hätte er den Verstand verloren. Dann verließ er den Heuboden so eilig, dass er beinahe die Stiege hinuntergestürzt wäre.

Verwalter Kluge blickte sich noch einmal um, bevor er sich ebenfalls zum Gehen wandte und seinem Chef folgte.

Das war der Moment, in dem Julius seine Kräfte verließen! Verzweifelt versuchte er, sich weiter an der Holzkante festzukrallen, doch die Finger gaben nach und mit einem kurzen Schrei rutschte er ab und glitt in die Tiefe.

Reflexartig riss er die Arme vor sein Gesicht,

um es zu schützen. Er hatte keine Ahnung, wohin die Rutsche führte und wie tief er an ihrem Ende fallen würde.

Richard konnte seinem Bruder nicht helfen. Er hätte ihn nicht festhalten können, denn er hatte genug damit zu tun, selbst nicht abzurutschen. Auch ihm taten jetzt die Finger mächtig weh, zumal der Proviantbeutel schwer an seinem Arm wog. Doch es gelang ihm, sich wieder hinaufzuhieven und durch die Luke auf den Heuboden zurückzuklettern. Hoffentlich hatte Julius sich nicht verletzt!

Richard wäre am liebsten hinuntergestürmt, aber er wusste, dass er vorsichtig sein musste. Vielleicht waren die Männer noch unten im Stall. Vielleicht hatten sie sogar Julius entdeckt. Da war es ratsam, ihnen nicht auch noch in die Fänge zu geraten.

Vorsichtig schlich Richard an der Kammer vorbei zur Treppe. Plötzlich knarrte die Tür. War nicht der Schrei eben auch aus Richtung Kammer gekommen? Vorsichtig öffnete Richard die Tür einen Spaltbreit und spähte in die Kammer hinein. Nichts war zu sehen, die Kammer war genauso leer wie vorher. Mit einem Mal lief ihm ein eisiger Schauer über den Rücken.

Etwas war an ihm entlanggestrichen wie ein kalter Lufthauch. Nur viel intensiver. Und hatte sich dort nicht etwas bewegt? Oder bildete er sich das nur ein? Vielleicht zog es einfach nur? Auf seiner Schulter entdeckte er eine Spinnwebe. Vielleicht war sie auf ihn hinabgeschwebt? Er erinnerte sich an den merkwürdigen Schrei von vorhin. Katzenschreie klangen doch anders.

Richard spürte, wie sein Herz heftig pochte. Er wollte hier weg! Auf Zehenspitzen schlich er die Holztreppe hinunter. Im Stall war alles ruhig. Nur das Schnauben eines Pferdes drang zu ihm. Richard machte sich auf die Suche nach seinem Bruder.

Da brüllte auch schon Hannes über den Hof: »Richard, Julius, es geht weiter. Wo steckt ihr denn?«

Richard wusste nicht, was er tun sollte.

Georg hatte sich zu ihrem Besuch bei Schreiner Martin einige Notizen in ihr kleines Buch gemacht. Nun saß sie an Annes Schreibtisch und blätterte die Seiten hin und her. Plötzlich merkte sie, dass ihre Cousine ihr über die Schulter blickte.

»Na, keine Lust mehr zu sticken?«, fragte Georg.

Anne schüttelte den Kopf. »Ich muss mal eine Pause machen. Und du?«

Georg tippte auf eine Seite in ihrem Notizbuch. »Weißt du, was ich mich frage?«

Anne zuckte die Schultern. »Wie soll ich das wissen?«

»Du erinnerst dich doch an die Szene auf dem Marktplatz, als Bauer Prahl Martin zur Rede stellen wollte, oder?«

»Natürlich tu ich das«, erwiderte Anne. »Da ging's schließlich hoch her.«

»Erinnerst du dich, dass Martin ziemlich verzweifelt klang?«, fragte Georg.

»Aber natürlich! Er hat fast geweint«, rief Anne. »Aber das ist doch auch logisch. Schließlich ist seine Freundin spurlos verschwunden.«

»Ex-Freundin«, verbesserte Georg. »Er hat doch behauptet, er habe sich von ihr getrennt. Und nun überleg mal, wie er aufgetreten ist, als wir gestern bei ihm im Laden waren.«

Anne grübelte einen Moment. »Er wirkte total normal. Eigentlich sogar fröhlich. Hm.«

Georg nickte. »Wenn ihn das Verschwinden dieses Mädchens so mitgenommen hätte, dann hätte er doch wenigstens ein wenig betrübt wirken müssen. Es mag ja sein, dass er das seiner Kundschaft gegenüber nicht unbedingt zeigen wollte. Aber so fröhlich, wie er war … Das war schon komisch, oder?«

Anne nickte zustimmend. »Du hast recht. Und noch etwas: Er hat doch so merkwürdig reagiert, als er den Ohrstecker sah. Gehen wir mal davon aus, dass der Ohrstecker tatsächlich dieser Sophie gehört. Wenn Martin vorgestern wirklich zum ersten Mal von ihrem Verschwinden gehört hätte und den Ohrstecker kannte – hättest du dann an seiner Stelle nicht anderes reagiert?«

Georg sprang auf. »Natürlich! *Wo habt ihr den gefunden?*, hätte ich gefragt. Schließlich könnte es ja ein Hinweis auf ihren Aufenthaltsort sein.«

Anne tippte ihrer Cousine mit dem Zeigefinger auf die Brust. »Unser Schreiner scheint also mehr zu wissen, als er zugeben will. Und er scheint ein guter Schauspieler zu sein.«

Georg warf einen Blick auf den Wecker auf Annes Nachttisch. »Wann die Jungen wohl wiederkommen?«

Anne zuckte die Schultern. »Ich weiß nicht so genau, aber später Nachmittag wird es sicher werden.«

Doch zu ihrem Erstaunen sahen sie die Jungen kurz darauf auf den Hof einbiegen. Als die beiden von den Fahrrädern abstiegen, erkannten die Mädchen, dass Julius humpelte.

Die Fäden laufen zusammen

Anne hatte den Verbandskasten herbeigeholt und versorgte die großen Schürfwunden, die Julius sich bei seiner abenteuerlichen Rutschpartie am rechten Oberarm und an der rechten Wade zugezogen hatte. Es saß mit zusammengebissenen Zähnen auf dem Rand der Badewanne und ließ die Prozedur tapfer über sich ergehen. Außerdem stellten sich die ersten Anzeichen des Muskelkaters ein.

»Leute, ich fühle mich wie durch den Wolf gedreht«, stöhnte er.

Richard winkte ab. »Na, jedenfalls hat sich das mit der Arbeit beim Heueinfahren erst einmal erledigt.«

Georg rümpfte die Nase. »Aber jetzt habt ihr für eure Arbeit heute Morgen nicht einmal Geld bekommen, oder?«

»Pah«, machte Richard. »Das ist mir schnurzegal. Ich bin einfach nur froh, dass die uns nicht erwischt haben und wir unentdeckt abhauen konnten.«

»Da kannst du mal sehen, was für Helden wir sind«, fügte Julius hinzu. »Unter Einsatz unserer Gesundheit haben wir wichtige Informationen ermittelt und verzichten darüber hinaus noch auf unseren Lohn.«

»Hm«, machte Richard. »Für Franz und Hannes sind wir alles andere als Helden, sondern Weicheier, die sich schon nach einem halben Tag verdrücken, weil sie der Arbeit nicht gewachsen sind.«

»Wir hatten keine andere Wahl«, erinnerte Julius. »Bis du mich gefunden hattest, waren die doch längst wieder zum Feld aufgebrochen.«

»Und du bist wirklich in einen Schweinetrog gefallen?«, fragte Georg nach und grinste.

»Hm«, machte Julius. »Eigentlich knapp daneben. Aber zum Glück sind die Schweine alle draußen gewesen und die Box war leer, bis auf eine Lage Stroh. Wäre die nicht gewesen …«

Anne hob erschrocken den Kopf. »Nicht auszudenken. Du hättest dich richtig schlimm verletzen können. Du hättest dir den Kopf an der Kante des Troges aufschlagen oder dir beide Beine oder gar das Genick brechen können.«

»Lass gut sein! Mir reicht es auch so.« Julius hob die Hand und machte ein gequältes Gesicht. »Ich mag Mutter gar nicht unter die Augen treten, wo sie doch schon von vornherein Bedenken hatte.«

Aber Anne winkte ab. »Sie muss es ja nicht mitkriegen. Zieh halt ein langärmliges Hemd und eine lange Hose an.« Dann schnitt sie die Mullwickel mit der Schere ab und machte eine Schleife hinein. »So, fertig.«

Julius bedankte sich bei seiner Schwester und erhob sich schwerfällig vom Rand der Badewanne.

»Aber jetzt erzählt doch mal!«, rief Georg. »Hat sich euer Einsatz denn wirklich gelohnt? Du hast gerade von wichtigen Informationen gesprochen.«

»Das will ich wohl meinen«, antwortete Richard und berichtete von dem Gespräch zwischen dem Bauern und seinem Verwalter.

Anne schüttelte den Kopf. »Der Bauer glaubt doch wohl nicht wirklich, dass sich seine Tochter in einen Geist verwandelt hat, oder?«

Julius zuckte die Schultern. »Der Mann ist vollkommen verzweifelt. In solch einem Zustand glaubt man vielleicht an alles. Immerhin ist seine Tochter spurlos verschwunden.«

Richard dachte über Julius' Worte nach. Ihm kam wieder der seltsame Augenblick in den Sinn, als er an der Kammer vorbeigegangen war. Es hatte sich angefühlt, als streiche etwas an ihm vorbei. Fing er etwa auch schon an, Gespenster zu sehen? Er behielt sein Erlebnis lieber für sich, denn er wollte sich vor den anderen nicht lächerlich machen.

»Und dieser Verwalter – wie hieß er gleich noch? – der hat den Bauern darauf gebracht, an der Geschichte mit dem Geist könnte was dran sein? Das wundert mich.«

»Warum?«, fragte Anne. »Vielleicht ist er abergläubisch.«

Georg schüttelte den Kopf. »Und wenn schon. Ich glaube, wenn mein Chef drauf und dran wäre zu verzweifeln, dann würde ich versuchen, ihn zu beruhigen, und nicht noch Öl ins Feuer gießen.«

Plötzlich war es Richard, als streiche wieder etwas an ihm vorbei, so genau konnte er sich an dieses unheimliche Gefühl erinnern. Vielleicht war doch ein Funken Wahrheit an all diesen alten Spukgeschichten … Andererseits …

»Richard?« Georg blickte ihren Cousin fragend an. »Alles in Ordnung? Du schaust so erschrocken.«

»Nein, alles okay«, versicherte Richard. »Ich dachte nur gerade … Der Verwalter kam mit dieser Gespenstergeschichte an, als der Bauer immer wieder auf diesem Martin herumhackte. Der alte Sturkopf will diesem Schreiner um jeden Preis die Schuld am Verschwinden seiner Tochter in die Schuhe schieben.«

»Apropos Schreiner«, sagte Georg und berichtete wiederum von den Überlegungen, die Anne und sie vorher angestellt hatten. Sie zog ihr Notizbuch aus der Hosentasche. Langsam blätterte sie die Seiten um und überlegte. Dann zählte sie an den Fingern ihrer rechten Hand ab. »Also, erstens war da dieser Streit zwischen dem Bauern und dem Schreiner, dann sind da zweitens die Fundsachen von der Aussichtsplattform, drittens haben wir Indizien bei dem Schreiner gefunden – das Moped, seine Reaktion auf den Ohrring, sein sonderbares Verhalten – und viertens gibt es da dieses

Gespräch zwischen dem Bauern und seinem Verwalter.«

Und fünftens waren da noch dieser Schrei und dieses gruselige Gefühl, fügte Richard in Gedanken hinzu, aber das verschwieg er den anderen natürlich.

»Das Gespenst selbst, das wir an der Eiche gesehen haben, nicht zu vergessen«, erinnerte Anne und seufzte. »Ich frage mich, wo diese Sophie wirklich steckt. Ob sie doch bei dem Schreiner ist?«

Doch Georg schüttelte entschieden den Kopf. »Das glaube ich ganz sicher nicht. Das wäre doch zu riskant. Stell dir vor, der Bauer würde ihm in seiner Wut mit einem Trupp Landarbeiter die Wohnung auf den Kopf stellen. Nein, das Risiko würde dieser Martin nicht eingehen. Außerdem habt ihr doch gehört, dass Sophie nichts mitgenommen hat. Das finde ich das Merkwürdigste an der Sache. Irgendwelche persönlichen Sachen würde man doch mitnehmen, wenn man untertauchen will.«

»Da hast du recht«, meinte Julius nachdenklich. »Es sieht tatsächlich so aus, als sei Sophie wie vom Erdboden verschluckt.«

Die Freunde schwiegen eine Weile. Jeder versuchte, seine Gedanken zu sortieren.

»Wir kommen so nicht weiter«, stellte Georg schließlich fest. »Wenn ihr mich fragt, dann sollten wir dem Schreiner mal auf den Zahn fühlen.«

»Aber unter welchem Vorwand?«, fragte Anne. »Er hat doch gesagt, er meldet sich, wenn das Kästchen fertig ist.«

»So lange können wir nicht warten.« Georg runzelte nachdenklich die Stirn.

Richard reckte sich. »Also, ich unternehme heute nichts mehr, das ist schon mal klar. Die Plackerei auf dem Feld hat mir für heute gereicht.«

Georg zuckte ratlos die Schultern. »Ich dreh jetzt erst mal eine Runde mit Tim. Vielleicht ereilt mich dann ja der Geistesblitz.« Doch schon das Wort Geistesblitz brachte sie auf einen Gedanken. Diesen behielt sie allerdings für sich.

Spät am Abend, als die Freunde schon längst ins Bett gegangen waren, lag Richard immer noch wach. Die Ereignisse des Tages gingen ihm durch den Kopf und ließen ihn nicht los. Außerdem war ihm jetzt klar, warum Franz ihn gemahnt hatte, langsam zu arbeiten: Es hatte sich ein Muskelkater eingestellt, der sich gewaschen hatte! Jedes Mal, wenn Richard sich von einer Seite auf die andere wälzte, hätte er am liebsten laut gejammert.

Und so ging das die ganze Nacht über. Irgendwann gab Richard auf. Ihm war klar, dass er einfach nicht einschlafen konnte.

Er ärgerte sich über sich selbst. Bin ich denn solch eine Memme?, sagte er zu sich, als er über seine Angst nachdachte. Dieser Schrei und dieser Windhauch. Das musste eine andere Ursache haben! Und dem würde er nun, da er sowieso nicht schlafen konnte, auf den Grund gehen!

Die Morgendämmerung hatte bereits eingesetzt, als Richard aus dem Haus schlich und sein Fahrrad aus dem Schuppen holte.

Seine Muskeln schmerzten bei jedem Tritt in die Pedale, doch Richard war wild entschlossen, dem Gutshof noch einmal einen Besuch abzustatten.

Alles war ruhig, als er dort ankam. Sogar der Hofhund schien fest in seinem Zwinger zu schlafen. Richard hatte sich aber zur Vorsicht ein paar

Stückchen Wurst eingepackt, mit denen er das Tier notfalls besänftigen konnte.

Er ließ sein Fahrrad neben dem Hoftor stehen und schlich, die Faust fest um seine Taschenlampe geschlossen, zum Stall hinüber. Leise knirschten Steinchen unter seinen Sohlen.

Er hatte Glück. Als er den Riegel, mit dem die Stalltür verschlossen war, zur Seite schob, glitt dieser leicht und ohne Geräusche zu verursachen durch die Führung. Auch die Türscharniere quietschten nicht. Richard atmete auf.

Vorsichtig setzte er einen Fuß vor den anderen. Mit einem Mal spürte er, dass er am ganzen Körper zitterte.

Reiß dich zusammen, sagte er zu sich selbst. Reiß dich zusammen.

Der Strahl der Taschenlampe warf gespenstische Schatten auf die weiß verputzten Wände, als er die schmale Holztreppe zum Heuboden hinaufstieg und dann zu der Kammer schlich, in der einst die Stallburschen gewohnt hatten. Langsam drückte er schließlich die Tür zur Kammer auf und spähte hinein. Er hatte keine Ahnung, was er erwartete, aber da war nichts. Absolut nichts. Die

Kammer sah genauso aus, wie Julius und er sie auch am Mittag vorgefunden hatten. Aber irgendetwas musste da doch gewesen sein! Irgendetwas hatte ihn am Mittag irritiert, als er vor der halboffenen Tür vorbeigeschlichen war!

Richard leuchtete die Kammer aus und betrachtete alle Ecken und Wände genauestens im Licht der Taschenlampe. In diesem Augenblick löste sich ein Schatten von der Wand und trat auf Richard zu.

Ihm war, als würde das Blut in seinen Adern gefrieren! Sein Herz pochte heftig, und sein Arm mochte ihm kaum gehorchen, als er diesen langsam hob, um der Gestalt ins Gesicht zu leuchten.

»Georg!« Richard mochte seinen Augen kaum trauen. »Verdammt, was machst du denn hier?«

»Vermutlich dasselbe wie du«, flüsterte Georg, die genauso erschrocken dreinschaute wie ihr Cousin.

Langsam beruhigte sich Richard und ließ die Taschenlampe sinken, um Georg nicht zu blenden.

Im selben Moment ertönte ein sonderbarer Klagelaut. Er klang, als käme er aus einer anderen Welt.

Jetzt schlug auch der Hofhund an.

Georg erlangte als Erste wieder die Fassung. Sie packte Richard bei den Schultern und schüttelte ihn. »Mensch Richard, reiß dich zusammen.«

»A… aber«, stotterte Richard, während er am ganzen Leib schlotterte.

Georg tippte ihm an die Schläfe. »Es gibt keine Gespenster!« Dann zog sie ihn am Arm in die Kammer hinein und zu dem kleinen verstaubten Fenster an der Seite, von dem aus man auf das Gutshaus blicken konnte. Sie versuchte, die Scheibe mit dem Ärmel ein wenig zu säubern. Als ihr das nicht gelingen wollte, öffnete sie das Fenster. »Pass auf, ich glaube, ich weiß, was gleich passieren wird.«

Richard konnte einfach nicht aufhören zu zittern. Er musste sich zwingen, aus dem Fenster zu gucken, denn die Sorge, es könnte sich jemand von hinten an ihn heranschleichen, ließ ihn nicht los. Er wartete förmlich darauf, dass dieser Lufthauch wieder an ihm entlangstreichen würde.

»Da!«, zischte Georg plötzlich. »Ich habe es gewusst.«

Jetzt sah auch Richard, was Georg meinte. »Im Gutshaus wurde Licht gemacht. Erst in einem Zimmer, vermutlich im Schlafzimmer von Bauer Prahl, dann in weiteren. Schließlich stand der Bauer unten in der Haustür.

»Der Kerl kann einem schon ein wenig leidtun«, flüsterte Georg. »Sophie ist seine einzige Tochter, wie ich gehört habe. Er muss sich schreckliche Vorwürfe machen. Seine Frau ist schon vor langer Zeit gestorben. Er ist jetzt ganz allein.«

Richard verstand nicht, worauf Georg hinauswollte. Viel mehr beschäftigte ihn die Frage, woher dieser schaurige Klageruf gekommen war. Wie konnte Georg nur so ruhig bleiben? Noch einmal warf er einen ängstlichen Blick über seine Schulter.

In diesem Moment rief der Bauer den Namen seiner Tochter in die Nacht hinaus. »Sophie! Sophie, mein Kind, komm zurück zu deinem alten Vater. Ich vergebe dir alles, wenn du nur zurückkommst!«

»Siehst du, genau das habe ich gemeint«, zischte Georg.

»Ich begreife immer noch nicht«, gab Richard zu.

»Mensch, streng doch deinen Grips mal an«, forderte Georg ihn flüsternd auf. »Bei Vollmond ist der Geist von Sophie an der Eiche aufgetaucht, so wie es die Sage erzählt. Es war *das* Thema in der Gemeinde! Und nun treibt er hier sein Unwesen. Warum wohl?«

Nun verstand Richard gar nichts mehr. »Aber hast du nicht eben noch gesagt, es gäbe keine Gespenster?«

Richard hatte noch nicht ausgesprochen, da fuhr er erschrocken zusammen. Soeben war ein eisiger Lufthauch an ihnen vorbeigestrichen und im selben Moment stürzte eine weiße Gestalt auf sie zu!

Verschwörung mit der Geisterwelt

Richard und Georg schauten verschlafen aus der Wäsche, als sie einige Zeit später mit Anne und Julius am Frühstückstisch saßen. Tim wich nicht von Georgs Seite. Als er am frühen Morgen bemerkt hatte, dass sein Frauchen ohne ihn das Haus verlassen hatte, war er unruhig in Annes Zimmer auf und ab gelaufen, bis diese endlich aufgewacht war. Auch sie hatte sich natürlich gefragt, wo ihre Cousine steckte.

Es war noch nicht einmal richtig hell, als Georg und Richard zurückgekehrt waren. Sie waren bester Laune – wenn man davon absah, dass Richard schrecklichen Muskelkater hatte – und hatten frische Brötchen mitgebracht. Vater und Mutter hatten sich sehr gefreut, dass sie sich an den fertig gedeckten Frühstückstisch setzen konnten. Beide hatten das Haus inzwischen verlassen, sodass sich die Freunde ungestört beratschlagen konnten.

»Jetzt noch mal der Reihe nach, Georg«, sagte Anne. »Ihr seid also in dieser gruseligen Kammer gewesen? Und dann kam tatsächlich das Gespenst?«

Georg nickte lässig, als sei nichts dabei.

Anne riss die Augen auf. »Und was habt ihr dann gemacht?«

Georg zuckte mit den Schultern. »Ich habe dem Gespenst seinen Ohrstecker zurückgegeben. Das heißt, ich wollte ihn zurückgeben, aber …«

Anne griff automatisch nach ihrer Hosentasche, in der sie den Ohrstecker aufbewahrt hatte. Er war nicht mehr da. Dann dachte sie einen Moment über Georgs Worte nach. Endlich fiel der Groschen. »Das vermeintliche Gespenst ist also tatsächlich Sophie?«

Georg nickte. »Die verloren geglaubte Tochter war überhaupt nicht weg. Sie hatte sich die ganze Zeit auf dem Hof versteckt. In der Decke der Kammer gibt es nämlich noch eine Luke, und die führt zur alten Kornkammer. Ein super Versteck.«

Anne schüttelte den Kopf. »Aber warum der ganze Spuk? Und wie bist du draufgekommen?«

»Der Geistesblitz schlug ein, als ich gestern mit Tim unterwegs war«, erklärte Georg sachlich. »Das Wort selbst hat mich darauf gebracht: Geistesblitz.

Nach dem, was Richard und Julius über den Bauern erzählt hatten, war mir plötzlich klar, was geschehen sollte. Der Bauer sollte den Verstand verlieren, um zur Besinnung zu kommen.«

Georg starrte in die verständnislosen Gesichter von Julius und Anne. »Ich weiß, das klingt absurd, aber genau das war und ist der Plan des jungen Paares.«

»Und der Verwalter hat ihnen dabei geholfen«, fügte Richard hinzu.

»Dann sind Sophie und Martin also doch immer noch ein Paar?«, stellte Julius mehr fest, als er fragte.

Georg nickte heftig. »Ja. Als ich heute in der Morgendämmerung zum Gutshof kam, habe ich oben an der Straße Martins Moped stehen sehen. Da war mir klar, dass ich recht hatte.«

»Diese Klagerufe, die da durch die Nacht hallten, die waren ganz schön gruselig«, erklärte Richard. »Und sie haben ihre Wirkung nicht verfehlt. Zugegebenermaßen auch bei mir nicht. Ich sag euch, Sophie hat das Spukgespenst richtig gut gespielt. Ich hab im ersten Moment gedacht, mir bleibt das Herz stehen.« Dann berichtete er, wie der Bauer an die Tür getreten war und gefleht hatte, seine Tochter möge zurückkommen.

Anne zählte eins und eins zusammen. »Jetzt verstehe ich endlich! Er war immer stur und uneinsichtig, hat dem jungen Paar sein Glück nicht gegönnt, weil Martin nach seiner Ansicht nicht reich genug war. Und damit er endlich einsichtig wurde, haben die beiden einfach die alte Geschichte mit der Spuk-Eiche wieder aufleben lassen.«

»Genau«, erwiderte Georg. »Und nun haben sie das Spiel so weit getrieben, dass der Bauer vor schlechtem Gewissen und Sehnsucht nach seiner Tochter beinahe den Verstand verliert. Er ist fast so weit, dass er wirklich daran glaubt, Sophie spuke als Geist umher, um sich an ihm zu rächen. Er würde alles tun, damit sie zu ihm zurückkommt.«

Julius verschränkte die Arme vor der Brust. »Ganz schön raffiniert, die beiden.«

Georg lachte. »Das kann man wohl sagen. Der Bauer könnte einem schon fast leidtun.«

»Pah«, machte Richard. »Er ist doch selbst schuld.«

»Noch sind die beiden nicht ganz an ihrem Ziel«, erinnerte Georg. »Aber wir können ihnen helfen. Julius und Richard, ich denke, ihr solltet doch mal bei Bauer Prahl vorsprechen und nach eurem Arbeitslohn fragen. Hört zu …«

Dann steckten die Freunde die Köpfe zusammen und lauschten auf den Plan, den Georg und Richard in der Nacht mit Sophie und Martin ausgeheckt hatten.

»Na, da sind ja unsere Drückeberger«, rief Hannes spottend, als er Richard und Julius auf den Hof kommen sah. Er war gerade dabei, mit einem Frontlader einen Misthaufen abzutragen.

Doch die Jungen ignorierten ihn. Stattdessen liefen sie zielstrebig auf das Gutshaus zu und klopften an die Haustür. Niemand öffnete.

»Merkwürdig«, sagte Julius und zeigte auf den Pick-up, der in der Nähe geparkt war. »Er müsste doch zu Hause sein.«

Die Brüder entschieden, um das Haus herumzugehen. Vielleicht war der Bauer ja im Garten und hatte deshalb das Klopfen nicht gehört.

Und richtig: Bauer Prahl saß in einem Schaukelstuhl auf der Terrasse und starrte gedankenverloren und mit besorgter Miene in die Ferne.

Julius räusperte sich. »Entschuldigen Sie …«

Der Bauer zuckte zusammen und richtete sich in seinem Stuhl auf. »Was wollt ihr hier?«

»Wir wollten Sie nicht stören«, erklärte Richard. »Aber wir haben geklopft und …«

»In meinem Garten habt ihr nichts verloren«, maulte der Bauer.

»Es ist nur so, dass wir gestern für Sie gearbeitet haben, und nun wollten wir nach unserem Lohn fragen«, erklärte Julius frei heraus.

»Wendet euch an meinen Verwalter«, knurrte Herr Prahl und machte eine wegwerfende Handbewegung. »Ihr findet ihn … irgendwo. Und jetzt raus aus meinem Garten.«

»Hm«, machte Richard und trat selbstsicherer auf, als ihm zumute war. In Wahrheit klopfte ihm das Herz bis zum Hals. »Es stimmt schon, was die Leute sagen.«

Jetzt wurde der Bauer hellhörig. »Was sagen denn die Leute?«

Julius seufzte. »Dass Sie selbst schuld seien, dass Ihnen die Tochter davongelaufen ist.«

Richard verschränkte die Arme vor der Brust. »Mit Verlaub, Sie scheinen wirklich ein Griesgram zu sein.«

Der Bauer sprang aus seinem Schaukelstuhl und baute sich vor Richard und Julius auf. »Was fällt euch ein! Das ist eine Unverfrorenheit!«

Richard musste sich sehr zusammenreißen, um vor der imposanten Erscheinung des Bauern nicht die Flucht zu ergreifen, aber Julius blieb standhaft. Mit eiskalter Miene nahm er den Ohrstecker aus der Hosentasche, den Georg ihm gegeben hatte, und hielt ihn dem Gutsbesitzer auf der flachen Hand hin. »Komm Ihnen der bekannt vor?«

Die Miene des Bauern erstarrte und er wurde von einem Moment auf den anderen leichenblass. »Das ist ja … Sophie! Ich meine, wo hast du den Ohrstecker her? Ein Erbstück von meiner Frau … Sophie!«

Plötzlich war der Mann vollkommen außer sich. Schweißperlen traten ihm auf die Stirn. Wie ein Wahnsinniger stürzte er auf Julius zu und packte ihn am Kragen. »Sag mir sofort, wo du diesen Ohrring herhast!«

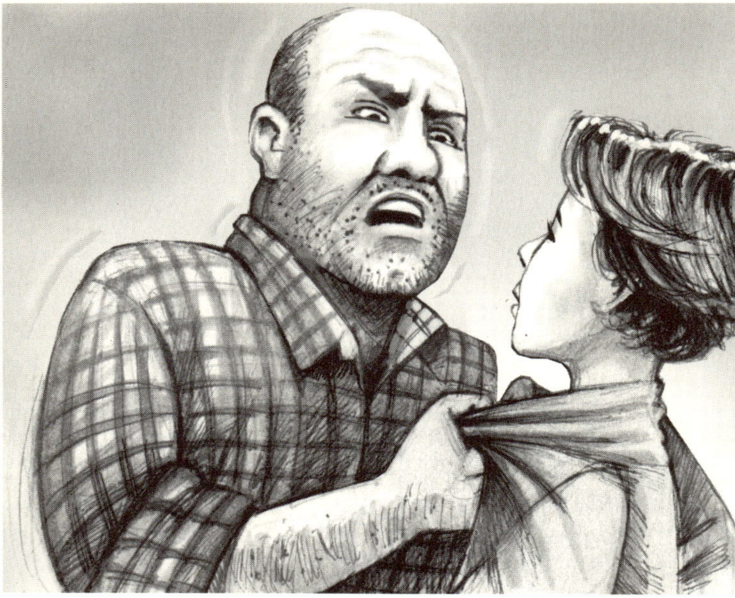

Julius blieb tapfer bei seiner Geschichte und ließ sich nicht erschüttern. »Sophies Geist!«, rief er nur.

Im selben Moment ließ der Bauer ihn los und starrte ihn an. »Was redest du da?«

Julius zog lässig sein Hemd glatt. »Sie haben doch sicher gehört, was die Leute erzählen. Hinten bei der Eiche ist dieser Geist gesehen worden.«

Verzweifelt schlug sich der Mann die Hände vors Gesicht. »Jaja, ich weiß es nur zu gut. Sie war auch hier. Letzte Nacht noch. Oh, meine Tochter! Oh, ihre arme Seele!«

Richard tat der Mann leid. Trieben sie das Spiel nicht zu weit? Er war doch vollkommen von Sinnen.

Dann hob Bauer Prahl wieder den Blick. »Gebt mir den Ohrring, bitte!« Flehend hielt er die Handflächen gefaltet. »Ich gebe euch alles, was ihr dafür haben wollt. Wie viel Lohn bekommt ihr noch für eure Arbeit? Ich gebe euch das Dreifache. Was sage ich! Das Vierfache.«

Dann sagte er mehr zu sich selbst. »Ich würde alles tun, wenn meine Sophie dafür zurückkäme. Alles.«

Jetzt kam Richards Einsatz. »Habe ich da richtig gehört? Sie würden alles dafür tun, um Ihre Tochter zurückzukriegen?«

»Natürlich würde ich das!«, rief der Bauer aufbrausend, sodass Richard einen Schritt zurückwich. Doch er beruhigte sich sogleich und wiederholte jetzt in gemäßigtem Ton: »Natürlich würde ich das. Aber nun ist ja alles zu spät.«

Julius kratzte sich am Kinn. »Hm, und der Schreiner Martin? Wir haben letztens zufällig mitbekommen, wie Sie ihn angegriffen haben. Würden Sie sich bei *dem* entschuldigen?«

»Der!«, brüllte Bauer Prahl. »Dieser Nichtsnutz ist doch an allem schuld!«

Julius zupfte Richard am Ärmel. »Komm schon. Hier haben wir nichts mehr verloren. Du merkst ja, kaum dreht man sich um, da hat er sein Versprechen schon vergessen. Auf sein Wort ist kein Verlass.«

Doch der Bauer hielt die Jungen zurück. »Was soll das heißen, auf mein Wort ist kein Verlass? Ich habe euch doch Geld geboten. Jede Menge. Viel mehr, als ihr verdient habt.«

Richard schüttelte den Kopf und warf ihm einen mitleidigen Blick zu. Dann sagte er zu seinem Bruder. »Schade, er hat es nicht verstanden.«

Julius wandte sich dem Gutsbesitzer zu. »Wir wollen Ihr Geld nicht, verstehen Sie?«

»Stehen Sie zu Ihrem Wort?«, hakte Richard nach.

»Ja«, sagte der Bauer kleinlaut und ließ den Ohrstecker in Julius' Hand nicht aus den Augen. »Ich werde mich bei Martin entschuldigen. Ich wünsche ihm, dass er sein Glück findet.«

Julius grinste wissend. »Sie wollen also sagen, wenn Martin sein Glück findet, dann gönnen Sie es ihm von Herzen?«

»Ja doch«, sagte der Bauer ungeduldig. »Kann ich jetzt bitte den Ohrstecker haben? Er ist eine Erinnerung an meine geliebte Tochter.«

Julius drückte ihm das Schmuckstück in die Hand. »Hier haben Sie ihn. Wie gesagt, wir wollen Ihr Geld nicht. Wir haben etwas anderes bekommen. Ein Versprechen.«

»Unter Zeugen«, fügte Richard grinsend hinzu.

»Unter Zeugen?«, fragte der Bauer verwirrt. »Ach ja, ihr beide, ihr seid die Zeugen.«

»Wir und noch vier andere«, erklärte Richard. »Wissen Sie, der Schreiner, der hat sein Glück nämlich gefunden, das Sie ihm ja jetzt von Herzen gönnen.«

»Ich … ich verstehe nicht«, stotterte Herr Prahl. Im selben Moment kam der Schreiner Martin in den Garten. An der Hand hielt er seine Sophie. Ihnen dicht auf den Fersen folgten Georg, Anne und Tim.

Bauer Prahl stand mit offenem Mund da. »Aber …«

Man sah ihm an, dass er seine Tochter gern in die Arme geschlossen hätte, sich dies aber nicht traute. Einen Rest Stolz wollte er sich bewahren. Außerdem war er vollkommen verwirrt.

Martin legte Sophie den Arm um die Schultern. »Wir haben Ihr Ehrenwort«, erinnerte er.

»Unter Zeugen«, wiederholte Georg. »Übrigens gibt es noch einen Zeugen mehr. Mein Cousin Julius hat meinen Hund Tim vergessen.«

Dann begannen alle zu lachen, nur Bauer Prahl stand noch immer mit offenem Mund da.

Am Nachmittag saßen die Freunde mit der Mutter zusammen am Tisch und tranken Tee. Die Mutter hatte einen Apfelkuchen gebacken und servierte diesen noch warm mit Vanillesoße. Richard lief das Wasser im Mund zusammen und er nahm gern das größte Stück.

»Nun sagt mal«, begann die Mutter. »Wie war denn nun die Arbeit auf dem Hof gestern? Und warum seid ihr heute nicht wieder dort?«

Julius zupfte sich den Ärmel hinunter, damit die Mutter den Verband nicht sah. »Ach, sie hatten heute nichts zu tun für uns. Und wenn ich ehrlich bin, dann hat es mir gestern auch gereicht.«

»Ja«, bestätigte Richard. »Das war eine ganz

schöne Knochenarbeit. Für mich ist das nichts. Ich habe schrecklichen Muskelkater heute.«

»Ich auch«, sagte Julius.

»Was habt ihr denn verdient?«, erkundigte die Mutter sich. »Wenn ich fragen darf.«

Julius legte ihr die Hand auf den Unterarm. »Mehr als du dir denken kannst, Mutter.«

»Guten Appetit!«, riefen Georg und Anne wie aus einem Munde.

»Wuff-wuff!«, kläffte Tim.

Fünf Freunde suchen den Piratenschatz

Der stolze Vater

»Nein, ich kann es einfach nicht glauben!«, rief Onkel Quentin freudig und hielt Georgs Zeugnis wie eine Trophäe in die Höhe. »Meine Tochter hat lauter gute Noten! Und in Biologie sogar eine Eins! Ich weiß gar nicht, was ich sagen soll.«

»Zum Beispiel ›Toll gemacht!‹ oder ›Weiter so!‹«, schlug Georg vor und lachte. Es kam nicht häufig vor, dass ihr Vater Grund hatte, sie wegen ihrer Leistungen in der Schule zu loben. Oft genug

hatte Georg einfach keine Lust, den Unterricht mit der nötigen Aufmerksamkeit zu verfolgen – immer dann nämlich, wenn der Stoff sie nicht interessierte.

Aber in den letzten Monaten war es anders gelaufen. In den meisten Fächern war es zufällig um wirklich interessante Dinge gegangen. Woran es sonst noch gelegen hatte, das wusste Georg selbst nicht so genau. Es war einfach so passiert, dass sie in der Schule gut dastand. Und Georg musste sich selbst eingestehen, dass das ein gutes Gefühl war. Auch wenn es ihr jetzt ungewohnt vorkam, ein solches Lob von ihrem Vater zu ernten.

Gerade erst war Georg zusammen mit ihrer Cousine Anne und ihrem Hund Tim aus dem Internat gekommen. Sie würden die Ferien bei Georgs Eltern in der Felsenbucht verbringen. Auch Annes Brüder Richard und Julius würden heute noch kommen.

Onkel Quentin schob das Zeugnis zurück in die Schutzhülle und senkte die flache Hand darauf. »Wisst ihr was?«, rief er. »Wenn wir nachher die Jungen vom Busbahnhof abholen, lade ich euch alle zur Feier des Tages zu einem Eis ein.«

Georg machte große Augen. Es war wirklich eine Seltenheit, dass ihr Vater sich zu solch einem Vergnügen hinreißen ließ.

Jetzt wandte Tante Fanny sich ihrer Nichte zu. »Und du, Anne? Was ist mit deinem Zeugnis? Bist du zufrieden?«

Anne nickte. »Ja, ich bin sehr zufrieden«, antwortete sie und wurde ein wenig rot. Im Gegensatz zu Georg war sie mit ihrem Zeugnis eigentlich immer zufrieden, denn sie war eine fleißige Schülerin. Zum Glück war Georg nicht neidisch auf sie. Georg wusste ja selbst, woran es bei ihr manchmal scheiterte, und gönnte ihrer Cousine die guten Noten von Herzen.

»Ich würde sehr gern heute Abend meine Eltern anrufen, wenn ich darf«, bat Anne. »Sie sind natürlich neugierig, wie mein Zeugnis ausgefallen ist.«

»Natürlich darfst du das«, sagte Tante Fanny. »Deine Brüder werden ja auch mit ihnen sprechen wollen. Hoffen wir, dass sie ebenso gute Nachrichten für sie haben.« Sie warf einen Blick auf die große Pendeluhr. »Du lieber Himmel, nun müssen wir aber los! Der Bus kommt gleich. Wir wollen Richard und Julius doch nicht warten lassen.«

Normalerweise mochte Onkel Quentin es nicht, wenn Tim im Auto mitfuhr. Heute aber war er großzügig und machte eine Ausnahme.

Sie waren keine Minute zu früh am Busbahnhof. Onkel Quentin war noch dabei, das Auto rückwärts in eine enge Parklücke zu rangieren, als auch schon der Bus um die Ecke kam. Ungeduldig sprang Tim aus dem Wagen, kaum dass Georg die Tür geöffnet hatte.

»He, mein Freund!«, rief Georg. »Pass auf, dass dir in deinem Übermut nicht noch jemand über die Pfoten fährt.«

Doch Tim war schon zum Bussteig hinübergeflitzt und wartete schwanzwedelnd darauf, dass sich die Türen öffneten. Aufgeregt schnüffelnd hob er den aussteigenden Fahrgästen die Nase entgegen. Eine ältere Dame schlug ungehalten mit dem Schirm nach ihm. Doch Tim ging rechtzeitig in Deckung.

Und dann hatte er auch schon Julius und Richard entdeckt, die gerade – die Rucksäcke geschultert – aus dem Bus sprangen. Sofort hüpfte er ihnen um die Beine und fiepte vor Freude.

»Tim, alter Knabe!«, rief Richard und ging in die

Hocke, was Tim natürlich sofort nutzte, um ihm ausgiebig über das Gesicht zu schlecken.

»Igitt!«, rief Richard gespielt empört und wischte sich mit dem Handrücken über Mund und Nase.

»Selbst schuld«, rief Georg lachend. »Du kennst doch Tim.«

Endlich ließ der Hund von den Jungen ab, sodass diese nun ihre Tante und ihren Onkel begrüßen konnten.

»Werft eure Rucksäcke in den Kofferraum«, forderte Onkel Quentin sie auf und klimperte mit dem Schlüsselbund. »Wir haben im Ort noch etwas vor.«

Julius und Richard warfen den Mädchen erstaunte Blicke zu. Was hatte Onkel Quentin denn nun für eine Überraschung für sie bereit?

»Euer Onkel lädt uns alle zu einem Eis ein, weil er sich über Georginas gutes Zeugnis so freut«, erklärte Tante Fanny ihnen.

Richard rieb sich den Bauch. »Ein Eis? Das kommt mir nach der Fahrt gerade recht.«

Anne verdrehte die Augen. »Typisch Richard. Du denkst auch immer nur ans Essen.«

Auf der Terrasse des Eiscafés wählte die Familie

einen runden Tisch an einem sonnigen Plätzchen. Die Kinder suchten sich verschiedene Eisbecher aus, und Tante Fanny entschied sich für ein Stück Apfelstrudel mit Vanilleeis. Onkel Quentin ließ es bei einer Tasse Kaffee bewenden.

»Nun erzählt mal«, forderte Tante Fanny ihre Neffen auf. »Wie steht es denn um eure Zeugnisse? Seid ihr zufrieden?«

Julius nickte. »Ich ja. Eigentlich sind meine Zensuren wie immer ganz gut. Nur Richard ärgert sich über seine Note in Mathematik. Er steht mit seinem Mathelehrer auf Kriegsfuß.« Damit stieß er seinem Bruder den Ellenbogen in die Seite.

Tante Fanny zog die Augenbrauen hoch. »Ehrlich? Wie kommt das, Richard?«

Richard schob sich einen Löffel Eis in den Mund und knurrte: »Weiß auch nicht. Irgendwie kann der Lehrer mich nicht leiden, was übrigens auf Gegenseitigkeit beruht. Das ist dreimal schade, weil ich Mathematik eigentlich mag.«

Julius legte seinem Bruder kameradschaftlich die Hand auf die Schulter. »Na ja, steck mal nicht den Kopf in den Sand. Immerhin besteht die Hoffnung, dass du im nächsten Schuljahr einen anderen Lehrer bekommst. Ich habe gehört, dass wir zwei neue Referendare bekommen, einer davon unterrichtet unter anderem Mathe.«

Richard seufzte. »Hoffen wir das Beste.«

In diesem Moment beobachtete Julius, wie die Bedienung aus dem Eiscafé trat und einen skeptischen Blick zum Himmel warf. Dann zuckte sie die Schultern und ging wieder hinein. Auch auf der anderen Straßenseite tat sich etwas. Die Händler fingen an, die mit Postkarten und Zeitschriften bestückten Drehständer in die Läden zu räumen. Julius fragte sich, was es wohl damit auf sich hatte. Er warf einen Blick auf die Kirchturmuhr. Nein, Feierabend war noch lange nicht.

»Julius?« Tante Fanny holte ihn aus seinen Gedanken zurück. »Hörst du uns überhaupt zu?«

Julius lächelte seine Tante an. »Entschuldige bitte, Tante Fanny, ich war mit meinen Gedanken ganz woanders. Was hast du mich gefragt?«

Tante Fanny lächelte milde. »Ich wollte wissen, ob du irgendeine Ferienaufgabe bekommen hast.«

Julius schüttelte den Kopf. »Nein, diesmal nicht. Nur unser Herbarium sollen wir natürlich ergänzen, wenn wir eine interessante Pflanze finden.«

Wieder trat die junge Frau aus dem Café und blickte in den Himmel. Dann ging sie entschlossen auf die nicht besetzten Tische zu und sammelte die Stuhlkissen ein, um sie ins Haus zu tragen.

»Merkwürdig«, überlegte Julius laut. »Warum räumen die Geschäftsleute wohl alles ein?«

Anne stützte sich auf die Armlehnen ihres Stuhls und stemmte sich hoch, um die Straße entlangzuschauen. »Tun sie das? Tatsächlich!«

Onkel Quentin machte ein nachdenkliches Gesicht und trank den letzten Schluck Kaffee aus seiner Tasse. »Vielleicht schließen sie aus irgendeinem Grund. Aber heute ist doch kein Feiertag, oder ist mir da etwas entgangen?«

Georg musste grinsen. Wenn ihr Vater so sehr in eine seiner wissenschaftlichen Abhandlungen vertieft war, dass er sein Arbeitszimmer kaum verließ, dann vergaß er manchmal tatsächlich, welcher Wochentag gerade war. Einmal hatte er sogar seinen eigenen Geburtstag vergessen.

Aber Tante Fanny schüttelte entschieden den Kopf. »Nein, heute ist kein Feiertag. Es muss einen anderen Grund haben, wenn die Geschäftsleute jetzt alles einräumen.«

Es waren nur noch zwei weitere Tische besetzt, und dort begann man nun, in den Taschen nach den Portemonnaies zu kramen, um zu bezahlen.

Die junge Bedienung hastete von einem Tisch zum anderen. Als sie am Tisch der Freunde vorbeikam, hielt Onkel Quentin sie höflich auf. »Entschuldigen Sie bitte, aber wir beobachten gerade dieses hektische Treiben überall. Können Sie uns sagen, was der Grund dafür ist?«

»Ja, haben Sie es denn nicht mitbekommen?«, fragte die junge Frau, während sie nervös mit ihrer großen schwarzen Geldbörse spielte. »Es zieht ein schweres Unwetter heran. Soeben haben sie die Unwetterwarnung noch einmal im Radio durchgegeben. Aber entschuldigen Sie mich bitte, ich muss zusehen, dass ich die Sachen ins Haus räume. Ausgerechnet jetzt ist der Chef nicht da.«

Kurz entschlossen sprangen Richard und Julius auf. »Wir helfen Ihnen!«

»Ja, und wir sollten dann wohl auch lieber bezahlen«, meinte Onkel Quentin und legte einen Geldschein auf den Tisch. »Stimmt so.«

Tante Fanny drängte zur Eile. »Wir sollten zusehen, dass wir vor dem Unwetter zu Hause sind, Quentin. Ich weiß nicht, ob ich im oberen Stockwerk alle Fenster zugemacht habe.«

Rasch packten die Freunde mit an und schleppten Tische und Stühle in einen Verschlag an der Seite des Cafés.

»Das ist wirklich lieb von euch«, bedankte sich die junge Frau. »Allein hätte ich das nicht geschafft.«

»Ist doch Ehrensache«, versicherte Julius.

»Das nächste Mal, wenn ihr kommt, gebe ich euch ein Eis aus«, versprach die Bedienung.

Doch nun wurden Georgs Eltern ungeduldig. »Kinder, kommt, beeilt euch. Wir müssen vor dem Sturm im Felsenhaus sein.«

Schon hörte man das erste Donnergrollen und am Himmel zog das Unwetter wie eine dunkle Wand aus Blei herauf. Plötzlich hörten die Vögel auf zu singen und alle Geräusche klangen sonderbar dumpf. Es war eine aufgeladene Atmosphäre, in der man die Spannung fast knistern hörte.

Niemand sagte etwas. Alle hatten nur einen Gedanken: Schnell zum Auto! Schnell zum Felsenhaus!

Doch alle Eile war umsonst. Kaum waren sie

auf die Landstraße Richtung Felsenbucht eingebogen und hatten den Ortsrand hinter sich gelassen, da musste Onkel Quentin auch schon den Fuß vom Gas nehmen, weil er kaum mehr etwas sehen konnte: Dicke Regentropfen prasselten auf das Autodach hernieder und gingen schon bald in Hagelkörner über, die so groß wie Kirschkerne waren.

»Ach, du lieber Himmel!«, rief Tante Fanny und hielt sich die Hände an die Wangen. »Quentin, fahr bloß vorsichtig.«

Julius und Georg klebten förmlich mit den Nasen an den Seitenscheiben. Sie liebten Gewitter! Und schließlich wussten sie auch, dass man in einem Auto sicher vor jedem Blitzeinschlag war.

»Ein Auto ist wie ein faradayscher Käfig, wusstet ihr das?«, sagte Julius und wischte mit dem Handballen ein Guckfenster in die beschlagene Scheibe.

»Was ist denn ein fara … Was für ein Käfig?«, fragte Anne.

Auch Richard hatte im Physikunterricht aufgepasst. »Na ja, das faradaysche Gesetz besagt, dass in solch einem Metallgehäuse wie einem Auto die

Ladungen gleichgerichtet sind. Deshalb kann im Innern kein Strom von einer Seite zur anderen fließen.«

»Ergo sind wir hier drin sicher, wenn ein Blitz einschlagen sollte«, schlussfolgerte Georg. »Das Auto ist wie ein Käfig, in den der Strom nicht eindringen kann.«

Onkel Quentin warf einen zufriedenen Blick in den Rückspiegel. Es gefiel ihm, dass sich die Kinder mit wissenschaftlichen Fragen auseinandersetzten.

In diesem Moment wurde der Wagen von einer heftigen Sturmböe erfasst, und Georgs Vater hatte Mühe, ihn auf der Fahrbahn zu halten.

Alle zuckten zusammen und Tim begann zu fiepen. Doch niemand wagte es, ein Wort zu sagen. Onkel Quentins Hände krampften sich um das Lenkrad, während sein Blick starr geradeaus gerichtet war. Die Scheibenwischer kämpften tapfer gegen die Wasserfluten an, kamen dem Regen aber kaum nach.

»Willst du nicht lieber anhalten?«, fragte Tante Fanny besorgt. »Wir könnten warten, bis das Schlimmste vorüber ist.«

»Nein, jetzt sind wir ja fast da«, knurrte Onkel Quentin und hob beschwichtigend eine Hand.

Endlich kam das Felsenhaus in Sicht. Alle atmeten auf, als Onkel Quentin in die Einfahrt einbog. Er parkte so nah wie möglich vor der Haustür, und Tante Fanny rannte mit gezücktem Schlüssel los. Die Freunde und Onkel Quentin folgten ihr auf dem Fuße. Schon auf dem kurzen Weg vom Auto zum Haus durchnässte der Regen sie allesamt bis auf die Haut.

Der Wind drückte so heftig gegen die Tür, dass diese aufflog, kaum, dass Tante Fanny den Schlüssel im Schloss gedreht hatte. Um sie wieder zu schließen, mussten Richard und Julius sich gemeinsam von innen dagegen stemmen.

Oh nein, dachte Georg, als sie sah, dass Tim mitten im Flur stand und eben dazu ansetzte, sich das Wasser aus dem Fell zu schütteln. Doch zu spät. Die Tropfen spritzten nur so durch den kleinen Flur und benetzten Menschen wie Möbel und Wände.

Georg hielt die Luft an und warf aus dem Augenwinkel heraus einen besorgten Blick auf ihren Vater. Doch zu ihrem Erstaunen begann Onkel Quentin, laut zu lachen. »Ist ja zum Glück nur Wasser!«, rief er. »Und nass sind wir allemal.«

»Los, Kinder, zieht euch die nassen Sachen aus!«, forderte Tante Fanny die Freunde auf. »Nicht dass ihr euch erkältet.«

Julius machte ein gequältes Gesicht. »Unsere Rucksäcke sind noch im Auto.«

Georg klatschte sich vergnügt auf die Oberschenkel. »Dann müsst ihr leider improvisieren und eure Pyjamas anziehen, die ihr immer hier deponiert habt.«

»Oder ihr rennt noch mal durch den Regen«, meinte Anne.

»Nichts da, die Tür bleibt zu!«, entschied Tante Fanny.

»Sag mal, Fanny, was ist denn nun mit den Fenstern oben?«, fragte Onkel Quentin, während er aus seinem nassen Jackett schlüpfte.

Tante Fanny riss die Arme in die Höhe. »Himmel, ja, die Fenster!« Und schon stürmte sie die Treppe hinauf.

Kurz darauf war ein Schrei zu hören, gefolgt von einem lauten Poltern.

Sofort eilten die Freunde ins obere Stockwerk,

um zu sehen, was geschehen war. Richard war als Erster an Ort und Stelle.

Tante Fanny saß im Zimmer der Mädchen auf dem Boden und hielt sich die Stirn, an der ein Rinnsal Blut hinablief. Währenddessen schien der Sturmwind mitten durchs Zimmer zu brausen.

»Tante Fanny, ist dir etwas passiert?«, rief Richard erschrocken und hockte sich neben seine Tante.

»Schon gut«, rief diese gegen den Wind an und zeigte auf das Fenster. »Das Fenster ist aus der Angel gerutscht und hat mich getroffen. Schaut, ob ihr es schließen könnt.«

Mit vereinten Kräften gelang es Julius, Richard und Georg, das Fenster gegen den heftigen Wind zurück in seine Halterung zu drücken und zu arretieren. Onkel Quentin kümmerte sich währenddessen um seine Frau, die immer noch leicht benommen auf dem Boden hockte. Anne war ins Bad geeilt, um Verbandsmaterial zu holen.

Keuchend lehnten Georg und die Jungen sich schließlich an die Fensterbank. Das war geschafft! Derweil hatte Onkel Quentin Tante Fanny geholfen, sich auf Georgs Bettkante zu setzen.

Anne betupfte die Wunde vorsichtig mit einem Mullläppchen, das sie mit einem Desinfektionsmittel getränkt hatte. Tante Fanny verzog das Gesicht. »Au, das brennt vielleicht.«

»Es ist zum Glück nicht so schlimm«, versicherte Anne. »Nur eine ganz kleine Platzwunde, die ist bestimmt schnell wieder verheilt.«

Onkel Quentin hielt Tante Fannys Hand. »Kopfwunden bluten nun mal sehr stark. Es sieht wirklich schlimmer aus, als es ist. Hauptsache, du hast nicht auch noch eine Gehirnerschütterung.«

»Gewiss nicht«, antwortete Tante Fanny. »Na, hier werden wir erst einmal alles trocken wischen und aufräumen müssen.«

Georg lachte. »Na, Mutter, du ganz bestimmt nicht!«

Richard stieß sich von der Fensterbank ab. »Das erledigen wir schon. Ich bin gespannt, wie lange der Sturm uns noch in Atem halten wird.«

Onkel Quentin warf einen besorgten Blick aus dem Fenster. »Hoffen wir, dass er keinen allzu großen Schaden anrichtet.«

Insel im Sturm

Nachdem Tante Fanny einmal akzeptierte hatte, dass keiner sie an diesem Abend auch nur einen Handschlag tun lassen würde, genoss sie es, sich von den Freunden umsorgen zu lassen.

Draußen tobte der Sturm weiterhin unablässig. Der Wind zerrte an den Fensterläden und pfiff um die Hausecken.

»Schau nur«, sagte Anne und zeigte aus dem Fenster. In einer Ecke der Veranda hatte ein kleiner Vogel zwischen den Blumenkübeln Schutz gesucht. Aufgeplustert duckte er sich dicht in die Ecke.

»Gut, dass die Häuser innen hohl sind«, sagte Georg und grinste. »Obwohl: Ich hätte wirklich Spaß daran, mich bei solch einem Sturm draußen herumzutreiben.«

Anne schüttelte verständnislos den Kopf. Aber sie kannte ihre Cousine ja zu gut. Sie wusste, wie gern Georg draußen in der Natur war und die Kraft der Elemente spürte. Es musste manchmal eine Qual für sie sein, sich Stunde um Stunde im

Internat aufzuhalten, ohne hinauszudürfen. Zum Glück durfte sie wenigstens Tim immer bei sich haben. Zumindest, solange er sich gut benahm und das Internatsleben nicht störte. Aber bisher war es wirklich gut gegangen.

»Aber es wäre viel zu gefährlich, jetzt draußen zu sein. Wie schnell kann einem ein Dachziegel oder ein schwerer Ast auf den Kopf fallen.«

Georg zuckte die Schultern. »Hast ja recht. Aber ich denke so oft an die Tiere, die zusehen müssen, wie sie bei diesem Sturm klarkommen.«

Anne lachte und zeigte auf den Vogel. »Wie du siehst, brauchst du dir deswegen keine Sorgen zu machen. Und wenn du mich fragst, dann bin ich froh, dass wir hier geschützt hinter der Scheibe stehen.«

In diesem Moment hörten sie ein lautes Klirren.

»Das kam aus dem Keller!«, rief Richard und war auch schon aufgesprungen, um nachzusehen. Julius folgte ihm auf dem Fuße.

Tante Fanny fasste sich resignierend an die Stirn. »Quentin, wir müssen wirklich dringend all unsere Fenster nachsehen lassen. Sie halten diesen Stürmen hier an der Küste einfach nicht mehr stand.«

Richard und Julius kamen schnell aus dem Keller zurück. Julius hielt einige Scherben in den Händen. »Es ist nichts Schlimmes gewesen. Eins der Fenster war wohl nicht richtig verriegelt. Der Wind hat es aufgedrückt und dabei ist ein Einmachglas von der Fensterbank gefegt worden.«

»Es hat eine ziemliche Sauerei gegeben«, fügte Richard hinzu. »In dem Glas waren wohl Brombeeren.«

»Oh ja, die Brombeeren!«, rief Tante Fanny. »Die hatte Georg auf der Felseninsel gepflückt. Wie schade um das leckere Obst.«

Onkel Quentin zuckte die Achseln. »Nun, das ist ja nicht weiter schlimm. Hoffen wir, dass nicht noch mehr zu Bruch geht.«

Georg konnte sich noch gut daran erinnern, wie sie mit zerkratzten Händen und einem kleinen Eimer voll aromatischer dunkelvioletter Beeren von der Felseninsel zurückgekommen war.

»Ich lauf rasch hinunter und mache sauber«, sagte Anne und war auch schon in der Kammer verschwunden, um Putzzeug zu holen.

Nur Georg war plötzlich mit ihren Gedanken ganz woanders. Die Brombeeren hatten ihre Gedanken auf die Felseninsel gelenkt. Sie fragte sich, wie es wohl gerade den vielen Kaninchen ergehen mochte, die dort lebten und die Tim so gern jagte. Georg warf noch einmal einen Blick aus dem Fenster und stellte fest, dass der kleine Vogel nicht mehr an seinem Platz saß. Hoffentlich hat der Wind ihn nicht fortgeweht, dachte sie.

»Was haltet ihr von einer Kanne Tee?«, schlug Anne vor, als sie aus dem Keller zurückkam. »Wir könnten es uns gemütlich machen und Mensch-ärgere-dich-nicht spielen.«

Damit waren die anderen natürlich einverstanden.

Und gleich morgen schauen wir auf der Felseninsel nach dem Rechten, fügte Georg in Gedanken hinzu.

»Man mag es kaum für möglich halten, dass hier gestern noch ein Sturm gewütet hat«, sagte Richard und breitete die Arme aus.

Die Freunde hatten am nächsten Morgen zuerst nach ihrem Boot mit dem Namen *Alberta von der Felseninsel* gesehen. Es hatte fest vertäut am Strand gelegen. Nicht einmal die kleine Galionsfigur war beschädigt. Gemeinsam waren sie zur Felseninsel hinübergerudert und standen nun auf dem kleinen, rundum von Klippen umgebenen Sandstreifen am Ufer der Insel.

Die Vögel sangen aus vollem Halse, und auch die Kaninchen flitzten wie eh und je durchs Gestrüpp, als sei nichts gewesen. Sogar der Himmel zeigte sich wieder strahlend blau und wolkenlos.

Natürlich lagen überall Zweige herum und sogar einige dickere Äste waren von den Bäumen gefallen, doch im Großen und Ganzen sah alles aus wie immer.

»Trotzdem sollten wir gut achtgeben, dass uns keine losen Äste auf den Kopf fallen«, mahnte Julius. »Manchmal hängen sie zwischen den Zweigen, und ein kleiner Windstoß reicht aus, um sie hinabkrachen zu lassen.«

Der Sturm hatte einiges Strandgut angespült, vor allem Treibholz. Georg machte sich eifrig daran, es zu durchsuchen. Ab und zu fand man tatsächlich brauchbare Dinge oder auch einfach dekorative Stücke. Georg besaß schon eine beachtliche Sammlung ausgefallener Treibholzstücke und Steine, die das Meer in vielen Jahren geformt hatte.

»Seht nur!«, rief Anne. Sie hatte in einem kleinen Wasserloch im Felsen ein paar Fische entdeckt. »Der Sturm hat sie hineingespült und nun kommen sie nicht mehr ins Meer zurück.«

Julius kratzte sich die Schläfe. »Du hast recht. So hoch steigt die Flut nicht.«

Richard krempelte sich die Ärmel hoch. »Worauf warten wir noch? Helfen wir ihnen zurück ins Meer!«

Anne lachte und zeigte ihrem Bruder einen Vogel. »Willst du sie etwa mit den Händen fangen? Das schaffst du nie im Leben!«

Unter dem Gelächter seiner Geschwister griff Richard in das kleine Becken, das Wind und Wasser in Jahrhunderten in den Felsen gefressen hatten. Doch die Fische waren viel zu flink. Immer wieder flutschten sie ihm durch die Finger.

Anne schlug sich auf die Oberschenkel. »Sag ich's doch. So kriegst du sie nie!«

Richard schnitt eine Grimasse. »Hast du etwa eine bessere Idee?«

Da kam Georg angelaufen. »Hier, vielleicht versuchen wir es mal damit! Hab ich eben zwischen dem Treibholz gefunden.« Sie hielt ein Stück eines alten Fischernetzes in die Höhe. Julius nahm es ihr aus der Hand. »Ist zwar ganz schön verheddert, aber es könnte klappen.«

Die Brüder versuchten ihr Glück. Jeder fasste das Netzstück an einer Seite. Dann tauchten sie es an einem Ende der Kuhle ins Wasser und zogen es vorsichtig hindurch. Schon zappelten die kleinen Fische im Netz!

»Seid bloß vorsichtig, wenn ihr sie hinaushebt!«, rief Anne besorgt. »Nicht dass sie sich verletzen.«

»Ruhig Blut, Anne«, sagte Richard. »Wenn wir sie in dem Mini-Bassin lassen, wäre das ihr sicherer Tod. Da werden sie dieses kleine Abenteuer bestimmt überstehen.«

Die kleinen Fische begannen, heftig zu zappeln. Ihre silbernen Schuppen glänzten in der Sonne, als die Jungen mit dem Netz zum Wassersaum liefen.

Plötzlich sprang einer der Fische aus dem Netz.

»Vorsicht!«, rief Anne, denn schon kam Tim angesaust, der offenbar Appetit auf eine kleine Zwischenmahlzeit aus dem Meer hatte.

Doch Georg war schneller. Im Nu hatte sie den Fisch aus dem Sand gehoben und ihn in hohem Bogen ins Meer geworfen.

Tim protestierte mit lautem Gebell.

»Ach Tim, rohen Fisch magst du sowieso nicht!«, rief Georg lachend.

Endlich hatten die Jungen ihre Schützlinge ins Wasser entlassen.

»Also los!«, forderte Georg die Freunde auf. »Machen wir eine Tour über die Insel!«

»Ist schon merkwürdig«, sagte Richard, als er hinter seiner Cousine den Pfad entlangstiefelte, der auf die kleine Anhöhe in der Mitte der Insel führte. »Nun haben wir die Insel eine Weile nicht besucht, aber mir kommt es trotzdem so vor, als wären wir gestern erst hier gewesen. Nichts hat sich verändert.«

»Es hat sich wohl was verändert«, knurrte Georg. »Der Pfad ist total zugewuchert. Überall hängen diese fiesen stacheligen Brombeertriebe im Weg. Gut, dass ich eine lange Hose angezogen habe.« Sie griff nach einem Stock, mit dem sie das Brombeergestrüpp beiseiteschlagen konnte.

»Schade, dass die Früchte noch nicht reif sind«, sagte Anne. »Sonst hätten wir welche pflücken und Tante Fanny mitbringen können.«

»Klar, damit sie sie einkocht und das nächste

Glas auf dem Boden landet!«, antwortete Georg spöttisch.

Dann hatten sie die Burgruine erreicht, die auf der Anhöhe thronte. Anne setzte sich auf einen Findling, um zu verschnaufen. »Mist, wir haben vergessen, etwas zum Trinken mitzunehmen. Wie dumm von uns.«

»Wir sollen sowieso zum Tee zurück sein«, erinnerte Richard. »Das haben wir Tante Fanny versprochen.«

»Hoffentlich geht es ihr nachher besser«, sagte Julius nachdenklich. »Sie war heute Morgen mächtig blass um die Nase. Und Kopfschmerzen hatte sie auch.«

Georg hatte sich schon wieder auf den Weg gemacht.

»He, wo willst du denn hin?«, rief Richard hinter ihr her.

»Ich will zur anderen Seite runter«, erklärte Georg und winkte.

»Warte, wir kommen mit!«, rief Julius.

Seufzend stand auch Anne auf. Sie hätte gern noch ein Weilchen in der Sonne gesessen!

Schon am Wellenrauschen war zu erkennen,

dass das Meer hier, auf der der offenen See zugewandten Seite der Insel, wilder und unruhiger war. Auf dieser Seite gab es überhaupt keinen Sandstrand, sondern nur Felsen, die in die aufgewühlte See ragten. Hier schlug das Wasser in großen Wellen gegen die zerfurchten Steine. Beim Klettern auf den Felsen war hier höchste Vorsicht geboten, denn die Steine waren absolut glitschig.

»Georg, pass auf!«, mahnte Anne, als sie sah, dass ihre wagemutige Cousine auf die weit ins Wasser hineinragenden Felsen kletterte.

Tim kläffte laut. Er konnte Georg nicht auf die Klippen folgen, und es machte ihn ganz nervös, sie dort herumklettern zu sehen.

Obwohl sie die eine oder andere kalte Dusche abbekam, balancierte Georg bis zum äußersten Stein hinaus. Anne gefiel das zwar gar nicht, doch sie wusste, dass ihre Cousine sich von ihrem Vorhaben nicht würde abbringen lassen.

Plötzlich hob Georg den Arm und zeigte das Ufer entlang. »Schaut mal, da hinten ist ein riesiges Stück Fels abgebrochen!«

Julius stellte sich auf die Zehenspitzen. »Wo denn? Ich kann nichts erkennen.«

»Weiter hinten!«, rief Georg. »Wahrscheinlich könnt ihr es von da nicht sehen. Ich kletter mal hin.«

Geschickt wie ein Äffchen bewegte sich Georg auf allen vieren über die Felsen vorwärts. Die anderen folgten ihr entlang des Ufers, bis auch sie sahen, was Georg meinte: Nah am Ufer war ein großes Stück eines Felsens abgebrochen und ins Meer gerutscht.

»Dass der Sturm doch solch eine Kraft hatte!«, staunte Anne. »Unglaublich!«

Aber Julius schüttelte den Kopf. »Nein, so was kommt nicht von einem einzigen Sturm. Bestimmt hatte sich die Felskante schon lange gelöst und nun hat der Sturm ihr den letzten Schubs gegeben.«

Anne legte die Stirn in Falten und sah zu Georg hinüber, die nun auf die Bruchkante zukletterte. »Ein Grund mehr, besonders vorsichtig zu sein. Vielleicht sind noch mehr Steine lose.«

Jetzt war Georg hinter dem abgebrochenen Felsen verschwunden. Plötzlich hörten die anderen sie rufen. »He, kommt mal her! Das müsst ihr euch angucken!«

Julius und Richard zögerten nicht lange. Schon machten sie sich auf den Weg über die Felsen. Anne beobachtete das mit Sorge. Auch Tim war nicht einverstanden und begann zu fiepen.

»Ich bleib ja bei dir«, versuchte Anne, den Hund zu beruhigen. »Hoffen wir, dass die drei sich nicht den Hals brechen.«

Richard und Julius staunten nicht schlecht, als sie um den Felsen herumgeklettert waren und nun die Bruchkante von der Seeseite in Augenschein nahmen. Hinter dem Felsen war der Eingang zu einer Höhle zum Vorschein gekommen.

»Cool!«, rief Julius und beugte sich in die Öffnung, um zu schauen, wie groß sie war. Doch es war zu dunkel. Er konnte nichts erkennen.

»Pass auf!«, mahnte Georg. »Es ist total rutschig hier.«

»Hast du gewusst, dass es hier noch eine Höhle gibt?«, fragte Richard.

»Natürlich nicht!«, rief Georg und ging in die Hocke. »Obwohl es so aussieht, als hätte es hier immer schon einen Eingang gegeben. Seht mal, hier hat sich Moos gebildet. Es muss also auch vorher schon Licht hereingedrungen sein.«

»Na ja, bestimmt lag die Höhlenöffnung bisher sehr versteckt oder war winzig klein«, meinte Julius. »Die Stelle kann man ja auch schlecht einsehen.«

»Moment mal!« Georg stutzte und zeigte in die Höhle. »Sieht das nicht aus, als wäre da so was wie eine Stufe?«

»Meinst du eine natürliche oder eine künstlich angelegte?«, fragte Julius und blinzelte ins Dunkel. »Ich kann nichts erkennen.«

»Soll ich es wagen, mal weiter reinzugehen?«, fragte Richard. »Was meint ihr?«

»Auf gar keinen Fall!«, rief Julius. »Viel zu gefährlich!«

»Aber interessiert es euch denn nicht, wie es da drin aussieht?«, fragte Richard.

»Doch, natürlich, das interessiert uns wohl alle«, erwiderte Georg. »Aber das müssen wir ja nicht heute rauskriegen. Ist sowieso viel zu dunkel da drin.«

»Am besten, wir kommen morgen wieder und bringen Seile und Taschenlampen mit«, schlug Julius vor. »Was haltet ihr davon?«

Georg und Richard waren einverstanden.

»Ja, du hast recht, so hat das keinen Sinn. Außerdem sollten wir Anne nicht so lange warten lassen«, sagte Richard und stieß sich von dem Felsen ab, an dem er sich gerade abgestützt hatte.

Doch er hatte nicht bedacht, wie rutschig der Stein war, auf dem er stand, und nahm zu viel Schwung. Im selben Moment, in dem er sich abstieß, wusste er schon, dass er das Gleichgewicht nicht halten konnte. Seine Füße verloren den Halt, und unter den entsetzten Blicken von Georg und Julius landete er mit einem lauten Platsch rücklings in den Fluten.

Das Wasser war eiskalt, und Richard begann, wild mit den Armen zu rudern und zu prusten.

Jetzt mussten Georg und Julius lachen, denn Richard war ein guter Schwimmer und die See relativ ruhig. Grinsend hielten sie ihm jeder eine Hand hin, um ihn aus dem Wasser zu hieven.

Wie ein begossener Pudel hockte er schließlich wieder auf dem Felsen.

»Hast du dir wehgetan?«, erkundigte sich Julius.

»Nein«, knurrte Richard, dem sein Missgeschick ganz offensichtlich sehr peinlich war.

»Na, du bist ja ein Held!«, empfing Anne ihren Bruder am Ufer. »Das nächste Mal nehmen wir nicht nur was zum Trinken mit, sondern auch Klamotten zum Wechseln.«

Julius machte ein skeptisches Gesicht. »Hoffen wir, dass Tante Fanny uns überhaupt erlaubt, morgen noch einmal hierherzufahren, wenn sie mitbekommt, dass du ins Wasser gefallen bist und nun mit nassen Sachen rumläufst.«

Aber Georg winkte ab, während sie versuchte, Tim zu beruhigen, der sich dermaßen freute, die Freunde wohlbehalten wiederzusehen, dass er ihnen wild um die Beine sprang. »Sie muss es ja nicht mitkriegen.«

»Ihr wollt morgen wieder her?«, fragte Anne.

Julius erzählte ihr von der Höhle, die sie soeben entdeckt hatten.

Anne seufzte. Das klang gar nicht danach, als ob sie ruhige Ferientage im Felsenhaus verbringen würden.

Und so schmuggelten die Freunde Richard bei ihrer Rückkehr durch den Kellereingang ins Felsenhaus. Sie hatten Glück: Weder Tante Fanny noch Onkel Quentin bekamen von seinem Missgeschick etwas mit. Und die nassen Sachen hängten sie zur Vorsicht zum Trocknen auf den Dachboden.

Die geheime Treppe

Im Laufe des Tages trugen die Freunde allerlei Gegenstände zusammen, die sie für die Erkundung der Höhle brauchen würden, vor allem Stricke, Taschenlampen und Taschenmesser. Sie packten die Sachen in ihre Rucksäcke und versteckten diese hinter dem Schuppen. So konnten sie ihre Ausrüstung unauffällig vom Grundstück mitnehmen, wenn sie aufbrachen. Es war immer besser, den Erwachsenen keinen Grund für neugierige Fragen zu bieten!

Doch schon beim Frühstück bemerkte Anne, dass Tante Fanny sehr blass war.

»Was ist mit dir, Tante Fanny?«, fragte sie. »Geht es dir nicht gut?«

Ihre Tante hob die Hand an die Schläfe, an der das Pflaster klebte. Sie war blass und die Augenlider wirkten schwer. »Nicht sonderlich. Ich habe ziemliche Kopfschmerzen und mir ist leicht schwindelig.«

Anne erschrak. »Vielleicht hast du doch eine Gehirnerschütterung. Damit ist nicht zu spaßen.«

Doch Tante Fanny winkte ab. »Quentin meinte auch, ich sollte zum Arzt gehen, aber der Doktor hat heute seine Praxis geschlossen. Ich denke, wenn ich mich nachher noch ein wenig hinlege, geht es schon wieder.«

Georg machte eine besorgte Miene. »Vater ist den ganzen Tag nicht da. Wir können dich unmöglich allein lassen.«

Tante Fanny lächelte milde. »Ihr habt aber doch bestimmt etwas vor. Geht nur. Ich komme schon klar.«

»Kommt gar nicht in Frage«, rief Julius. »Unser Ausflug kann bis morgen warten.«

Anne erhob sich, um den Frühstückstisch abzuräumen. »Ich mach euch einen Vorschlag: Was haltet ihr davon, wenn ihr wie geplant zum Ausflug aufbrecht und ich hier bei Tante Fanny bleibe?« Wenn Anne ehrlich war, so kam ihr das Unwohlsein ihrer Tante nur recht. Sie hatte wenig Lust, die glitschigen Stufen hinunter in die dunkle Höhle zu rutschen. Die Treppe, von der die anderen erzählt hatten, war ihr unheimlich.

Georg und die Jungen blickten sich an und zuckten die Schultern. »Wenn das okay für dich wäre?«

Anne nickte. »Natürlich. Sonst hätte ich es ja nicht vorgeschlagen.«

»Gut!«, meinte Georg. »Dann lass den Teller noch einen Moment stehen. Wir machen uns ein paar Brote für unterwegs.«

Als Georg, Julius und Richard schließlich aufbrachen, begleitete Anne sie noch bis zur Gartenpforte. »Und passt bloß auf, wenn ihr diesen Gang runterklettert!«, mahnte sie.

Richard verdrehte die Augen. »Typisch Anne! Immer in Sorge.«

Julius klopfte auf seinen Rucksack. »Keine Bange, Schwesterchen, wir sind gut ausgerüstet.«

»Ja, trotzdem.« Anne war es nicht wirklich wohl bei dem Gedanken, dass die drei in diese Höhle wollten. »Seid bitte auf jeden Fall bis zum Tee wieder da?«

Georg legte ihrer Cousine grinsend die Hand auf die Schulter. »Damit du weißt, ab wann du dir Sorgen machen musst, ja?«

Aber Anne wischte Georgs Hand fort. Sie fand den Gedanken gar nicht so witzig.

Georg und die Jungen verabschiedeten sich und Anne hielt Tim am Halsband fest. Für ihn wäre der Weg über die Klippen nichts gewesen. Darum sollte er im Felsenhaus zurückbleiben.

Die Luft war heute schwül und setzte sich wie eine klebrige Schicht auf die Haut.

»Gut, dass Anne mich daran erinnert hat, eine Flasche Wasser mehr mitzunehmen«, sagte Julius und setzte stöhnend den Rucksack ab, als sie das felsige Ufer erreicht hatten. Dann trank er gierig aus der Wasserflasche und hielt sie auch Richard und Georg hin. Obwohl hier am Meer immer ein sanfter Wind wehte, waren alle drei nass geschwitzt.

Vorsichtig kletterten sie schließlich über die vom Wassersaum umspülten Felsbrocken, die ihnen heute noch glitschiger vorkamen als am Tag zuvor.

Dann standen sie vor dem Eingang der Höhle. Richard klopfte das Herz einen Takt schneller. Er wusste, was jetzt von ihm erwartet wurde. Schließlich war er der beste Kletterer der Gruppe. Er band sich eines der Seile um den Bauch, drückte das andere Ende seinem Bruder in die Hand und stieg als Erster hinab in die dunkle Öffnung, die der Sturm freigelegt hatte.

So schwül es draußen gewesen war, so kühl und

moderig war es hier drinnen. Es roch nach fauligem Brackwasser und Tang. Richard versuchte, möglichst flach zu atmen. Er knipste die Taschenlampe an. Seine Augen gewöhnten sich langsam an das schummrige Licht.

»Puh, das riecht hier vielleicht unangenehm!«, rief er Julius und Georg zu, die zunächst am Eingang der Höhle stehen geblieben waren. Richard musste niesen. »Hoffentlich sind das nicht irgendwelche Faulgase, von denen man ohnmächtig werden kann.«

»Unsinn«, erwiderte Georg. »Du siehst doch, dass hier überall kleine Ritzen und Löcher in den Felswänden sind. Das kommt einfach davon, dass es hier feucht und dunkel ist.«

Richard tastete sich im Lichtkegel der Taschenlampe weiter vor. Plötzlich stutzte er. Direkt vor ihm schien tatsächlich eine Treppenstufe zu sein. Richard stützte sich an der Felswand ab und ging in die Hocke, um sich die Stelle im Taschenlampenlicht genauer anzuschauen.

Wahrhaftig eine Stufe! Und so, wie sie aussah, war sie von Menschenhand in den Fels geschlagen worden.

»Ich fress einen Besen!«, rief er. »Leute, das müsst ihr euch angucken. Hier ist wirklich eine Stufe.«

»Was denn für eine Stufe?«, rief Georg fragend zurück.

»Na, eine Stufe halt«, antwortete Richard ungeduldig. »Dieser Weg muss schon vorher von Menschen benutzt worden sein.«

»Bist du sicher?« Jetzt hielt Georg nichts mehr. Das musste sie sehen!

»Georg, pass auf!«, rief Julius. »Willst du nicht lieber ein Seil …?«

Doch da war Georg schon, die Taschenlampe gezückt, in der Höhle verschwunden.

Richard hockte vor der Stufe und leuchtete mit seiner Lampe die Wände ab, um zu sehen, ob es noch andere Anzeichen dafür gab, dass hier Menschen gewesen waren.

»Wer weiß, vielleicht finden wir hier ja auch noch Höhlenzeichnungen aus der Steinzeit oder so«, flüsterte Georg aufgeregt. »Das wäre *die* Sensation!«

Richard zeigte ihr einen Vogel. »Nie im Leben waren hier Steinzeitmenschen.«

»Warum nicht?« Georg blickte sich um. »Komm, schauen wir mal, wohin der Gang uns führt.«

Vorsichtig tasteten die beiden sich weiter. Eine Gänsehaut kroch ihnen über Arme und Beine. Ein ums andere Mal glitten ihre Füße auf dem rutschigen Untergrund aus. Doch ihre Neugierde war größer als ihre Angst und so folgten sie dem schmalen Gang durch die Felsen. Zunächst ging es ein Stück hinab. Hier war besondere Vorsicht geboten!

»Pass bloß auf, Richard, hier läuft Wasser aus einer Felsspalte, es ist total rutschig«, mahnte Georg, die tapfer voranschritt.

Sonst sprachen sie nicht viel. Allzu gespannt waren beide, was sie noch erwarten würde.

Plötzlich spürte Georg etwas über ihren Fußrücken krabbeln und machte instinktiv einen Satz zurück, sodass sie beinahe Richard umgestoßen hätte. »Ah, da ist was!«

Richard richtete die Taschenlampe auf den Boden. »Nur ein paar Krebse, Georg. Gut zu wissen, dass wir nicht allein sind.«

Georg rümpfte die Nase. Sie genierte sich, dass sie sich vor den kleinen ungefährlichen Krabbeltieren erschreckt hatte. »Hoffen wir nur, dass es hier drin keine unangenehmeren Bewohner gibt.«

Und dann hatten sie das Ende des Ganges erreicht. »Eine richtige Höhle!«, staunte Georg.

An einigen Stellen drang spärliches Tageslicht durch schmale Risse in der Höhlendecke. Dennoch war es so düster, dass Richard und Georg ohne ihre Taschenlampen kaum etwas hätten erkennen können.

»Unglaublich, dass ich all die Jahre nichts von dieser Höhle gewusst habe!«, meinte Georg, während sie den Lichtstrahl umherschweifen ließ.

Richard zuckte die Schultern. »Ist doch kein

Wunder. Der Eingang war wohl nur von der Seeseite aus zu sehen. Wenn der Felsen nicht durch den Sturm abgebrochen wäre, hättest du den Eingang nie entdeckt.«

»Aber wir sind schon so oft mit dem Boot ganz um die Insel herumgefahren«, wandte Georg ein, die sich ganz offensichtlich darüber ärgerte, dass ihre Insel ihr dieses Geheimnis bisher vorenthalten hatte.

»Freu dich doch, dass wir sie jetzt gefunden haben«, sagte Richard. »Wer weiß, vielleicht hat die Felseninsel noch mehr Überraschungen parat.«

Richard zog zweimal kurz an dem Seil, das noch immer um seinen Bauch geschlungen war. Auf diese Weise signalisierte er seinem Bruder, dass dieser es wagen konnte, Georg und ihm zu folgen.

Julius hatte sich schon umgesehen, wo er das Seil festbinden konnte. Ein großer Stein schien ihm besonders geeignet. Als er jetzt Richards Rucken bemerkte, schlang er das Seil um den Felsblock und zurrte es fest. Dann folgte er Richard und Georg. Mit der einen Hand hielt er sich dabei an dem Seil fest, in der anderen trug er seine Taschenlampe.

»Das ist aber wirklich ein übler Geruch hier drinnen!«, rief er in den Gang hinein. Es verschlug ihm fast den Atem.

»Aber es lohnt sich, ihn zu ertragen!«, rief Richard fröhlich zurück. »Außerdem gewöhnt man sich dran!«

Georg formte die Hände zu einem Trichter und hielt sie sich vor den Mund. »Haaaallllooo!«, rief sie in die Höhle hinein und freute sich über den Widerhall. »Cooles Echo!«

Plötzlich hörten sie ein lautes Platschen. Julius kam auf dem Hosenboden um die Ecke geschlittert.

»Verdammt!«, fluchte er und rappelte sich mit Richards Hilfe wieder auf. »Mist, ist das glatt hier!«

»Hm.« Georg machte ein nachdenkliches Gesicht und zeigte auf Julius' Hose. »Meine Mutter wird sich freuen. Deine Hose sieht klasse aus. Total voll Schlamm.«

Julius grinste bitter. »Und nass ist sie auch. Aber hallo, das ist ja eine richtige Höhle hier!«

»Ja, toll, nicht wahr?«, sagte Richard und drehte sich um die eigene Achse.

»Und die ganze Zeit haben wir keinen blassen Schimmer davon gehabt, dass es sie überhaupt gibt!«, rief Georg. »Das ist doch unglaublich, oder?«

Julius runzelte nachdenklich die Stirn. »Ich frage mich, was es damit auf sich hat.«

Georg machte ein wichtiges Gesicht. »Eigentlich ist es einfach nur eine Höhle, aber Richard hat diese Stufe entdeckt. Sie sieht wirklich so aus, als sei sie künstlich angelegt worden.«

»Also liegt der Verdacht nahe, dass die Höhle von Menschen benutzt worden ist«, führte Richard den Gedanken fort. »Die Frage ist nur: Wofür?«

»Vielleicht finden wir es heraus!«, rief Julius. »Habt ihr euch schon umgesehen?«

»Wir sind gerade dabei«, erklärte Richard und begann im Schein seiner Lampe, die Felswand zu untersuchen.

Georg stand in der Mitte des Felsenraumes. »Niemand würde sich die Mühe machen, diese Stufe in den Stein zu schlagen, wenn er damit nicht irgendeinen Zweck verfolgen würde.«

»Vielleicht wurde die Höhle vor langer Zeit als Zufluchtsort benutzt«, versuchte Julius eine Erklärung.

Georg sah sich auf dem Boden um. »Keine Anzeichen für eine Feuerstelle, wenn ich das richtig sehe.«

»He, was ist das hier?« Richard winkte Julius und Georg zu sich heran. »Seht ihr das?«

Alle drei leuchteten an die Stelle an der Wand, auf die Richard zeigte.

»Was meinst du?«, fragte Georg. »Ich kann nichts erkennen.«

Richard ließ die Hand über die Felswand gleiten. »Aber man kann es fühlen.«

Georg hielt es für einen Scherz, aber dann fühlte sie doch mit den Fingerkuppen über den Stein. Richard hatte recht! Da war etwas in den Fels geritzt!

Julius beugte sich vor und schaute schräg auf die Wand. »Es ist total überzogen mit einer Schicht aus Moos und so Zeug.«

»Mist! An alles Mögliche haben wir gedacht«, sagte Georg mit einem kurzen Lachen. »Aber nicht an Eimer und Wurzelbürste, um den Felsen sauber zu schrubben.«

Julius zückte sein Taschenmesser und begann, die Schicht von der Wand abzukratzen.

»Oje, damit kannst du aber den ganzen Tag verbringen«, spottete Richard.

»Hast du eine bessere Idee?«, motzte Julius. »Kannst ja mal helfen, dann geht es schneller.«

Und so versuchten sie alle drei, mit ihren Taschenmessern die Zeichen an der Wand freizulegen, was sich als äußerst mühsames Unterfangen erwies. Aber es ging vorwärts, wenn auch nur langsam.

Schließlich hatten sie die Zeichen an der Wand so weit vom Schmutz befreit, dass man sie halbwegs erkennen konnte.

»Was soll das sein?«, fragte Julius. »Irgendein Symbol?«

Georg schüttelte den Kopf. »Keine Ahnung. Das scheinen mehrere Zeichen zu sein. Hier oben, das könnte in der Tat ein Symbol oder so was sein, und da drunter sind weitere Zeichen.«

Richard blinzelte. »Leider schwer zu erkennen. Jetzt bräuchten wir ein großes Blatt Papier und einen Bleistift. Dann könnten wir es abpausen und es wäre besser zu erkennen.«

Georg hob die Hände zu einer hilflosen Geste. »Leider haben wir neben Eimer und Bürste auch Papier und Bleistift vergessen.«

»Das konnte ja keiner ahnen, dass …«, begann Julius. Doch Richard unterbrach ihn und zog etwas aus der Hosentasche.

»Hier, ich hab noch ein Blatt Papier.« Er faltete es auseinander. »Daran hatte ich schon gar nicht mehr gedacht. Ein paar Notizen aus der Schule. Ist zwar nur DIN A4, aber vielleicht reicht es.«

»Na, prima!«, rief Georg spöttisch. »Und wo ist der Bleistift?«

Julius bückte sich und hob einen Stein auf. »Improvisation ist angesagt. Versuchen wir es damit. Wir reiben über das Papier, und das Muster drückt sich ein. Draußen halten wir es vor die Sonne und können es so erkennen. Das funktioniert bestimmt.«

Richard hielt das Papier auf die Zeichen an der Wand, während Julius vorsichtig mit dem Stein darüberrieb.

»Es passt nicht ganz drauf«, stellte Julius fest. »Aber das ist ja egal. Besser als nichts.«

Georg rieb sich über die Oberarme. »Und dann bin ich auch froh, wenn wir gleich wieder ans Tageslicht kommen. Wir sind schon seit Ewigkeiten hier drin. Wir haben über diesen seltsamen Zeichen ganz die Zeit vergessen. So langsam wird's mir kalt, und dieser Gestank …«

Auf einmal stutzte sie. Das Plätschern der Wellen, das die ganze Zeit von weit entfernt ins Innere der Höhle gedrungen war, klang plötzlich viel näher. Langsam tastete Georg sich in den Höhlengang vor. Irgendetwas war anders als vorhin. Georg zückte die Taschenlampe. Vorsichtig setzte sie mit kleinen Schritten einen Fuß vor den anderen.

Plötzlich blieb sie entsetzt stehen. Wasser! Der untere Teil des Höhlengangs hatte sich mit Wasser gefüllt. Die Flut war gekommen!

Rettung

Anne wurde langsam unruhig. Immer wieder blickte sie auf die große Standuhr im Esszimmer. Die Zeiger krochen unbarmherzig weiter, und die Teezeit war längst gekommen. Doch von Georg und den Jungen war nichts zu hören und zu sehen.

Anne ärgerte sich. Sie hasste Unpünktlichkeit. Andererseits kannte sie ihre Brüder und Georg gut genug, um zu wissen, dass sie schnell die Zeit vergaßen. Aber dennoch …

Zum Glück hatte Tante Fanny sich dazu überreden lassen, sich ins Bett zu legen. So bekam sie wenigstens nicht mit, dass Anne sich langsam Sorgen machte. Und es war gut, dass die Tante nicht wusste, was die drei im Schilde führten.

Als eine weitere halbe Stunde vergangen war, hielt Anne es nicht mehr aus. Da musste etwas passiert sein!

Aber was sollte sie nun tun? Unruhig lief sie im Wohnzimmer auf und ab und versuchte, sich zu konzentrieren. Das war gar nicht so leicht, denn ihr ging so vieles gleichzeitig durch den Kopf. Konnte sie Tante Fanny einfach allein lassen und sich auf die Suche nach den anderen machen? Wann würde Onkel Quentin zurück sein? Er sollte besser nichts mitbekommen. Würde sie es in der Zeit schaffen, auf der Felseninsel nach den Freunden zu suchen? Aber wie sollte sie überhaupt zur Felseninsel hinübergelangen, da die anderen doch mit dem Ruderboot unterwegs waren?

»Ich kann hier nicht einfach rumstehen und nichts tun«, sagte sie schließlich zu Tim, der ihre Unruhe spürte und fiepend neben ihr hockte. Er blickte sie erwartungsvoll an. »Hast du eine Idee?«

Aber natürlich antwortete Tim nicht. Seufzend griff Anne nach der Hundeleine und dem Haustürschlüssel. Mit einem schnellen Blick ins Schlafzimmer vergewisserte sie sich, dass ihre Tante fest schlief. »Komm, Tim, hierzubleiben hat keinen Sinn. Wir brechen auf und gehen in Richtung Hafen. Wenn wir Glück haben, kommen uns die anderen schon wohlbehalten entgegen.«

Dennoch hatte Anne ein schlechtes Gewissen, ihre Tante ihrem Schicksal zu überlassen. Auch ihre Hoffnung, die anderen auf halbem Wege anzutreffen, erfüllte sich nicht. Als Tim und sie den kleinen Fischerhafen erreichten, war von Georg und den Jungen weit und breit keine Spur zu sehen. Langsam bekam Anne weiche Knie.

»Was soll ich denn jetzt bloß tun?«, sagte sie zu sich selbst, als ihr Blick plötzlich auf ein kleines Häuschen jenseits der Hafensiedlung fiel.

»Alf!«, rief Anne. »Vielleicht kann er mir helfen!«

Eiligen Schrittes hielt sie auf das kleine Fischerhaus zu, in dem Alf mit seinem Großvater wohnte. Sie hatten schon manches Mal etwas zusammen unternommen und auch schon einige Abenteuer gemeinsam gemeistert.

Anne trommelte mit beiden Fäusten gegen die niedrige Tür. Hoffentlich ist er da!, dachte sie.

Sogleich wurde die Tür aufgerissen. »Warum schlägst du die Tür nicht gleich ein?«, fragte Alfs Großvater und sah Anne mit strengem Blick an.

Anne spürte, wie ihr das Blut in den Kopf schoss. »Oh, guten Tag, entschuldigen Sie bitte. Ich hoffe, ich störe nicht. Ist Alf da? Es ist sehr wichtig.«

Der alte Fischer gab lediglich ein Knurren von

sich, zog die Tür weiter auf und hieß Anne mit einem Nicken einzutreten.

Alf saß am Tisch vor einem dampfenden Teller Suppe.

»Entschuldige, dass ich dich beim Essen störe, Alf«, rief Anne außer Atem. »aber ich brauche dringend deine Hilfe!«

Alf zog die Augenbrauen hoch. »Bin eh gerade fertig.« Schnell löffelte er den letzten Rest Suppe und brachte den Teller in die Küche. Dann zog er Anne mit hinaus. Es war besser, wenn sein Großvater erst einmal nicht mitbekam, was los war.

»Also, was hast du auf dem Herzen, dass du so aufgeregt bist?«, fragte Alf, als sie sich außer Hörweite des Hauses befanden. »Und wo sind die anderen?«

»Das ist es ja gerade!«, rief Anne. »Georg und die Jungen sind nicht von der Felseninsel zurückgekehrt! Wir müssen hinüber und sehen, ob ihnen etwas passiert ist. Ihr habt doch ein kleines Ruderboot.«

Alf schob lässig die Hände in die Hosentaschen. »Mal langsam. Bloß weil die drei noch nicht zurück sind, muss ihnen doch nicht gleich etwas passiert sein.«

»Aber wir hatten eine Zeit ausgemacht, und die ist längst verstrichen«, erklärte Anne außer Atem. »Sie wollten einen Eingang zwischen den Felsen erkunden. Der Sturm hat ihn freigelegt und …«

»Halt, was sagst du da?«, fiel Alf ihr ins Wort. »Ein Eingang zwischen den Felsen?« Er machte ein nachdenkliches Gesicht. Das klang in der Tat abenteuerlich.

»Okay, lass uns hinüberfahren.« Alf stiefelte sofort los. »Aber ich wette, es ist alles in Ordnung. Du machst dir umsonst Sorgen.«

Anne wunderte sich. »Aber musst du denn nicht deinem Großvater Bescheid sagen?«

Alf winkte ab. »Ach, der fragt sowieso nie, wo ich mich herumtreibe. Er sagt immer, spätestens wenn ich Hunger habe, käme ich sowieso wieder nach Hause.«

Jetzt musste Anne lachen. »Womit er vermutlich nicht ganz unrecht hat.«

Alf nickte zustimmend. »Worauf du dich verlassen kannst. Mein Großvater kocht die beste Wurzelsuppe der Welt.«

Schon hatten sie das kleine blaue Ruderboot erreicht. Alf machte es los und ließ Anne hineinklettern. Tim sprang mit einem Satz hinein und machte es sich im Bug bequem.

»Wie eine Galionsfigur«, rief Alf lachend und ließ sich neben Anne auf dem Sitzbrett nieder. Jeder griff sich ein Ruder.

»Und jetzt im Gleichtakt!«, rief Alf, als sie sich in die Riemen legten.

»Das Boot liegt tatsächlich noch hier!«, stellte Anne fest, als sie die kleine Bucht erreichten. »Also sind sie definitiv noch auf der Insel. Hoffentlich ist ihnen nichts passiert!«

Tim sprang mit einem Satz aus dem Boot ins Wasser und kläffte laut.

»Such, Tim!«, forderte Anne ihn auf. »Such! Wo sind Georg, Julius und Richard?«

Alf zog das Boot an den Strand. »Was hast du gesagt, wo befindet sich dieser Eingang?«

Anne zeigte den Pfad hinauf. »Genau auf der anderen Seite der Insel. Auf der Seeseite. Da, wo die schroffen Felsen sind.«

Tim war schon den schmalen Weg hinauf verschwunden. Alf und Anne rannten hinter ihm her.

Natürlich war Tim als Erster bei den Felsen angekommen. Aufgeregt sprang er hin und her und bellte. Völlig außer Atem schloss Anne zu ihm auf und dachte, das Herz müsse ihr stehen bleiben. Entsetzt starrte sie zu den Felsen hinüber.

»Was ist los?«, fragte Alf. »Wo ist denn nun der Eingang?«

»W… wo er jetzt ist, wüsste ich auch gern!«, stammelte Anne. »Gestern war er noch da drüben! Jetzt sieht man nur noch das oberste Stück des Felsens. Das Wasser hat alles überschwemmt.« Anne packte Alf am Arm. »Alf, verflucht, sie sind doch nicht etwa ertrunken?«

Alf fackelte nicht lange. Kurzentschlossen zog er sich die Schuhe aus, krempelte die Hosenbeine hoch und kletterte geschickt zu dem Felsen hinüber, auf den Anne gezeigt hatte. Dort stand er knietief im Wasser.

Alf formte die Hände vor seinem Mund zu einem Trichter. »Der Eingang ist noch zu sehen. Er hat sich ein Stück weiter hinten mit Wasser gefüllt.«

Anne schlug sich vor Schreck die Hände vors Gesicht. »Oh Gott, die Flut hat sie überrascht und nun sind sie ertrunken!«

»Das ist doch überhaupt nicht gesagt!«, rief Alf. »Anne, beruhige dich. Die Flut kommt doch nicht von jetzt auf gleich. Nanu, was ist denn das?«

Alf hielt das Ende von Richards Seil in der Hand.

»Was hast du da?«, schrie Anne.

»Sieht aus, als hätten die drei hier ein Seil festgeknotet gehabt. Durch das steigende Wasser ist es abgerutscht. Es führt in den Felseneingang hinein.«

Alf schlang sich das Ende des Seils ums Handgelenk und zog vorsichtig daran. Zunächst gab das Seil nach, doch plötzlich spürte er einen Widerstand! Ein Zucken. Erst zaghaft, dann immer kräftiger!

»He, Anne, da zieht einer am anderen Ende des Seils!«, rief Alf fröhlich. »Die sind da drinnen irgendwo. Das Wasser hat sie bestimmt nur eingeschlossen!«

Nur eingeschlossen ist gut, dachte Anne. Schlimm genug. Dennoch war sie erleichtert, dass nichts Ernsteres passiert war. »Und jetzt?«, fragte sie. »Sollen wir etwa warten, bis das Wasser wieder abläuft? Wie lange dauert die Flut? Steigt das Wasser noch weiter?«

Alf stand auf dem Felsen im Wasser und zuckte mit den Schultern.

Im Innern der Höhle herrschte derweil große Erleichterung. Georg, Richard und Julius hatten schon befürchtet, dass sie in der Höhle abwarten mussten, bis die Ebbe einsetzte. Nun konnten sie es kaum glauben, dass ihnen jemand vom anderen Ende des Seils ein Zeichen gegeben hatte.

Lange hatten sie schon hin und her überlegt, ob

sie es wagen sollten, durch den überfluteten Teil des Ganges zu tauchen. Sie hatten sich am Seil entlangziehen wollen, doch das hatte sich offenbar durch das steigende Wasser von seiner Verankerung gelöst. Und ohne das Seil durch den Gang zu tauchen, das erschien ihnen dann doch zu riskant.

»Jemand hält das Seil am anderen Ende fest«, sagte Julius und zog noch einmal kurz an dem Strick. Der Zug wurde erwidert. »Eindeutig.«

Georg nickte ihren Cousins auffordernd zu. »Also, sollen wir es wagen?«

»Ja, worauf warten wir noch?« Julius schlüpfte aus seinen Jeans und rollte diese so klein wie möglich zusammen. Richard und Georg taten es ihm gleich. Dann verstauten sie die Hosen in ihrem Rucksack und zogen diesen fest zu. Vielleicht blieben die Hosen so halbwegs trocken.

Georg atmete tief durch und streckte sich einmal kräftig. »Okay, ich versuche es als Erste.«

Vorsichtig watete sie bis zum Tunneleingang, holte noch einmal tief Luft und tauchte dann in das kalte Wasser ein. Mit kräftigem Griff fasste sie das Seil und zog sich weiter, dem Ausgang entgegen. Die Strecke war weiter, als sie gedacht hatte, und das salzige Wasser brannte in ihren Augen. Beinahe wäre ihr die Puste ausgegangen, aber dann sah sie das helle Licht. Geschafft!

»Alf, das bist ja du!«, rief sie verdutzt, als sie nach Luft ringend aus dem Wasser schoss. »Halt das Seil gut fest, die anderen kommen direkt hinterher.«

Alf nickte, schlang sich das Seil noch einmal fest um das Handgelenk und stemmte sich, so gut er das auf dem rutschigen Felsen konnte, gegen den Widerstand. Es platschte einmal laut, dann war auch Richard sicher aus der Höhle heraus.

»Puh!«, rief er und schüttelte sich wie ein nasser Hund. »Ich dachte schon, ich müsste ertrinken!«

Georg reichte ihm die Hand und zog ihn auf die Füße. »Jetzt bist du ja hier. Fehlt nur noch Julius.«

Gebannt starrten die drei auf den Eingang zur Höhle, während Alf sich mit aller Macht ins Seil stemmte. »Ich kann es gleich nicht mehr halten«, jammerte er. »Warum zieht Julius denn so kräftig?«

Sofort sprang Richard ihm bei und griff beherzt nach dem Seil. »Julius, verdammt, was ist denn los? Wo bleibst du denn?«

Doch Georg schoss nur ein Gedanke durch den Kopf. Da stimmt was nicht! Ohne lange zu überlegen, stieg sie zurück ins Wasser und verschwand im Höhleneingang.

Sie brauchte sich nicht weit am Seil entlangzuziehen, da sah sie schon, was geschehen war. Julius, der sich den Rucksack auf den Rücken geschnallt hatte, war mit diesem hängen geblieben!

Georg beeilte sich. Julius hatte sicher nicht mehr lange Luft. Mit einem Griff hatte sie ihn befreit und ließ ihn vor sich ins Freie schwimmen.

Hörbar rang Julius nach Atem. »Verdammt, das war knapp! Danke, dass du mir geholfen hast, Georg. Ich hätte versuchen können, mich aus dem Rucksack zu winden, aber ausgerechnet an der Stelle war es so eng.«

Georg legte ihm die Hand auf die Schulter. »Ist ja noch mal alles gut gegangen.«

»Und das haben wir unserem Freund Alf hier zu verdanken«, sagte Richard.

Aber Alf schüttelte verlegen den Kopf. »Bedankt euch bei Anne. Wenn sie mich nicht geholt hätte, um nach euch zu suchen …«

»Apropos Anne«, sagte Georg lachend. »Wir sollten mal zusehen, dass wir zu ihr hinüberkommen. Sie hält es vor Ungeduld kaum aus.«

»Und Tim auch nicht«, keuchte Julius, der, die Hände auf die Knie gestützt, vornübergebeugt dastand. »Der bellt sich ja die Seele aus dem Leib.«

Richard schulterte den Rucksack. »Ich bin gespannt, ob unsere Hosen trocken geblieben sind.«

»Wo ist übrigens das Papier mit der Wandzeichnung?«, fragte Georg. »Wenn es nass geworden ist, war alles umsonst.«

»Ich habe es in meine Hose eingerollt«, erklärte Richard. »Wenn meine Hose trocken geblieben ist, dann ist die Zeichnung gerettet.«

Endlich hatten sie Anne erreicht. Jetzt konnte auch Tim die Freunde freudig begrüßen.

»Ich habe mir solche Sorgen gemacht!«, rief Anne halb vorwurfsvoll. »Als ihr zur abgemachten Zeit nicht heimgekommen seid, da dachte ich … Seid ihr in großer Gefahr gewesen?«

Doch Georg hob beschwichtigend die Hände. »I wo. Wir hätten allerdings noch stundenlang in der Höhle sitzen können, bis das Wasser den Durchgang wieder freigegeben hätte.«

Richard schaute nach der Sonne. »Wie spät mag es wohl sein? Ich meine, wenn Onkel Quentin mitbekommt, was passiert ist, dann kriegen wir vielleicht trotzdem noch Schwierigkeiten.«

Julius kniete sich hin und griff nach dem Rucksack. »Aber erst kontrollieren wir, ob die Zeichnung den Transport unbeschadet überstanden hat.«

»Welche Zeichnung?«, wollte Anne wissen.

Georg erzählte ihr von den Ritzereien in der Felswand, während Julius die Hosen hervorzog. Das Leinen des Rucksacks war gut gewachst, sodass nur ein wenig Wasser durch die Nähte ins Innere gedrungen war. Die Hosen waren tatsächlich fast trocken geblieben.

Hastig wickelte Julius das Papier aus und hielt es gegen die Sonne.

Anne blinzelte. »Was soll das sein?«

»Wenn wir das wüssten«, erwiderte Julius. »Wir müssen das Muster irgendwie besser sichtbar machen. Vielleicht kommen wir dann weiter.«

Richard räusperte sich. »Ähm, ich will ja nicht drängeln, aber wir sollten uns sputen, meint ihr nicht auch?«

Julius faltete das Papier zusammen. »Du hast recht. Hiermit kommen wir jetzt sowieso nicht weiter.«

Als die Freunde und Alf mit ihren Ruderbooten den kleinen Fischerhafen wieder erreicht hatten, hielt Julius Alf die Hand hin. »Noch einmal vielen Dank, Alf. Ohne dich säßen wir jetzt immer noch ganz schön in der Klemme.«

Alf wirkte ein bisschen verlegen. »Hab ich echt gern gemacht.«

»Hoffentlich kriegst du keinen Ärger mit deinem Großvater, weil du so lange weg warst«, meinte Anne.

»Da mach dir mal keine Sorgen. Ihr solltet lieber zusehen, dass ihr ins Felsenhaus kommt.«

»Aber in den nächsten Tage laden wir dich mal zu einem großen Eis ein, okay?«, sagte Georg.

»Abgemacht.« Alf winkte noch einmal zum Abschied.

Die Freunde hatten Glück. Als sie das Felsenhaus erreichten, stand Onkel Quentins Auto noch nicht in der Einfahrt. Auf Zehenspitzen schlichen sie ins Haus. Alles war still.

Leise öffnete Georg die Tür zum Schlafzimmer,

um festzustellen, dass ihre Mutter noch immer fest schlief. Ihr Atem ging ruhig und regelmäßig.

Recht so, dachte Georg. Tante Fanny schlief sich gesund.

Das Zeichen

Nach ihrer Rückkehr beeilten sich die Freunde, den Abendbrottisch zu decken. Als Onkel Quentin heimkam, war er froh, dass er sich nach einem anstrengenden Tag direkt zum Essen an den Tisch setzen konnte. Auch Tante Fanny war nach dem erholsamen Schlaf wieder munterer. Beide hatten nichts vom Abenteuer der Freunde mitbekommen. Und das war gut so.

Am nächsten Morgen holten die Freunde das Papier mit der Felsenzeichnung wieder hervor, um der Sache nun endlich auf den Grund zu gehen.

Wieder faltete Julius das Papier auseinander und hielt es in die Sonne. Das Muster war nur schwach zu erkennen.

»Ich habe eine Idee!«, rief Anne und nahm ihm den Bogen aus der Hand. Sie verschwand damit im Zimmer der Mädchen und öffnete das Fenster.

»Was hast du vor?«, wollte Georg wissen. »Und was suchst du da in der Schublade?«

»Schon gefunden!« Anne hielt eine Rolle Klebefilm in die Höhe. Damit klebte sie das Papier von außen auf die Fensterscheibe, sodass die Sonne von außen hindurchschien.

»Ich versuche, das Muster mit einem Folienschreiber auf die Fensterscheibe abzupausen«, erklärte sie und setzte den schwarzen Filzschreiber an. »Dann können wir mehr erkennen.«

Gebannt schauten die anderen ihr über die Schulter und beobachteten, wie sie mit der feinen Spitze das Muster nachzeichnete.

»Ganz schön schwierig«, stöhnte Anne.

»Nein, du machst das wirklich gut«, lobte Julius.

Schließlich hatte Anne alle Linien nachgezogen und entfernte das Papier von der Außenseite des Fensters. Nun konnten sie die schwarzen Linien genau betrachten.

Georg verschränkte die Arme vor der Brust. »Ich finde, der obere Teil sieht aus wie irgendwas mit Flügeln. Ein Schmetterling oder so.«

»Ein Schmetterling? Ich weiß nicht«, meinte Richard zweifelnd.

Anne streckte die Hand aus. »Und das darunter? Das ist doch eine Reihe von Zeichen oder Symbolen.«

Julius tippte auf den unteren Teil »Schade, dass das Papier nicht groß genug war, um alle Zeichen zu erfassen. Da fehlt ein Teil.«

»Ja, außerdem haben wir da die Ritzen nicht so gut freigelegt«, erinnerte Richard. »Das Muster ist also bestimmt unvollständig.«

»Hm«, machte Anne. »Tante Fanny wird sich wundern, dass wir auf der Fensterscheibe rumgemalt haben.«

»Besser, wir pausen die Linien jetzt noch mal auf ein neues Blatt Papier ab und putzen das Fenster«, sagte Georg.

Julius stimmte sofort zu. »Wir wollen ja nicht, dass die Erwachsenen uns neugierige Fragen stellen«, meinte er.

Gemeinsam machten sie sich an die Arbeit.

»Und was fangen wir jetzt damit an?«, fragte Anne, als das fertige Werk vor ihnen lag.

Georg hatte einen Lappen geholt und putzte das Fenster. »Ich weiß es ehrlich gesagt nicht.«

»Wir müssen uns sowieso erst mal ums Rasenmähen kümmern«, erinnerte Richard. »Das haben wir deinen Eltern versprochen.«

Kurz darauf waren die Freunde bei der Gartenarbeit. Julius schob den Rasenmäher über das Gras und Richard stutzte die Rasenkanten, während die Mädchen mit großen Rechen das geschnittene Gras zusammenharkten. Jeder hing seinen Gedanken nach und es wurde nicht viel gesprochen.

Georg beobachtete, wie sich ein gelber Schmetterling auf einer Kugeldistel niederließ, und musste unwillkürlich wieder an die Höhlenzeichnung denken. Was hatte es damit wohl auf sich? Sollte die Zeichnung wirklich einen Schmetterling darstellen? Oder war es ein anderes Wesen mit Flügeln? Vielleicht gar ein Engel? Ja, warum nicht ein Engel?

Georg packte einen Haufen Gras und hievte ihn in die Schubkarre, um damit zum Komposthaufen zu fahren.

In der Nähe war Richard noch immer mit dem Stutzen der Rasenkanten beschäftigt. Offenbar hatte er über das Gleiche nachgedacht wie Georg.

»Vielleicht haben diese komischen Zeichen aus der Höhle auch gar nichts zu bedeuten«, meinte er. »Möglicherweise hat dort mal jemand Unterschlupf gesucht und aus Langeweile angefangen, etwas in die Wand zu ritzen.«

Georg schüttelte den Kopf. »Ich glaube kaum, dass dort jemand nur Unterschlupf gesucht hat. Dafür würde man nicht eine künstliche Treppenstufe anlegen. Das macht man doch nur, wenn man so einen Gang öfter benutzen will, oder?«

Richard zuckte die Schultern. »Vielleicht musste da einer Wache halten und hat einfach was gekritzelt, was ihm in den Sinn kam. Oder womöglich war er sogar dort eingesperrt.«

Georg lachte. »Ha, so wie wir gestern!«

In diesem Moment begann über ihnen im Baum eine Amsel zu singen.

»Die Zeichnung könnte auch einen Vogel darstellen«, kam es Georg plötzlich in den Sinn.

»Kann schon sein«, meinte Richard. »Aber deswegen wissen wir immer noch nicht, was das zu bedeuten hat.«

»Hm«, machte Georg. »Ich muss mir die Zeichnung gleich noch mal genauer anschauen. Es muss doch herauszukriegen sein, was die anderen Zeichen bedeuten!«

»Zur Not fahren wir noch einmal zur Felseninsel«, schlug Richard vor. »Möglicherweise haben wir etwas Entscheidendes übersehen.«

»Diesmal erkundigen wir uns aber vorher, wann die Flut einsetzt«, erwiderte Georg. »So ein blöder Fehler darf uns nicht noch mal passieren.«

Damit ließ sie Richard stehen, um sich noch einmal die Zeichnung vorzunehmen. Doch Julius war ihr bereits zuvorgekommen. Nach getaner Arbeit hatte er den Rasenmäher gesäubert und im Schuppen verstaut. Dann hatte er sich die Zeichnung geschnappt, um sie noch einmal genauer zu studieren.

Besonders interessierten ihn die Zeichen am unteren Rand.

»Ach, hier bist du«, sagte Georg, als sie ihn auf der Terrasse sitzend entdeckte. »Ich habe mich schon gefragt, ob unsere Zeichnung Beine gekriegt hat.«

»Oder Flügel«, antwortete Julius lachend.

»Apropos Flügel«, sagte Georg. »Ich hatte überlegt, ob das da vielleicht auch einen Vogel darstellen könnte.«

Julius zuckte die Schultern. »Ob Vogel oder Schmetterling, ein Rätsel bleibt es trotzdem.«

Julius fuhr das erste Zeichen in der unteren Reihe mit dem Zeigefinger nach. »Was meinst du? Ist das ein Buchstabe?«

»Wenn, dann ist es ein abgebrochenes V. Der linke Strich fehlt zur Hälfte, als hätte jemand einen Haken hinter etwas gemacht. Und das daneben? Ein halb umgekipptes I. Schlechte Handschrift, wenn du mich fragst.«

Julius drehte das Papier hin und her. »Es könnten auch römische Ziffern sein. Was meinst du?«

»Das V steht bei den römischen Zahlen für die Fünf und das I für die Eins«, erinnerte sich Georg. »Aber was sollte das nächste Zeichen da sein? Ich kenne keine römische Ziffer, die so aussieht.«

»Moment mal!« Julius fuhr mit der Fingerkuppe über die drei kleinen Striche, die sich durch das Papier gedrückt hatten, und fügte sie zu einem zusammen. »Wenn man die Linie nicht so eckig vollendet, sondern etwas runder, könnte es ein S sein.«

»V I S«, ergänzte Georg. »Was soll das? Eine Abkürzung für irgendetwas?«

Julius dachte angestrengt nach. Irgendetwas, was Georg eben gesagt hatte, hatte ihn aufhorchen lassen. Aber das Puzzleteil wollte nicht an die richtige Stelle rutschen.

»Was hast du vorhin noch mal gesagt?«, hakte er nach.

»Wann vorhin?«

»Na, eben, als du auf die Terrasse gekommen bist. Worüber haben wir da gesprochen?«

»Über Beine und Flügel«, erinnerte Georg grinsend.

Jetzt schnippte Julius mit den Fingern. Der Groschen war gefallen. »Genau! V I S. Wenn man diese drei Buchstaben durch einen weiteren ergänzt, dann ergibt das das lateinische Wort für Vogel: *avis*.«

»*Avis*«, wiederholte Georg. »Könnte schon sein. Aber das Wort geht noch weiter. Der nächste Buchstabe könnte ein L sein, und dann könnte ein U kommen. Aber so genau kann man das nicht erkennen.«

Julius runzelte die Stirn. »Es nützt nichts, wir müssen noch mal in die Höhle und die Buchstaben besser auskratzen.«

Georg machte ein nachdenkliches Gesicht. »Vielleicht finden wir ja doch noch andere Hinweise. Beim letzten Mal waren wir wohl allzu sehr damit beschäftigt, einen Weg aus der überfluteten Höhle zu suchen.«

Julius stemmte sich aus dem Gartenstuhl hoch.

»Was meinst du? Sollen wir mal zur Hafenaufsicht fahren und fragen, wie es um die Gezeiten steht?«

»Ha, bei dem Glück, das wir immer haben, ist wahrscheinlich heute Nacht Niedrigwasser!«, rief Georg grinsend.

Doch Richard, der soeben dazugekommen war, schüttelte den Kopf und zählte an den Fingern ab. »Kann eigentlich nicht sein. Das nächste Hochwasser ist immer so etwa zwölf Stunden und fünfzehn Minuten nach dem letzten. Gestern hat uns die Flut direkt nach Mittag erwischt. Zur Teezeit hatte sie dann ihren Höhepunkt erreicht. Heute müsste sie also eine halbe und morgen etwa eine Stunde später einsetzen. Den Weg zur Hafenaufsicht könnt ihr euch also sparen.«

Julius klopfte seinem Bruder anerkennend auf die Schulter. »Gut aufgepasst in der Schule.«

»Das heißt also, dass wir am günstigsten morgen in aller Frühe aufbrechen, oder?«, vergewisserte sich Georg, dass sie Richards Rechnung richtig verstanden hatte. »Dann habe ich für heute Nachmittag eine prima Idee. Was haltet ihr von einem Besuch im Stadtarchiv?«

»Was willst du denn im Stadtarchiv?«, fragte Richard.

»Ich weiß nicht, wie ich es erklären soll, aber es ist wie so eine Eingebung … Dieser Vogel und das Wort *avis* – das alles kommt mir so vor, als könnte es von einem Wappen stammen, von einem Familienwappen oder so«, sagte Georg. »Aber vielleicht liege ich damit auch komplett falsch.«

Richard zuckte die Schultern. »Einen Versuch wäre es wert. Bei der Gelegenheit können wir auch Alf das versprochene Eis ausgeben.«

Auch Julius war mit dem Plan seiner Cousine einverstanden. Nur Anne wollte nicht mit, obwohl auch sie zu einem Eisbecher nicht Nein gesagt hätte. Aber es plagte sie noch immer das schlechte Gewissen, weil sie ihre Tante am Tag zuvor allein gelassen hatte – auch wenn diese es nicht mitbekommen hatte. Darum wollte sie lieber im Felsenhaus bleiben und Tante Fanny zur Hand gehen.

Diese klagte nur noch über leichtes Kopfweh. Ansonsten ging es ihr wieder so gut, dass sie sogar beschloss, den Wohnzimmerschrank auszuräumen und gründlich sauberzumachen. Da konnte sie Annes Hilfe wirklich gut brauchen.

»Du wartest lieber draußen«, sagte Georg zu Tim, als sie die Räder vor dem Archiv abstellten. Dieses war in einem alten Backsteinbau untergebracht, der wenig einladend aussah. Das kleine Fischerdorf hatte kein eigenes Archiv. Die Freunde hatten in die nächste Stadt fahren müssen und Tim war den ganzen Weg neben den Rädern hergelaufen. Nun war er erschöpft und ließ die Zunge weit aus dem Maul hängen. Brav legte er sich unter einer Bank in den Schatten und bewachte die Fahrräder.

Natürlich hatten sich die drei schon eine Erklärung zurechtgelegt, als sie das Gebäude betraten. Doch zu ihrer Überraschung gab es hier keinen Empfangsbereich, und niemand sprach sie an. Sie sahen nur eine große, zweiflügelige Holztür, an der ein Messingschild mit der Aufschrift *Bibliothek und Archiv* angebracht war.

»Sollen wir einfach hineingehen, oder was?«, fragte Richard. Er kam sich sonderbar fehl am Platze vor, beinahe so, als dürfe er gar nicht hier sein.

Zögernd öffneten die drei Freunde die große Holztür, die leise in den Angeln quietschte. Dann fanden sie sich in einem riesigen, saalähnlichen

Raum wieder. Dieser war voller Bücherregale, die teilweise bis unter die Decke reichten. An einem Ende des Raumes standen mehrere Arbeitstische. Auch Leitern, mit denen man zu den oberen Regalbrettern gelangen konnte, gab es.

Es herrschte eine merkwürdige Stille, sodass die drei es kaum wagten, irgendwelche Geräusche zu machen, und unwillkürlich flüsterten.

»Und wo fangen wir jetzt an zu suchen?«, fragte Georg und begann, durch die Gänge zu schlendern und ihre Blicke links und rechts über die Buchreihen wandern zu lassen. »Hier gibt es alles Mögliche: Fachpublikationen von verschiedenen Universitäten, Bildbände und eine ganze Sammlung von Registern und Taufbüchern … Und hier: jede Menge zusammengerollter Karten.«

Julius schaute auf die Beschriftungen an den Regalen. »Das Ganze muss doch irgendein System haben. Lass mal sehen.«

Georg rieb sich die Oberarme. Während draußen die Sonne von einem herrlich wolkenlosen Himmel schien, war es hier drinnen unangenehm kühl. Durch die schmalen Fenster fiel nur wenig Licht herein. Zu allem Überfluss hingen vor den

Fenstern auch noch alte Gardinen, die im Laufe der Jahre grau geworden waren. Georg fröstelte.

Da trat ihr jemand in den Weg – so plötzlich, dass sie zusammenzuckte. Genauso lautlos wie hier in dem Raum alles zu sein schien, musste sich diese Person bewegt haben, denn sie schien wie aus dem Nichts gekommen zu sein.

Ein kleines graues Männchen: Diese Bezeichnung kam Georg sogleich in den Sinn. Der zierliche Mann, der da vor ihr stand, war genauso grau wie die Gardinen vor den Fenstern.

»Kann ich euch helfen?«, fragte er freundlich.

Georg hatte es ein wenig die Sprache verschlagen, aber im selben Moment war Julius schon an ihre Seite getreten. »Das wäre nett, wenn Sie uns helfen könnten. Wissen Sie, mein Bruder und ich, wir sind bei unserer Cousine hier zu Besuch. Zu Hause haben wir vor Kurzem auf dem Dachboden einige alte Dokumente gefunden, auf denen eine Art Wappen abgebildet war. Es sah ein bisschen aus wie ein altes Familienwappen. Und nun wollten wir hier nachschauen, ob wir etwas darüber finden.«

»Ein Familienwappen, soso.« Der kleine graue Mann rückte seine Brille zurecht. »Und habt ihr eins dieser Dokumente mitgebracht?«

»Äh, nein«, sagte Richard. »Wie gesagt, wir sind nur zu Besuch in der Felsenbucht, und es kam uns just heute in den Sinn, hier einmal nachzuforschen.«

Jetzt kratzte der Mann sich am Kopf. »Hm, Familienwappen, lasst mich mal überlegen … Wie war übrigens noch mal euer Name?«

»Oh, das hier sind Julius und Richard«, erklärte Georg eifrig. »Und ich bin Georg.«

Der Mann lächelte sie über den Rand seiner Brille hinweg an. »Wie schön. Ich muss allerdings zugeben, dass Georg ein recht ungewöhnlicher Name für eine junge Dame ist. Im Übrigen zielte meine Frage eher auf euren Nachnamen ab.«

Georg spürte, wie sie rot anlief. Das hätte sie natürlich wissen müssen. Schließlich hatten sie ja nach einem Familienwappen gefragt. Und es entging ihr auch nicht, dass Julius und Richard sich kichernd die Hand vor den Mund hielten, was sie ärgerte.

»Unser Name ist Kirrin«, sagte Julius. »Aber in dem Wappen wurde er nicht erwähnt, deshalb wissen wir ja nicht, ob es überhaupt etwas mit unserer Familie zu tun hat.«

»Aha«, sagte der Mann. »Und welche Anhaltspunkte könntet ihr mir sonst noch geben?«

»Der Siegellack hatte Risse und war teilweise abgebrochen«, erklärte Richard. »Was man noch erkennen konnte, war ein Wesen mit Flügeln. Vielleicht ein Vogel.«

»Ja, weil darunter etwas stand, was *avis* heißen könnte«, ergänzte Julius, der mit seinen Lateinkenntnissen glänzen wollte. »Und dann folgte etwas mit den Buchstaben L und U.«

Der Mann wirkte plötzlich sehr interessiert. »Nun, Adler oder Falken kommen des Öfteren als Wappentiere vor, genau wie der Löwe«, sagte er, schien aber mit seinen Gedanken schon ganz woanders zu sein. »Ich glaube jedoch kaum, dass diese in einem Wahlspruch einfach als Vögel bezeichnet werden würden. Lasst mich mal überlegen, wo wir nachschlagen könnten. Ach, ich habe mich gar nicht vorgestellt. Mein Name ist Förster.«

Herr Förster ging ein paar Schritte die Regale entlang. Dann drehte er plötzlich auf dem Absatz um und ging in entgegengesetzter Richtung weiter. Kurz darauf wechselte er erneut die Richtung. Doch schon nach wenigen Schritten blieb er wieder grübelnd stehen. Die Freunde folgten ihm auf dem Fuße und wunderten sich. Dieser Herr Förster wirkte doch zu konfus!

Plötzlich hob er die Hand und eilte durch den Gang zurück, dorthin, wo er zuerst gestanden hatte. »Hier, das könnte weiterhelfen.« Er nahm ein dickes, in Leinen gebundenes Buch aus dem Regal, unter dessen Last er ein wenig ins Schnaufen kam, und trug es zu einem Tisch. »Hierin steht fast alles über die Adelsfamilien aus dieser Gegend. Das Problem ist, dass auch reiche Bürgerfamilien im letzten Jahrhundert begannen, sich Wappen zuzulegen. Die findet man hier drin natürlich nicht.«

Georg zuckte die Schultern. »Na ja, adelig sind wir eigentlich nicht.«

Richard stieß ihr den Ellenbogen in die Seite. »Du vergisst Onkel Edward.«

Georg schüttelte den Kopf. Dies hier hatte doch nun wirklich nichts mit Onkel Edward zu tun. Außerdem taten sie ja auch nur so, als suchten sie ihr eigenes Wappen.

Julius rettete die Situation. »Wer weiß? Einen Versuch ist es allemal wert. Vielleicht tauchen adelige Vorfahren auf, von denen wir nie etwas gewusst haben. Ich habe mich schon gefragt, ob mein Blut nicht ein wenig blau schimmert.«

»Na, dann wünsche ich euch viel Erfolg«, sagte Herr Förster und zwinkerte Julius zu. »Ich überlege derweil, wie ich euch sonst noch weiterhelfen könnte.«

Damit verschwand er beinahe so lautlos, wie er aufgetaucht war.

Richard vergewisserte sich, dass seine Finger

sauber waren. Dann begann er vorsichtig, die Seiten des dicken Buches umzublättern. Er empfand große Ehrfurcht vor solch wertvollen Werken, die so kunstvoll gedruckt und aufwendig ausgestattet waren.

Julius und Georg schauten ihm über die Schulter. Gemeinsam überflogen sie die Texte und Abbildungen. Doch von den zahlreichen Wappen hatte kein einziges Ähnlichkeit mit der Felsenzeichnung aus der Höhle.

»Oh, seht mal hier, Baron von Greas hat seinen Diener zum Erben des Adelstitels gemacht, weil er selbst ledig und kinderlos geblieben ist«, sagte Julius erstaunt. »Ich wusste gar nicht, dass so was geht.«

Richard zuckte die Schultern. »Vermutlich musste er ihn dafür adoptieren oder so. Auf jeden Fall hat die Familie ein schönes Wappen. Was ist das? Eine Eiche?«

Georg begann zu gähnen. Zwar war es ihre Idee gewesen, hierher zu gehen, aber irgendwie hatte sie nun das Gefühl, dass der Besuch des Archivs sie nicht weiterbrachte. Außerdem machte sie das merkwürdige Licht müde. Sie fragte sich, wie man in solch einer Umgebung arbeiten konnte. Ob Herr Förster deswegen so grau wirkte, weil er sich ständig in diesen Räumen aufhielt, in die kaum Tageslicht drang?

Ohne dass sie etwas Bestimmtes im Sinn hatte, entfernte sich Georg von Julius und Richard und stromerte wie eine Katze durch die Regalfluchten, sämtliche Antennen auf Empfang gestellt.

Sie fragte sich, wohin Herr Förster verschwunden war. Hatte er nicht gesagt, er wolle schauen, wie er ihnen noch weiterhelfen könnte? Nun war er wie vom Erdboden verschluckt.

Plötzlich vernahm Georg ein Wispern, so leise wie das Rascheln von Mäusen.

Angestrengt versuchte sie, die Richtung zu orten, aus der das Geräusch kam. Vorsichtig, um das Geräusch nicht mit ihren eigenen Schritten zu übertönen, schlich sie vorwärts und fand sich mit einem Mal vor einer Tür wieder, die einen winzigen Spaltbreit offen stand.

Georg horchte angestrengt. Hinter der Tür hörte sie die Stimme von Herrn Förster aufgeregt flüstern. Offenbar hatte er es eilig gehabt und dabei vergessen, die Tür ganz zu schließen.

Doch sosehr sich Georg auch bemühte, sie konnte nicht verstehen, was Herr Förster sagte. Sie konnte nur heraushören, dass er sehr nervös klang.

Ob das etwas mit ihrem Besuch zu tun hatte?

Im Felsenhaus

Anne musste niesen.

»Oh, Verzeihung, liebe Anne, ich muss mich wirklich entschuldigen«, rief Tante Fanny lachend. »Es ist auch wirklich zu staubig in diesem Schrank!«

Anne zog ein Taschentuch aus der Hosentasche und schnäuzte sich. »Deswegen wollen wir ja sauber machen.«

Tante Fanny stemmte die Hände in die Seiten. »Am besten, wir räumen erst einmal alles aus dem Schrank, machen ihn gründlich sauber und sortieren beim Einräumen. Da ist sicher eine Menge, was weggeworfen werden kann.«

Dann griff sie beherzt zu und platzierte Blumenvasen, Kataloge, Schreibutensilien, Rätselhefte, Fotoalben und allerlei andere Dinge auf dem Esstisch. »Himmel, was sich da im Laufe der Zeit alles ansammelt! Von vielem weiß man gar nicht mehr, dass man es im Schrank stehen hat. Schau nur hier, wie kitschig!« Tante Fanny hielt ein rosa Porzellanschäfchen hoch, das auf seinem Hinterteil saß und zwischen seinen Vorderbeinen ein kleines Fässchen hielt, das als Behälter für Zahnstocher diente. »Das habe ich mal bei einer Tombola gewonnen. Schreckliches Teil. Jetzt kommt es weg.« Damit ließ sie es in einen Mülleimer fallen, den sie bereitgestellt hatte. Ein leises Klirren verriet Tante Fanny und Anne, dass das Schäfchen dabei auf den Boden geschlagen und zerbrochen war.

Tante Fanny kicherte leise. Anne war froh, dass es ihrer Tante schon wieder besser ging und sie sogar ihren Humor wiedergefunden hatte.

Als Tante Fanny einen Stapel Papiere aus dem untersten Fach nahm, musste sie schmunzeln. »Da schau her, da sind ganz viele Bilder, die Georgina als Kleinkind gemalt hat.«

Gedankenversunken blätterte Tante Fanny den Stapel durch. Bestimmt kommen ihr Szenen aus Georgs Kindertagen in den Sinn, dachte Anne.

Tante Fanny seufzte. »Nun, ein paar gut geratene Werke sind ja dabei. Schau mal hier, dieser Fliegenpilz ist ihr doch wirklich gut gelungen. Lustigerweise ist das Reh, das danebensteht, genauso groß wie der Pilz.« Jetzt musste sie lachen.

»Oh, das soll ein Reh sein? Ich hätte es glatt für

einen Bären gehalten.« Anne grinste. »Wie alt war Georg, als sie das Bild gemalt hat?«

Tante Fanny zuckte die Schultern. »Vielleicht vier. Ich weiß es nicht mehr genau. Auf jeden Fall sind nicht alle Bilder aufhebenswert.« Sie legte die Bilder ordentlich aufeinander. »Aber Georg soll selbst entscheiden, welche in den Müll können. Ich lege sie ihr auf den Schreibtisch, damit sie sie durchsieht.«

Anne schmunzelte in sich hinein. Dann konnte Tante Fanny genauso gut sämtliche Bilder sofort wieder in den Schrank legen. Anne kannte ihre Cousine gut genug, um zu wissen, dass sie sich garantiert von keinem ihrer Kindergemälde würde trennen können. Sie nahm den Lappen aus dem Putzeimer und begann, die Schrankfächer sorgfältig auszuwischen.

Kurz darauf kam Tante Fanny schon aus Georgs Zimmer zurück. »Sag mal, Anne, weißt du, was es hiermit auf sich hat?«

Tante Fanny hielt die Zeichnung aus der Höhle in der Hand. Die hatte offen auf Georgs Schreibtisch gelegen!

Im ersten Moment wusste Anne nicht, was sie

antworten sollte, und musste heftig schlucken. Aber sie erinnerte sich an einen Trick. Wenn man nicht wusste, was man auf eine Frage antworten sollte, dann war es manchmal schlau, eine Gegenfrage zu stellen. Manchmal erübrigte sich dann eine Antwort.

»Warum fragst du?«, erwiderte sie deshalb einfach.

Tante Fanny nahm die Zeichnung in beide Hände und drehte sie hin und her. »Ich weiß nicht, aber mir kommt das hier irgendwie bekannt vor. Auch wenn man es gar nicht richtig erkennen kann.«

Jetzt wurde Anne hellhörig. Aber sie musste vorsichtig vorgehen, um nicht zu viel zu verraten. »Du kennst es? Ich habe mich nämlich auch schon gefragt, was das sein soll.«

»Ja, ich meine, ich hätte diese Abbildung schon einmal gesehen, aber ich komme nicht drauf, wo das war oder in welchem Zusammenhang.« Sie dachte einen Moment angestrengt nach. Anne ertappte sich dabei, dass sie unwillkürlich die Luft anhielt, so gespannt war sie, was Tante Fanny sagen würde. Aber sie wurde enttäuscht.

»Ach, es fällt mir nicht ein. Aber es ist ja auch unwichtig. Halten wir uns nicht damit auf, wir haben hier Wichtigeres zu tun. Manchmal fallen einem solche Dinge ja auch erst dann ein, wenn man gerade nicht darüber nachdenkt.« Damit drehte sie auf dem Absatz um, um die Zeichnung in Georgs Zimmer zurückzubringen.

Anne konnte sich kaum noch auf ihre Arbeit konzentrieren, so sehr hoffte sie, Tante Fanny würde sich erinnern. Das wäre doch ein toller Zufall!

Doch als Tante Fanny ins Wohnzimmer zurückkam, schien sie die Zeichnung schon wieder komplett vergessen zu haben. Dabei hätte Anne platzen können vor lauter Neugier!

Voller Tatendrang nahm Tante Fanny einen Gegenstand nach dem anderen in die Hand, um ihn, säuberlich abgestaubt, wieder in den nun gereinigten Schrank zurückzustellen. Dabei wanderte das eine oder andere Teil in den Müll.

Zufrieden betrachteten Anne und ihre Tante schließlich ihr Werk. Alles sah sauber und ordentlich aus und der Mülleimer war voll.

Tante Fanny griff danach. »Den alten Kram

bringe ich sofort raus in die Mülltonne. Sonst komme ich noch auf die Idee, doch wieder etwas herauszuholen.«

Anne beobachtete durch das Fenster, wie Tante Fanny um die Hausecke bog, und spähte dann zur Straße. Doch von Georg, Julius und Richard war weit und breit nichts zu sehen.

Nicht schon wieder, dachte Anne. Gerade jetzt, wo sie ihnen so gern erzählen wollte, was Tante Fanny gesagt hatte.

Innerlich seufzend trug sie den Putzeimer in den Wirtschaftsraum und goss das Wasser in den Abfluss. Dann wusch sie den Putzlappen aus und hängte ihn ordentlich über den Rand des Eimers.

Noch immer war keine Spur von Georg und den Jungen zu sehen. Die waren doch wohl hoffentlich nicht auf die Idee gekommen, direkt wieder zur Felseninsel aufzubrechen, dachte Anne resigniert.

»Versuch es noch einmal«, forderte Julius Richard auf.

Richard griff nach der Türklinke. »Keine Chance, die Tür ist zu.«

Julius schob seinen Bruder beiseite und probierte es selbst. »Das kann doch nicht sein. Wir sind doch vorhin durch diese Tür hereingekommen.«

Richard hob die Hände zu einer hilflosen Geste. »Vielleicht haben sie mittlerweile geschlossen und einfach nicht mitbekommen, dass wir hier drin sind.«

»Aber Herr Förster weiß doch, dass wir hier sind. Er hätte uns doch Bescheid gesagt. Hier kann es sich nur um ein Missverständnis handeln. Wo ist dieser Typ eigentlich?«

Die Freunde hatten beschlossen, den Heimweg anzutreten, weil sie sich von dem Besuch im Stadtarchiv nun doch nicht das versprachen, was sie zunächst erhofft hatten. Julius und Richard hatten in dem großen Buch viele interessante Informationen über alte Adelsfamilien gefunden und jede Menge Familienwappen und Wahlsprüche entdeckt. Auf einigen Wappen prangten in der Tat Greifvögel jeglicher Art. Aber ein Wappen, das auch nur im Entferntesten Ähnlichkeit mit der Zeichnung aus der Höhle gehabt hätte, war nicht darunter gewesen.

»Herr Förster ist, glaube ich, da hinten in einem

Büro«, erklärte Georg. »Ich hatte ja auch gedacht, er wollte uns noch ein anderes Nachschlagewerk bringen, aber … Nun, ich gehe mal hin und frage ihn, ob er uns aufschließen kann.«

Georg eilte durch den Raum zu der Tür, hinter der sie vorhin die Stimme des Archivars gehört hatte. Sie stutzte, als sie sah, dass diese nun geschlossen war.

Zaghaft klopfte sie an. Als sich nichts regte, klopfte sie etwas kräftiger. Doch auch darauf erfolgte keinerlei Reaktion.

Entschlossen fasste Georg nach der Türklinke und drückte sie hinunter. Sie mochte es kaum glauben, aber auch diese Tür war nun abgeschlossen!

»Das darf nicht wahr sein!«, fluchte sie, als sie zu Richard und Julius zurückgekehrt war. »Man hat uns hier eingeschlossen!«

»Eingeschlossen?« Julius stand die Verwunderung ins Gesicht geschrieben. »Was hat das denn nun zu bedeuten?«

Georg legte die Stirn in Falten. Auch sie war ratlos. »Das wüsste ich auch gern.«

Nur Richard machte sich offenbar keine Sorgen.

»Na, dann klettern wir eben durch eins der Fenster raus. Wir sind doch nur im Hochparterre.«

Schon hatte er eine der grauen Gardinen zur Seite gezogen. Da sah er es: Die Fenster waren vergittert!

»Schöner Mist!« Richard zog auch die anderen Gardinen auf. »Wir sitzen fest.«

Georg lehnte sich mit dem Rücken an die Wand und ließ sich hinunterrutschen, bis sie in die Hocke kam. Resigniert stützte sie das Kinn auf die Hände. »Alles meine Schuld«, knurrte sie. »Hätte ich nicht diese blöde Idee gehabt …«

»Sei nicht dumm!«, fiel Julius ihr ins Wort. »Wir hätten hier auch fündig werden können.«

Georg breitete die Arme aus. »Ja, aber das hier. Das kann doch kein Zufall sein, dass wir hier eingesperrt worden sind!«

Richard reichte Georg die Hand, um sie hochzuziehen. »Wenn das kein Zufall ist, dann haben wir einen Grund mehr weiterzuforschen. Da hilft kein Jammern, Georg. Sehen wir lieber zu, dass wir hier irgendwie wieder rauskommen.«

»Ja, ich möchte raus in die Sonne«, sagte Georg und fröstelte. »Ich finde es unheimlich hier drin.

Als ob in den Regalen Augen versteckt wären, die uns beobachten.«

Julius spähte durch die Gitterstäbe vor dem offenen Fenster und schaute links und rechts die Straße hinab. Der einzige Mensch, den er entdeckte, war eine ältere Frau auf der gegenüberliegenden Straßenseite.

»Hallo, Entschuldigung!«, rief Julius. »Könnten Sie vielleicht …«

Doch die Frau warf Julius nur einen ängstlichen Blick zu und hastete dann eilig weiter.

»Na so was, sehe ich denn so gruselig aus?«, fragte Julius die anderen verwundert.

Georg hatte zum Glück ihren Humor wiedergefunden. »Darauf gebe ich dir jetzt keine Antwort. Achtung, da kommt noch jemand. Versuch dein Glück noch mal.«

Diesmal war es ein sehr alter Mann, der sein Fahrrad die Straße entlangschob. Doch dieser erwies sich als stocktaub!

»Moment mal.« Julius stutzte plötzlich. »Wo ist denn Tim? Er lag doch vorhin da unter der Bank im Schatten. Jetzt ist er weg!«

Georg schob Julius zur Seite, um selbst aus dem

Fenster zu schauen. »Er ist weg? Das kann doch nicht sein! Tim! Tim, wo steckst du?«

Doch Georg hätte sich keine Sorgen zu machen brauchen. Tim war schließlich ein schlauer Hund. Nachdem er so lange auf die Freunde hatte warten müssen, hatte er versucht, in das Haus zu gelangen, in dem sie verschwunden waren. Vergebens. Da war Tim klar gewesen, dass etwas nicht stimmte. In einem weiten Bogen lief er um das Stadtarchiv, um möglicherweise einen anderen Eingang zu finden. Wie es der Zufall wollte, traf er dabei auf Alf, der in die Stadt gekommen war, um für seinen Großvater Besorgungen zu machen.

»Tim, was machst du denn hier allein?«, rief Alf erstaunt.

Tim fackelte nicht lange. Er kläffte laut und bedeutete Alf, ihm zu folgen.

»Ich fress einen Besen mit Stiel!«, rief Georg, als sie im selben Moment Tim und Alf im Laufschritt um die Ecke biegen sah.

»He, was macht ihr denn da drin?«, fragte Alf lachend, als er Georg, Julius und Richard hinter dem vergitterten Fenster entdeckte. »Habt ihr etwa was ausgefressen?«

Julius machte ein Gesicht, als hätte er in eine Zitrone gebissen. »Von wegen! Man hat uns einfach hier eingeschlossen. Vielleicht war es ein Versehen, aber jetzt scheint niemand mehr hier zu sein, der uns die Tür aufschließen könnte. Kannst du mal bitte nachschauen, ob du vorn jemanden findest, den du fragen kannst?«

Alf grüßte zackig wie ein Soldat. »Aye, aye, Sir! Wird gemacht. Bin schon unterwegs.«

Wenig später stand er am Vordereingang. Aber auch hier war die Tür geschlossen. Alf schlug kräftig mit der Faust dagegen, doch nichts rührte sich dahinter.

Suchend blickte er sich um. Da fiel sein Blick auf ein kleines weißes Schild an der Seite:

Öffnungszeiten täglich außer sonntags und montags 10 Uhr bis 12 Uhr und 15 Uhr bis 17.30 Uhr. Außerhalb der Öffnungszeiten wenden Sie sich bitte in dringenden Fällen an die Stadtverwaltung, Webergasse 12.

Alf lief los. Die Webergasse befand sich gleich um die Ecke, das wusste er. Vor nicht allzu langer Zeit war er mit seinem Großvater schon einmal dort gewesen, um einen Ausweis abzuholen.

Die freundliche Dame am Empfang erklärte Alf jedoch lächelnd, sie würden jeden Moment schließen und Hunde hätten keinen Zutritt zum Amtsgebäude.

»Aber jetzt sind Sie ja noch da«, japste Alf außer Atem. »Hören Sie, meine Freunde sind im Stadtarchiv eingeschlossen. Können Sie jemanden vorbeischicken, der sie herauslassen kann?«

Die Frau riss die Augen auf. »Deine Freunde sind wo eingeschlossen? Willst du mich auf den Arm nehmen?«

»Nein, es ist wahr! So glauben Sie mir doch!« Alfs Stimme klang nun weinerlich. »Und durchs Fenster können sie auch nicht klettern. Die sind ja alle vergittert.«

»Durchs Fenster klettern? Ich …« Die Frau warf einen Blick auf ihre Armbanduhr. »Das Archiv schließt eigentlich jetzt in diesem Moment erst. Bist du dir sicher, dass …?«

Alf nickte mit Nachdruck. »Ganz sicher.«

Jetzt fing auch Tim an zu bellen. Das schien die junge Frau endlich zu überzeugen.

»Warte«, sagte sie, nahm einen Schlüssel aus der Schublade ihres Schreibtisches, griff nach ihrer Jacke und sagte einer Kollegin Bescheid. Dann machte sie sich mit Alf zusammen auf den Weg zum Archiv.

»Eins sag ich dir«, sagte sie streng, während sie so schnell die Webergasse entlangeilte, dass Alf ihr kaum folgen konnte. »Wenn du mich jetzt hinters Licht geführt hast, dann wirst du mich kennenlernen.«

Alf erwiderte nichts. Sie würde ja gleich selbst sehen, dass er nicht gelogen hatte.

Endlich waren sie beim Archiv angekommen. Die Stadtangestellte schloss erst das Hauptportal und dann die Zwischentür auf. Energisch öffnete sie die Tür.

Drei erleichterte Gesichter sahen sie an.

Die Frau stemmte die Fäuste in die Seiten. »Und jetzt hätte ich gern eine Erklärung.«

Richard zog eine Grimasse. »Die hätten wir auch gern.«

»Vorhin noch haben wir uns mit Herrn Förster unterhalten. Er wusste, dass wir noch hier sind«, sagte Georg. »Dann ist er in dem Büro dort hinten verschwunden, und kurz darauf waren wir hier eingesperrt.«

»Herr Förster?« Die Frau war ganz offensichtlich verdutzt. »Wer soll das sein?«

»Na, der Archivar!«, rief Georg.

Doch zu ihrer Verwunderung schüttelte die Frau den Kopf. »Im Stadtarchiv arbeitet kein Herr Förster.«

Bevor die Flut kommt

Die Sache wurde immer mysteriöser. Julius, Richard und Georg beratschlagten sich auf dem Rückweg zum Felsenhaus. Alf hatte sie auf seinem Rad bis zum Fischerdorf begleitet. Mit der Einladung zu einem Eis mussten sie ihn auf das nächste Mal vertrösten, denn nun hatten sie es erst einmal eilig, zum Felsenhaus zurückzukehren. Anne machte sich bestimmt schon wieder Sorgen.

»Ich verstehe das nicht«, sagte Georg. »Wie kann der Mann sich einfach als Mitarbeiter des Archivs ausgeben? Und warum hat er uns eingesperrt?«

»Ja, eigentlich war das ziemlich dumm«, sagte Richard. »Dadurch, dass er das getan hat, haben wir doch erst Verdacht geschöpft.«

Julius machte ein nachdenkliches Gesicht. »Schon richtig. Das wird ihm wohl auch bewusst gewesen sein. Daher gibt es eigentlich nur eine Erklärung: Er hatte keine andere Wahl.«

Georg führte den Gedanken weiter. »Er musste aber damit rechnen, dass uns irgendjemand sieht und uns raushilft. Also wollte er vermutlich nur

Zeit gewinnen. Er hat in dem Büro vorhin mit jemandem telefoniert. Ziemlich aufgeregt hat er geklungen. Vielleicht will er jemanden warnen.«

»Warum hast du das nicht vorhin schon erzählt?«, fragte Richard vorwurfsvoll.

»Total vergessen«, war Georgs Antwort.

»Das macht die Sache ja noch interessanter!«, rief Julius. »Leute, womöglich haben wir da in ein Wespennest gestochen.«

»Wer mag dieser Herr Förster wohl sein?«, fragte Georg. »So viel ist sicher. Er kannte sich gut aus.«

Richard kratzte sich an der Schläfe. »Aber wenn er nicht in dem Archiv arbeitet, wieso konnte er uns dann dort einschließen? Woher hatte er den Schlüssel? Außerdem müssen doch auch andere Mitarbeiter dort gewesen sein. Ich verstehe das Ganze nicht. Schaut mal, da kommt uns Anne schon entgegen und winkt!«

»Ist etwas geschehen?«, fragte Georg besorgt.

»Wie man's nimmt«, antwortete Anne, und dann sprudelten die Worte wie ein Wasserfall aus ihr heraus.

»Das soll einer verstehen«, erwiderte Richard,

als er gehört hatte, dass Tante Fanny die Zeichnung, die sie auf Georgs Schreibtisch gefunden hatte, so bekannt vorgekommen war. Dann erzählte er seiner Schwester, was er und die anderen eben erlebt hatten.

»Deshalb seid ihr so spät dran«, sagte Anne in vorwurfsvollem Ton. »Ich habe mich schon gewundert, wo ihr so lange bleibt, und dachte, ich müsste euch wieder von der Felseninsel retten.«

Julius grinste. »Alf wird sich sicher auch schon fragen, aus welcher misslichen Lage er uns das nächste Mal befreien muss.«

Jetzt kläffte Tim, als wollte er in Erinnerung rufen, dass auch er maßgeblich an der Befreiung der Freunde beteiligt gewesen war.

Georg strubbelte ihm durch das Fell. Allerdings war sie mit ihren Gedanken ganz woanders. »Aber wenn meine Mutter die Abbildung von der Höhlenzeichnung schon mal irgendwo gesehen hat, dann frage ich mich, warum dieser angebliche Herr Förster solch ein Geheimnis darum macht.«

Julius setzte eine geheimnisvolle Miene auf. »Wer weiß, in welche dunklen Machenschaften unsere Tante verwickelt ist.«

Die anderen lachten. Nur Georg fand den Gedanken gar nicht so witzig, obwohl sie sich sicher war, dass etwas vollkommen Harmloses dahintersteckte. Georg seufzte. »Da werden wir wohl warten müssen, bis ihr wieder einfällt, woher sie das Bild kennt.«

Anne verzog skeptisch den Mund. »Hoffen wir, dass es ihr überhaupt einfällt. Vorhin schien sie den Gedanken daran schon wieder komplett verdrängt zu haben.«

»Eins steht jedenfalls fest, wir müssen noch mal zur Felseninsel, um die Ritzereien gründlicher auszukratzen und unter die Lupe zu nehmen«, erinnerte Richard.

»Das stimmt. Wir fahren morgen Vormittag – wie geplant.« Georg hielt den anderen die Hand hin. »Vielleicht finden wir ja tatsächlich noch mehr Hinweise.«

Die anderen schlugen ein. »Abgemacht!«

Also saßen die Freunde am nächsten Morgen in aller Frühe in der *Alberta von der Felseninsel*. Richard und Julius legten sich kräftig in die Riemen, und so hatten sie schon bald die Insel erreicht. Diesmal wussten sie, was sie wollten und worauf sie achten mussten. Zielstrebig lenkten sie ihre Schritte zur felsigen Seite der Insel. An der Höhle angekommen, banden sie ihr Seil dieses Mal so fest um einen Felsblock, dass auch kräftigere Wellen es nicht lösen konnten.

Anne blieb lieber zurück, worüber die anderen nicht böse waren. Für den Fall des Falles.

Da sie nun wussten, was sie erwartete, betraten Georg und die Jungen jetzt etwas mutiger und forscher die Höhle. Sie hatten zuvor genau überlegt, welche Geräte sie brauchen würden. Vor allem hatten sie gute Messer eingesteckt, mit denen sie die Ritzen im Felsen freikratzen konnten. Auch eine Wurzelbürste und eine Drahtbürste hatten sie dabei. Richard hatte im Schuppen sogar noch einen batteriebetriebenen Handscheinwerfer gefunden, den man auf kleinen Drahtfüßen auf den Boden stellen konnte. Dieser erwies sich als äußerst praktisch, hatten die Freunde doch auf diese Weise beide Hände frei, um die Zeichnung besser von Moos und Dreck zu reinigen.

Eifrig machten Richard und Georg sich daran,

die Inschrift mit Bürsten und Messern weiter freizulegen.

»Pass mit der Drahtbürste auf«, mahnte Richard. »Wenn du mit zu viel Druck bürstest, beschädigst du nachher die Schrift und alles war für die Katz.«

»Ich bin schon vorsichtig«, versicherte Georg und arbeitete konzentriert weiter.

Julius beschäftigte sich derweil mit den übrigen Wänden. Er hatte sich mit der Taschenlampe bewaffnet, die die stärkste Leuchtkraft aufwies, und untersuchte Quadratmeter für Quadratmeter. Zunächst konnte er nichts Auffälliges entdecken, doch schließlich, als er bereits dachte, die Höhle würde keine weiteren Geheimnisse preisgeben, bemerkte er doch noch etwas. Zunächst dachte er, es handele sich um einen Schatten, als er hinter einem kleinen Felsvorsprung in Bodennähe die dunkle Stelle sah. Doch schnell war ihm klar, dass hier ein Feuer die Wand geschwärzt haben musste. Als er mit dem Fingernagel über den Stein kratzte, setzte sich Ruß unter seinem Nagel fest.

Julius überlegte. Er versuchte, sich vorzustellen, wie die Situation ausgesehen haben könnte. Wenn Menschen in der Höhle hatten ausharren müssen und sich hier hinter dem Felsvorsprung ein Feuer gemacht hatten, um sich warm zu halten, dann hatten sie sich bestimmt auch hier auf den Boden gekauert. Vielleicht auf Decken oder Strohsäcken.

Julius ging in die Hocke, um die Höhle aus dieser Perspektive zu betrachten. Wenn jemand hier gesessen hatte, hatte er sich doch bestimmt irgendwie die Zeit vertrieben.

Und da sah Julius es plötzlich! Hinter der Rußschicht verbarg sich etwas!

Sofort griff er nach der Wurzelbürste und ver-

suchte, die schwarze Schicht von der Wand zu entfernen. Er spürte, wie sein Herz einen Takt schneller schlug. Hier kamen eindeutig Zahlen zum Vorschein!

»He, Leute!«, rief er aufgeregt, als Georg ihm auch schon ins Wort fiel.

»Wir haben die Schrift jetzt vollständig freigelegt!«, rief sie. »Es sind zwei Wörter: *avis lucis*. Sagt dir das was, Julius?«

Julius überlegte einen Moment. »Hm, *avis lucis*, das heißt Vogel des Lichts.«

»Vogel des Lichts«, wiederholte Georg nachdenklich. »Klingt wie ein Name für irgendwas.«

»Und ich habe hier auch etwas Interessantes entdeckt«, konnte Julius nun endlich berichten. »Hier hat jemand ein Datum an die Wand geschrieben. Es ist schon über fünfzig Jahre her, dass der Betreffende hier in der Höhle war. Ich vermute mal, dass diese Zeichnung genauso alt ist wie die Vogelzeichnung.«

Georg und Richard legten ein Blatt von dem großen Zeichenblock, den sie diesmal extra mitgebracht hatten, über die Ritzereien und rieben diese nun mit Bleistiften ab. Jetzt konnte man das Ornament richtig erkennen. Es war in der Tat ein Vogel und darunter stand *avis lucis*, genau wie Georg gesagt hatte.

Richard verschränkte die Arme vor der Brust und betrachtete das Werk. »Jetzt möchte ich erst recht wissen, wer das hier in die Wand geritzt hat.«

Georg legte den Kopf schräg. »Es könnte ja einen religiösen Hintergrund haben. Vielleicht waren hier ein paar Leute sogar eingesperrt und dieser Vogel hier war ein Symbol der Hoffnung. Vogel des Lichts. Das könnte doch passen.«

Richard nickte. »Ja, Georg hat recht. Bestimmt hatten Piraten hier ihre Gefangenen eingesperrt, um Lösegeld zu erpressen.«

»Ja«, rief Georg eifrig. »Oder sie hatten hier ihren Piratenschatz versteckt und ein paar ihrer Leute haben ihn bewacht. Aus lauter Langeweile haben sie diese Sachen an die Wand gemalt.«

Julius schüttelte verständnislos den Kopf. »Meint ihr nicht auch, dass die Zeit der Piraten vor fünfzig Jahren schon lange vorbei war?«

»Pah!« Richard machte eine wegwerfende Handbewegung. »Piraten gibt es auch heute noch.«

Julius lachte nachsichtig. »Ja, aber nicht solche, wie du jetzt meinst.«

Richard machte einen Schmollmund. Er fand den Gedanken, Piraten auf der Spur zu sein und sich in einem ehemaligen Piratennest zu befinden, einfach spannend.

Julius kratzte sich die Schläfe. »Jetzt mal im Ernst. *Avis lucis*, das klingt nicht nach Piraten. Das klingt nach etwas Seriösem.«

Georg hob die Nase in die Luft. »Nach etwas Seriösem klingt es, soso.«

Julius boxte ihr gegen die Schulter. »Mach dich bloß nicht lustig über mich!«

Georg hob abwehrend die Hände und lachte. »Schon gut, schon gut.«

Plötzlich tippte ihr Richard auf die Schulter. »Übrigens wird es Zeit, dass wir zurückgehen – zumindest dann, wenn wir hier halbwegs trocken wieder rauskommen wollen.« Er legte sich die Hand auf den Bauch. »Außerdem kriege ich allmählich Hunger.«

Georg verdrehte die Augen. »Richard, hast du dich denn beim Frühstück nicht satt gegessen?«

»Pah!«, machte Richard. »Weißt du, wie lange

das schon wieder her ist? Ich kann mich kaum noch dran erinnern.«

Georg hielt ihm lachend den Rucksack hin. »Na, dann komm. Rein mit dem Zeug, bevor du uns vom Fleisch fällst.«

Die drei verstauten ihre Arbeitsgeräte und die Zeichnung im Rucksack und hangelten sich dann an dem Seil entlang durch den Gang.

Als sie wieder ins Freie kamen, war das Wasser schon ein beträchtliches Stück gestiegen und Anne war es anzusehen, dass sie schon ein wenig unruhig geworden war.

Über ihnen zog ein Schwarm Möwen krächzend seine Kreise. Julius hob den Blick und sah den Vögeln nach. Er hielt sich die Hand wie einen Schirm über die Augen, um sie vor der Sonne zu schützen. *Avis lucis*, dachte er. Wirst du uns dein Geheimnis verraten, du Vogel des Lichts?

Am Abend saß die Familie zusammen um den Esstisch. Tante Fanny hatte eine Pastete gebacken und Anne gebeten, dazu ein Glas Preiselbeeren aus dem Keller zu holen.

Bei dem leckeren Geruch, der da aus der Küche

drang, lief Richard schon das Wasser im Mund zusammen und er spekulierte auf ein besonders großes Stück. Da brauchte er sich auch keine Sorgen zu machen, denn seine Tante kannte seinen Appetit und hatte eine Pastete im Großformat zubereitet. Ohne dass er etwas zu sagen brauchte, schnitt Tante Fanny ihm ein ordentliches Stück ab und hievte es auf seinen Teller.

Dann wünschten sich alle einen guten und gesunden Appetit.

Onkel Quentin aß schweigend. Er hatte einen anstrengenden Tag hinter sich und offensichtlich wenig Lust auf ein Gespräch.

Julius und Richard warfen sich verstohlene Blicke zu. Da der Onkel so schweigsam war, wagten sie es kaum, etwas zu sagen. Sie wollten schließlich nicht unhöflich sein.

Nur Georg schien die Stimmung ihres Vaters kaum zu beeindrucken. Ihr Mitteilungsbedürfnis war größer, daher plapperte sie fröhlich drauflos und erzählte ihrer Mutter, dass sie auf der Felseninsel gewesen seien. Den Teil mit der Höhle sparte sie freilich aus. »Da brüten jetzt jede Menge Vögel zwischen den Felsen. Sie wissen, dass sie dort keine Feinde haben.« Sie hielt im Erzählen inne und musste schmunzeln. »Na ja, bis auf Tim natürlich.«

Plötzlich ließ Tante Fanny die Gabel sinken. »Apropos Vögel. Mir ist übrigens wieder eingefallen, wo ich diesen Vogel schon mal gesehen habe.«

Jetzt stellten die Freunde ihre Ohren auf Empfang. Dennoch taten sie so, als wüssten sie nicht, worum es geht.

»Was denn für einen Vogel?«, fragte Julius mit unschuldigem Gesicht.

»Diesen Vogel von der Zeichnung auf Georgs Schreibtisch«, erklärte Tante Fanny. »Da gibt es so ein verlassenes Haus auf der anderen Seite des Dorfes. Ich komme hin und wieder dran vorbei, wenn ich zu der alten Frau Walter gehe, um ihr frisches Gemüse aus dem Garten zu bringen. Auf der einen Säule neben dem Gartentor ist ein Holzschild angebracht. Ziemlich verwittert schon, aber der Vogel ist zu erkennen.«

Georg hatte sich für diesen Fall natürlich schon eine Erklärung ausgedacht. »Dann ist das aber eine zufällige Ähnlichkeit, Mutter. Die Zeichnung von meinem Schreibtisch ist aus dem Geschichtsunterricht. Wir haben über Höhlenzeichnungen gesprochen und sollten welche aus dem Geschichtsbuch abzeichnen.«

»Ach, so ist das. Die Abbildungen sehen sich aber sehr ähnlich. Na ja, es hätte ja sein können, dass sie irgendwie miteinander zu tun haben«, sagte Tante Fanny und schob sich nun endlich das Stückchen Pastete in den Mund.

Auf einmal meldete sich Onkel Quentin doch noch zu Wort. »Warum treibst du dich eigentlich bei diesem verlassen Haus herum, Fanny? Es liegt ein gutes Stück abseits von der Straße.«

Tante Fanny lächelte milde. »Aber Quentin, ich treibe mich dort doch nicht herum. Es ist nur so, dass dicht an dem Haus ein kleiner Pfad entlangführt. Der spart mir auf dem Weg zu Frau Walter etliche Minuten.«

»Aber …«, setzte Onkel Quentin zu sprechen an, doch Tante Fanny fiel ihm direkt wieder ins Wort. »Daran sieht man mal wieder, dass du viel zu selten mit mir spazieren gehst, sonst würdest du diesen Pfad kennen.«

»Übrigens schmeckt deine Pastete unübertroffen gut«, sagte Richard und schob das nächste Stück auf die Gabel.

Den Freunden war es dennoch nicht entgangen, dass Onkel Quentin sie misstrauisch angesehen hatte.

Das Haus in den Hügeln

Georg spielte den Scout. Sie kannte sich natürlich am besten in der Gegend aus. Schließlich war sie hier aufgewachsen und als kleines Mädchen so manchen Tag durch die Hügel der Felsenküste gestromert. Tante Fanny hatte ihre Tochter oft nur morgens beim Frühstück und dann wieder beim Abendbrot zu Gesicht bekommen.

Natürlich wusste Georg, wo Frau Walter wohnte. Doch an das verlassene Haus, von dem ihre Mutter sprach, konnte sie sich nicht erinnern. Dennoch sollte es nicht schwer sein, es zu finden.

»Das muss es sein!«, zischte Georg plötzlich und machte den anderen ein Zeichen, sich im hohen Gras zu verstecken. Das Haus war aus graubraunen Steinen gemauert und duckte sich in die sanften Hügel wie eine Vogelmutter, die ihr Gelege vor Feinden schützen will.

»Wieso sollen wir uns denn verstecken, wenn das Haus sowieso leer steht?«, fragte Richard spöttisch.

»Wir sollten trotzdem sichergehen, dass niemand in der Nähe ist«, gab Georg zu bedenken. »Es muss ja keiner mitkriegen, dass wir hier herumschnüffeln.«

Richard stellte sich auf die Zehenspitzen und spähte in alle Richtungen. »Also, wenn du mich fragst, die Luft ist rein. Los, gehen wir endlich!«

Und ehe die anderen etwas einwenden konnten, steuerte Richard auch schon entschlossenen Schrittes auf das Haus zu.

Es war von einer kleinen Mauer umfriedet. An einer Stelle befand sich ein Törchen aus verwittertem Holz, genau wie Tante Fanny es gesagt hatte. Dahinter führte ein Weg zur Eingangstür.

Links und rechts des kleinen Tores befanden sich, wie von Tante Fanny beschrieben, gemauerte Säulen.

Richard konnte das Schild, von dem sie gesprochen hatte, zunächst nicht entdecken, denn die linke Säule war im Laufe der Zeit von dunkelgrünem Efeu überwuchert worden. Doch als er den Vorhang aus Zweigen beiseiteschob, kam das betagte Holzschild zum Vorschein.

Tante Fanny musste Adleraugen haben!

Oder war sie etwa auch neugierig auf das verlassene Haus gewesen und hatte es sich von Nahem angesehen? Der Vogel auf dem Schild war nur noch schwer zu erkennen. Dennoch war es eindeutig, dass er genauso aussah wie der Vogel auf der Felswand.

»Das ist er!«, flüsterte Georg beeindruckt und rollte die Zeichnung auseinander, um die Bilder zu vergleichen.

»Nur, dass auf dem Holzschild die Worte *avis lucis* fehlen«, stellte Richard fest.

Jetzt hatten sich auch Julius und Anne genähert und nahmen das Haus in Augenschein. Es musste wirklich schon lange leer stehen, denn es sah ziemlich heruntergekommen aus. An einem Fenster war ein Vorhang halb heruntergerissen und an der Vorderkante des Daches fehlten einige Dachziegel. Kniehoch wucherte das Unkraut im gesamten Garten und von den Fensterrahmen blätterte die Farbe ab.

»Puh, ich rieche förmlich schon den Muff, der in solchen Häusern herrscht«, meinte Anne und rümpfte die Nase.

»Der Muff ist mir total egal.« Richard winkte ab. »Mich würde nur brennend interessieren, was dieses Haus mit unserem Höhlenvogel zu tun hat.«

Georg ließ die Fingerkuppen über das Holzschild gleiten. »Normalerweise würde man an die Säule doch einen Namen oder eine Hausnummer schreiben.«

Anne grinste. »Na, dann wohnt in diesem Haus Herr Höhlenvogel.«

»Gut«, sagte Richard. »Dann klopfen wir bei Herrn Höhlenvogel doch einfach mal an.«

Anne tippte sich an die Stirn. »Du spinnst wohl!«

Aber Richard meinte es ernst mit seinem Vorhaben und schob das Gartentor auf. Mutig näherte er sich der Haustür und klopfte an. Obwohl sie wussten, dass das Haus leer stand, spitzten die Freunde die Ohren, ob sich drinnen etwas regte. Nichts!

»Und was machen wir nun?«, wisperte Anne.

»Na, das liegt doch auf der Hand«, erklärte Georg. »Wir schleichen ums Haus herum und schauen mal, ob wir noch andere Hinweise auf unseren Höhlenvogel finden.«

»Vielleicht finden wir auch eine offene Tür oder ein offenes Fenster«, meinte Richard.

»Spinnst du?«, zischte Anne. »Auch wenn das Haus leer steht, dürfen wir trotzdem nicht einfach rein. Das wäre Hausfriedensbruch.«

Aber Richard winkte ab. »Warum so ängstlich? Über diese Schwelle hat garantiert seit ewigen Zeiten niemand mehr seinen Fuß gesetzt. Wen sollte das also interessieren?«

Damit ließ er seine Schwester stehen und machte sich auf seine Erkundungstour um das Haus.

Auch Tim schnüffelte aufgeregt in allen Ecken des Gartens. Hier gab es wohl jede Menge interessanter Gerüche, denn sein Schwanz bewegte sich hin und her wie ein Pendel.

»Na, Tim, liest du wieder in deiner Tageszeitung?«, rief Georg lachend.

Neugierig spähten die Freunde durch die alten, verschmutzten Fenster. Im Haus selbst war wenig zu erkennen. Vereinzelt standen Möbelstücke herum, einige waren umgekippt.

Anne spürte einen leichten Ekel in sich aufkommen. »Iiih! Was für ein Dreck!«

Georg war bereits um das Haus herumgelaufen und duckte sich unter den Dachvorsprung, der hier tief heruntergezogen war, während Tim um ihre Beine stromerte und intensiv schnupperte. Es gab zwei kleine quadratische Fenster, die fleißige Spinnen mit ihren Netzen beinahe zugesponnen hatten. Georg blinzelte und versuchte, durch das dichte Gewebe etwas zu erkennen. Plötzlich glaubte sie, das Herz müsse ihr stehen bleiben! Sie musste die anderen warnen!

Doch in diesem Moment passierte ein Unglück. Tim verschwand – offenbar einem unwiderstehlichen Geruch folgend – durch ein kaputtes Brett in der Hintertür im Innern des Hauses!

»Tim!«, zischte Georg ihm halblaut hinterher. Doch zu spät.

Georg war hin und her gerissen. Die anderen warnen oder sich um Tim kümmern – was sollte sie nur tun?

Zur selben Zeit hatte Richard an der Seite des Hauses ein Fenster entdeckt, das nicht richtig verschlossen war. »He, schaut mal hier!«, flüsterte er Anne und Julius zu. Dann setzte er die Fingerspitzen auf den Rahmen und schob das Fenster langsam auf.

»Lass das lieber.« Annes Stimme klang ängstlich. »Wir sollten da nicht reingehen. Ehrlich.«

Julius legte ihr die Hand auf die Schulter. »Sei kein Angsthase. Was soll schon passieren?«

Aber Anne spürte, wie sich eine Gänsehaut auf ihrem Rücken breitmachte. Wieso waren ihre Brüder nur so unbekümmert? »Ich weiß nicht. Ich hab Angst.«

»Pah!«, machte Richard. »Angst vor einem alten, verlassenen Haus?« Und dann war er auch schon durch das Fenster im Innern des Hauses verschwunden.

»Los, jetzt du!«, forderte Julius Anne auf und wollte ihr die Räuberleiter halten, damit sie besser durchs Fenster klettern konnte, doch Anne winkte ab. Ihr war die ganze Sache zu heikel.

Julius zuckte die Schultern. »Dann warte eben draußen.« Damit hievte auch er sich auf das Fensterbrett und sprang mit einem Satz ins Haus.

»Ich schau mal, wo Georg steckt«, flüsterte Anne ihm hinterher.

Doch die kam ihr auf dem Weg hinters Haus schon aufgeregt entgegen. »Wo sind die Jungs?«

Anne zeigte mit dem Daumen über die Schulter. »Die sind eben durchs Fenster ins Haus geklettert. Wieso fragst du?«

Georg riss die Augen auf. »Was? Mist!« Dann packte sie Anne am Ärmel. »Komm mit.«

Anne folgte ihr widerstrebend. »Kannst du mir mal sagen, was los ist?«

Georg hielt sich den Zeigefinger vor den Mund. »Pst! Leise. Ich glaube, im Haus ist jemand.«

»Aber …« Anne blieb abrupt stehen. Keinen Schritt wollte sie weitergehen. »Richard und Julius …«

»Ja, und Tim ist auch da drin.« Georg seufzte. »Hör zu, ich habe vorhin durchs Fenster gesehen, dass da jemand gefrühstückt haben muss. In der Küche stehen noch Brot und Milch auf dem Tisch. Beides sah nicht verschimmelt aus. Also …«

Anne spürte ihr Herz bis in den Hals pochen. »Au, verflucht, was machen wir denn jetzt?«

Georg überlegte nur kurz. »Reingehen und die beiden warnen.«

Anne kannte diese Situation nur zu gut. Was blieb ihr anderes übrig, als Georg zu folgen?

Vorsichtig spähten die beiden noch einmal durch die Spinnenweben-Fenster. Niemand war zu sehen. Georg griff nach der Klinke der Hintertür. Sie war nicht abgeschlossen!

Anne hörte vor Aufregung das Blut in den Ohren rauschen, als sie hinter Georg in die Küche des Hauses schlüpfte.

Ein unangenehmer Geruch nach Muff und Dreck schlug ihr entgegen und verschlug ihr fast den Atem. Anne zog ein Taschentuch aus der Hosentasche und hielt es sich vor den Mund. Zum Glück duftete es frisch gewaschen. Wie konnte man in solch einem Mief und Dreck nur wohnen?

Der Frühstückstisch sah in der Tat so aus, als sei er eben erst verlassen worden. An einem Messer klebten Marmeladenreste. Dicke, bunt schillernde Fliegen labten sich daran. Angewidert schaute Anne weg.

Die Mädchen horchten. Im Haus war es still. Wohin war Tim verschwunden? Und wo steckten Richard und Julius?

Anne wagte vor Aufregung kaum zu atmen. Sie hielt sich dicht hinter Georg und folgte ihr in den Flur.

Von hier aus gingen alle anderen Räume ab. Sämtliche Türen standen offen und gaben den Blick in die Zimmer frei. Allesamt waren bis auf wenige ramponierte Möbelstücke leer und dreckig, so wie sie es von außen gesehen hatten.

Anne wurde es ein wenig schummerig, und sie streckte die Hand aus, um sich am Türrahmen abzustützen. Ihr stockte der Atem, als sie in etwas Weiches griff. Ihrer Kehle entfuhr ein Schrei, der von einer Hand erstickt wurde, die ihren Mund mit festem Griff verschloss.

Panisch fuhr sie herum – und stellte fest, dass es die Hand ihres Bruders Julius war. Beinahe hätte sie gelacht, denn neben Julius stand Richard, dem eine lange Spinnwebe quer übers Haar hing. Er sah aus wie das Gespenst von Canterville persönlich!

»Müsst ihr uns solch einen Schreck einjagen!«, wisperte Georg. »Ist Tim nicht bei euch?«

Julius zog eine Augenbraue hoch. »Tim? Nein, wieso? Ich dachte, der ist bei euch.«

»Verdammt, wo steckt er denn?«, flüsterte Georg mit sorgenvoller Miene.

Die Freunde sahen sich um. Die Zimmer waren definitiv leer. Eine Treppe führte hinauf auf den Dachboden, doch es fehlten mehrere Stufen in der maroden Holzkonstruktion.

Vor allem war kein Hinweis darauf zu entdecken, was das Haus mit dem Höhlenvogel zu tun hatte.

Eine Tür jedoch war verschlossen.

»Da geht's bestimmt in den Keller«, sagte Georg beinahe lautlos.

Julius nickte aufmunternd. »Sehen wir mal nach.«

Er griff nach der Türklinke, drückte sie hinunter – und schrie mit schmerzverzerrtem Gesicht auf. Die Klinke hatte er losgelassen und hielt jetzt die rechte Hand mit seiner linken.

Anne sprang ihm sogleich zur Seite. »Julius, was ist?«

»Au, die verdammte Klinke steht unter Strom!«, stöhnte Julius.

Richard nahm die Tür unter die Lupe. »Wie bei einem Weidezaun für Vieh. Das gibt's doch gar nicht.«

Julius schüttelte die Hand.

»Geht's wieder?«, erkundigte sich Georg.

Julius nickte.

»Das kann nur eins bedeuten: Da unten muss was sein, was keiner sehen soll«, sagte Georg.

Obwohl Julius die Klinke sofort losgelassen hatte, war die Tür dennoch einen Spaltbreit aufgesprungen. Vorsichtig schob Georg sie mit dem Fuß weiter auf.

Sofort fiel ihr das grobe Holzschild auf, das oberhalb der Treppe an zwei Messingketten hing: *avis lucis – thesaurus avis.* »Leute, hier sind wir goldrichtig!«

»Goldrichtig im wahrsten Sinne des Wortes!«, staunte Julius. »Wisst ihr, was *thesaurus* heißt?«

Georg verdrehte die Augen. Sie hasste es, wenn

Julius den Oberlehrer spielte. »Du wirst es uns gleich sagen. Aber bitte leise.«

»*Thesaurus* ist der Schatz oder die Schatzkammer«, erklärte Julius und übersetzte: »Vogel des Lichts. Schatzkammer des Vogels.«

»Das sollten wir uns mal näher angucken«, meinte Georg, doch Anne hielt sie am Arm zurück. »Bist du verrückt! Das ist viel zu gefährlich! Denk doch an die Stromfalle. Wer weiß, was uns da noch erwartet! Lasst uns lieber abhauen.«

Doch es war zu spät. Sie hatten sich so sehr auf das Schild über der Treppe konzentriert, dass ihnen entgangen war, wie sich von hinten eine Gestalt genähert hatte. Im selben Moment wurden sie von kräftigen Armen so energisch durch die Tür geschoben, dass sie beinahe allesamt die Treppe hinuntergestürzt wären. Dann krachte die Tür ins Schloss.

»Die junge Dame hat vollkommen recht!«, knurrte eine dunkle Stimme auf der anderen Seite der Tür. »Es ist zu gefährlich hier für euch!«

Dann war es still.

Anne hockte auf einer Treppenstufe und zitterte am ganzen Körper. Der Schreck saß tief. »Ich hab doch gesagt, wir sollten hier nicht reingehen«, jammerte sie.

Doch Georgs Gesichtsausdruck sprach eine andere Sprache: Jetzt erst recht!

»Beruhige dich, liebe Anne«, sagte sie. »Ist einem von euch was passiert?«

»Ein paar blaue Flecken werden wir wohl kriegen, aber sonst ist alles okay«, sagte Julius.

»Also«, begann Georg. »Erst einmal sitzen wir hier in der Falle. Aber immerhin wissen wir jetzt, dass wir hier auf der absolut richtigen Fährte sind. In diesem Haus werden wir das Geheimnis um den Vogel des Lichts lüften können. Und das scheint ja so bedeutsam zu sein, dass es besonders gut gehütet wird.«

»Lüften ist ein gutes Stichwort«, stöhnte Anne. »Hier riecht es ganz schön muffig.«

Richard verschränkte die Arme vor der Brust. »Auf jeden Fall ist es doch ein ziemlich gutes Versteck für einen Schatz. Innen hui, außen pfui. Bei solch einem abgewrackten Haus würde doch niemand draufkommen, dass …«

Anne blickte auf. »Moment mal, du meinst also, dass hier wirklich ein Schatz versteckt ist?«

Richard zuckte die Schultern. »Das sollten wir versuchen rauszukriegen. Wenn wir hier schon festsitzen.«

»Ha!« Anne lachte bitter. »Ich fass hier gar nichts an. Bestimmt ist alles mit Elektrodraht verkabelt. Ich möchte einfach nur hier raus. Der Schatz ist mir total egal.«

Georg warf den Kopf in den Nacken. »Dann bleib da sitzen und schmoll. Ich werde jetzt mal auf Erkundungstour gehen.«

Richard kratzte sich am Kopf. »Eins finde ich dann doch merkwürdig. Wenn man einen Schatz verstecken will, warum hängt man dann ein Schild über die Treppe, auf dem auf ihn hingewiesen wird?«

»Ja, schon komisch.« Julius war als Erster weiter in das Kellergewölbe vorgedrungen. »Aber eins ist sicher, Leute. Die Fenster sind alle vergittert. Auf dem Weg kommen wir hier nicht raus.«

Georg stieß mit dem Fuß eine Tür auf. Es war besser, hier unten nichts anzufassen. »Da hat es sich aber einer gemütlich gemacht«, rief sie, als sie ein Sofa, einen Sessel und einen kleinen Tisch erblickte. An der Wand stand eine Kommode und darüber hing nichts anderes als ein weiteres Bild des *avis lucis*. Doch da war noch etwas Interessantes. »Leute, das müsst ihr euch angucken!«

Jetzt kam sogar Anne hinter ihren Brüdern her. Sie wollte nicht allein in dem Kellervorraum bleiben. Außerdem war sie neugierig.

»Schaut euch mal das Bild da an«, forderte Georg die anderen auf.

Auf der Kommode stand eine uralte Fotografie, auf der eine Gruppe Männer zu erkennen war.

»Mensch, das Foto ist aber aus der Steinzeit«, staunte Richard.

»Ja, vielleicht ist es sogar noch eine Daguerreotypie«, sagte Julius. »Sehr interessant.«

»Eine was?«, fragte Anne.

»Eine Daguerreotypie«, wiederholte Julius. »Das war eine Technik, die man vor der Fotografie erfunden hatte, wobei man … ach, das ist ja jetzt auch egal.«

Richard zeigte auf das Foto. »Was ist das bloß für ein Männerklub?«, fragte er.

Georg begutachtete das Foto von Nahem. »In der Mitte halten sie ihr Vogelwappen mit den beiden Worten drunter. Und sie tragen Säbel und komische Hüte. Sehen aus wie Piraten, wenn ihr mich fragt.«

Doch Julius hatte einen anderen Gedanken. »Piraten? Würde ja zu der Felseninsel passen, aber ich denke da gerade an was anderes.«

»Woran denn?«, fragte Anne ungeduldig.

Julius drehte sich zu den anderen um. »An eine Art Geheimbund.«

»Pah!«, machte Richard. »Geheimbund. Für mich sieht die Truppe da eher aus wie eine Karnevalsgesellschaft.«

Julius tippte auf das Foto. »Du darfst nicht vergessen, wie alt das Bild schon ist. Und dann dieser Name: Vogel des Lichts. Da muss doch irgendeine Idee dahinterstecken.«

Aus einem anderen Raum hörte man plötzlich ein Poltern.

»Georg, was machst du da?«, fragte Anne.

»Na, was schon, ich suche nach dem Schatz!«, antwortete Georg. »Aber hier steht wirklich nur Gerümpel rum.« Georg hatte mit dem Fuß allerlei Kisten und Kartons hin und her geschoben. Sie mit den Händen anzufassen, wagte sie nicht.

»Könnten wir nicht lieber nach einem Vorratskeller suchen?«, fragte Richard grinsend. »Ich krieg langsam Hunger.«

Anne hielt sich die Hand vor den Mund. »Wie kannst du bei diesem Mief ans Essen denken. Das ist ja widerlich!« Dann schlich sie leise die Treppe hinauf und horchte. Vor der Tür waren Geräusche zu hören. Der Mann, der sie die Treppe hinuntergestoßen hatte, war also noch da.

»Da kommen wir nicht so einfach wieder hinaus«, stellte Anne fest.

Georg zog nachdenklich die Stirn kraus. »Eigentlich sollten wir vier es doch schaffen, einen einzelnen Mann zu überlisten.«

»Weißt du, ob er alleine ist?«, gab Richard zu bedenken. »Es können doch inzwischen noch mehr Typen da oben sein.«

»He, Leute, kommt mal!«, rief Julius plötzlich aufgeregt. »Ich glaube, ich habe was gefunden. Da!« Julius zeigte auf die Wand hinter der Kommode.

Tatsächlich: Dort befand sich eine Nische. Davor war eine Art Plane gespannt, die genau die Farbe der Steine hatte. Eine geschickte Tarnung!

»Schauen wir mal nach, was sich dort verbirgt«, sagte Georg und wollte die Kommode schon von der Wand ziehen.

Doch Richard gebot ihr Einhalt. »Halt! Nicht anfassen!«

Vor lauter Eifer hatte Georg fast vergessen, dass hier fast alles elektrisch geladen war.

»Danke, Richard, das wäre beinahe ins Auge gegangen«, sagte Georg, denn als sie die Kommode genauer untersuchten, sahen sie einige kleine Drähte, die zu Kontaktleisten unter der Deckplatte und an der Rückseite des Möbelstücks führten.

»Na ja«, sagte Richard. »Der Strom hier ist nicht so stark, dass es gefährlich wäre, aber weh tut er allemal.«

Suchend blickten sich die Freunde um. In einer Ecke fanden sie zwei Besen, mit deren Stielen es ihnen gelang, die Kommode von der Wand abzurücken.

Vorsichtig hob Richard dann mit einem der Besen die Plane an.

»Eine Schatzkiste!«, rief Anne begeistert.

»Und du wolltest nicht suchen!«, erinnerte Georg sie in vorwurfsvollen Ton.

Doch bei Richard hielt sich die Begeisterung in Grenzen. »Irgendwie kommt mir das zu konstruiert vor. Ich meine, dieses Schild über der Treppe, diese Elektrodrähte und dann eine Kiste, die aussieht wie eine Schatzkiste aus dem Bilderbuch. Ich komme mir vor wie bei einer Schnitzeljagd in einem Vergnügungspark.«

»Mit dem Unterschied, dass wir es mit diesem Typen da oben zu tun haben«, sagte Georg und rieb sich den schmerzenden Ellenbogen, den sie sich angestoßen hatte, als sie eben beinahe die Treppe hinuntergestürzt war.

»Mich interessiert jetzt erst einmal, was da drin ist«, sagte Julius mit entschlossener Miene.

»Hier!« Anne hatte noch einmal in der Ecke, in der die Besen gewesen waren, gesucht und eine Harke gefunden. Diese hakte sie jetzt in einen der seitlichen Griffe der Schatztruhe und zog kräftig.

»Lass mich lieber«, sagte Julius lachend und nahm Anne die Harke aus der Hand.

Knirschend rutschte die Kiste aus ihrer Nische.

»Das glaub ich jetzt nicht!« Richard zeigte auf einen Totenkopf-Aufkleber auf dem Deckel der Kiste. Wieder musste er an den Vergnügungspark denken. »Offenbar haben wir es hier doch mit Karnevalspiraten zu tun.«

Julius versuchte vergeblich, den Deckel mit der Harke zu heben.

»Warte, hier an der Seite sind Verschlüsse.« Georg versuchte, die Splinte mit der Fußspitze hinauszukicken. Beim dritten Versuch gelang es ihr. Klirrend fielen die kleinen Metallstäbe zu Boden.

Die Freunde hielten den Atem an, als Julius den Deckel anhob.

»Ha, toller Schatz!« Richard klatschte sich auf die Schenkel und lachte, als er den Inhalt der Schatzkiste sah. Diese war nämlich voll mit alten Zeitungen und anderen Papieren.

»Oje, und dafür haben wir uns in die Tinte gesetzt!« Anne schüttelte enttäuscht den Kopf.

Julius machte ein nachdenkliches Gesicht. »Ich weiß nicht. Ich finde immer noch, dass das irgendwie nicht zusammenpasst. Diese Höhlenzeichnungen und das Schild am Eingang, die wirken irgendwie seriös. Aber das hier? Entweder handelt es sich hier um ein ganz billiges Ablenkungsmanöver oder jemand will uns auf den Arm nehmen.«

»Ich will jetzt aber nicht weitersuchen, ob es auch noch einen echten Schatz gibt oder ob diese Geheimbundpiraten hier noch irgendwo herumgeistern«, sagte Anne. »Ich will hier raus. Auf dem schnellsten Wege.«

Georg ließ sich auf dem Sofa nieder, um nachzudenken. »Wir müssen den Kerl da oben aus dem Haus locken und dann die Tür aufbrechen. Was meint ihr?«

»Wie willst du das machen?«, wollte Richard wissen.

»Moment mal«, sagte Julius plötzlich. Er hatte in der Schatzkiste gekramt und etwas gefunden. »Dieser Schatz ist doch nicht so uninteressant, wie es auf den ersten Blick scheint«, sagte er und hielt eine alte Zeitung in die Höhe. »Hier ist ein Artikel über unsere Freunde vom Foto.« Julius überflog die Zeilen. »Diese Gruppe hat offenbar auf trickreiche Weise reiche Leute und Adelige um viel Geld gebracht.«

»Hm«, machte Georg. »Ein Artikel über einen Geheimbund. Dann war der Bund aber nicht mehr geheim.«

»Was wohl das Aus bedeutete für diese Gruppe«, schlussfolgerte Richard. »Steht da auch was über die Hintergründe? Ich meine, dieser Name, *avis lucis*, der deutet doch auf etwas hin, das Hoffnung bringt.«

»Ja«, rief Anne. »Vielleicht waren sie so etwas wie Robin Hood. Haben den Reichen das Geld abgeluchst, um es den Armen zu geben. Kann doch sein!«

Julius kramte weiter. »Hier scheint so etwas wie ein Aufnahmedokument zu sein. Der Höhlenvogel ist oben drauf abgebildet.« Er las vor: »William Folder hat das geheime Ritual zur Aufnahme in den Geheimbund des lichtbringenden Vogels durchlaufen und erklärt sich hiermit den Werten der Gemeinschaft verpflichtet: Brüderlichkeit, Streben nach Gerechtigkeit ...« Julius runzelte die Stirn. »Den Rest kann man nicht mehr lesen, da hat wohl einer ein Tintenfass drüber ausgegossen.«

»Das klingt doch gut«, meinte Anne und griff ebenfalls in die Kiste. »Hier ist noch ein Artikel. *Geheimbund wurde das Handwerk gelegt* heißt die Überschrift. Eigentlich schade, ich meine, wenn die das Geld wirklich den Armen geben wollten.«

»Tja, aber die Macht ist bei den Reichen, wie du siehst«, sagte Richard und nahm ihr den Artikel aus der Hand.

Georg warf sich stolz in die Brust. »Und auf meiner Felseninsel hatten sie einen Stützpunkt! Bestimmt haben sie dort das gestohlene Geld in der Höhle versteckt.«

»Hoffen wir, dass sie es ihrer Bestimmung zuführen konnten, bevor der Geheimbund aufgeflogen ist«, meinte Julius.

In diesem Moment begann draußen ein lautes Spektakel. Hundegebell war zu hören, und als die Freunde neugierig aus dem Kellerfenster spähten, sahen sie, wie Tim von dem niedrigen Dachvorsprung geschossen kam und auf eine Gestalt zurannte, die sich dem Haus genähert hatte.

»Tim muss auf dem Dachboden gewesen sein!«, rief Georg. »Auf Mäusejagd oder so!«

Der Mann blieb stehen und hob abwehrend die Hände. Tim kläffte ihn an und ließ ihn keinen Schritt weitergehen.

»He, das ist doch unser Herr Förster!«, stellte Julius fest. »Er hat also tatsächlich was mit dieser Sache zu tun.«

»Braver Tim, er hält ihn in Schach«, sagte Richard. »Hoffen wir, dass jetzt nicht noch mehr Typen hier aufkreuzen.«

»Aber Herr Förster kann es unmöglich gewesen sein, der uns die Treppe hinuntergestoßen hat«, sagte Anne. »Der Kerl war viel größer und kräftiger. Bestimmt ein Komplize.«

Georg fasste an das Fenstergitter und rüttelte. »So ein Mist, warum sitzen wir auch hier fest!«

»Weil ihr allesamt nicht auf mich gehört habt«, erinnerte Anne.

Die anderen schwiegen. Anne hatte ja recht.

Doch da geschah etwas Unerwartetes. »Hallo, Kinder, das ist doch euer Hund, oder? Seid ihr da im Haus?«, rief der kleine graue Mann.

»Das verstehe ich nicht«, sagte Richard. »Wieso fragt der das? Wenn er mit der Sache etwas zu tun hat, muss er doch wissen, dass wir hier sind.«

»Aber wenn er gerade erst kommt, dann will er bestimmt die Lage sondieren«, gab Julius zu bedenken.

»Pst!« Georg hielt sich den Finger vor den Mund. »Er ruft wieder was.«

»Er will wissen, ob es uns gut geht!« Anne war verdutzt. »Warum nur?«

»Ist alles in Ordnung mit euch?«, wiederholte Herr Förster. »So antwortet doch!«

Georg seufzte. »Ich antworte jetzt. Unangenehmer kann die Lage für uns ja kaum werden.« Sie beugte sich so weit wie möglich vor und rief durch das Fenster. »Ja, Herr Förster, wir sind hier im Keller eingesperrt. Aber es geht uns gut.«

»Gott sei Dank«, antwortete Herr Förster. »Haltet aus! Und könnt ihr bitte euren Hund zurückpfeifen?«

In diesem Moment dröhnte eine andere Stimme aus dem Haus. Die Freunde erkannten die Stimme des Mannes, der sie im Keller eingesperrt hatte. »Hau ab, Francis! Das hier geht dich nichts an. Die Blagen sind selbst schuld!«

»Aber Nick, so komm doch zur Vernunft!«, rief Herr Förster.

»So viel scheint sicher«, sagte Julius. »Herr Förster steht ganz offensichtlich auf unserer Seite. Verstehen tue ich das aber nicht. Warum hat er uns dann im Archiv eingeschlossen?«

Plötzlich sahen die Freunde, wie eine weitere Gestalt von hinten aus den Büschen gesprungen kam und Herrn Förster in den Schwitzkasten nahm. »Nein, nein«, schrie dieser. »Hier liegt eine Verwechslung vor.«

»Das ist ja Onkel Quentin!«, rief Anne verdutzt. »Jetzt verstehe ich gar nichts mehr.«

Die Freunde hörten, wie Georgs Vater Tim anherrschte, leise zu sein, und beobachteten dann, wie er langsam den Klammergriff um Herrn Försters Hals löste. Der kleine graue Mann rückte Hemdkragen und Jackett zurecht und drehte sich zu Onkel Quentin um. Dann begannen beide, hitzig zu debattieren.

»Könnt ihr was verstehen?«, fragte Richard, doch die anderen schüttelten den Kopf.

»Zu weit weg. Sie reden zu leise«, sagte Georg, die den besten Aussichtsplatz ergattert hatte. »Aber jetzt gehen sie ins Haus. Und Tim mit ihnen.«

Sofort schlichen die Freunde die Kellertreppe hinauf und lauschten. Aufgeregte Stimmen waren zu hören, Stühlerücken, Türenknallen.

»Ich glaub, die sind in der Küche«, sagte Georg. Doch dann waren die Stimmen plötzlich ganz nah. Eine aufgeregte von dem Mann, der sie eingesperrt hatte. Zwei Stimmen, die beruhigend auf ihn einredeten.

Dann hörten sie einen Schrei.

Der Wächter des Schatzes

»Dass ich auch nie an diese verdammte Stromfalle denke!«, stöhnte Herr Förster mit schmerzverzerrtem Gesicht, als die Kellertür aufschwang. »Kommt heraus, Kinder, habt keine Angst.«

Zögernd stiegen die Freunde die letzten Stufen hinauf. So ganz trauten sie dem Braten nicht. Doch der Mann, der sie eingesperrt hatte, stand nun eingeschüchtert in einer Ecke und wagte nicht, sich vom Fleck zu rühren. Und das aus gutem Grund. Tim saß vor ihm und fletschte die Zähne.

»Gut, dass euer Onkel hergekommen ist«, sagte Herr Förster. »Der gute Nick ist leider oft ein wenig uneinsichtig und ich bin nun mal leider kein Riese. Er nimmt mich nicht immer so ernst, wie er sollte.« Er drehte sich um. »Nicht wahr, Nick?«

Der andere sah verlegen zur Seite.

»Der *gute* Nick?«, wiederholte Georg ungläubig und rieb sich erneut den schmerzenden Ellenbogen.

Herr Förster winkte die Freunde aus dem Keller heraus. »Kommt, kommt, Nick meint es nicht böse, glaubt mir.«

Die Freunde behielten Nick fest im Blick, als sie an ihm vorbeigingen. Anne huschte vorweg und durchmaß die Küche mit großen Schritten, um gleich bis in den Garten zu laufen. In diesem Haus wollte sie keine Sekunde länger bleiben.

Auf der Wiese angekommen, atmete sie erst einmal tief durch.

Allmählich kam einer nach dem anderen aus dem Haus. Auch der sonderbare Nick folgte ihnen –

gut bewacht von Tim – und setzte sich mit hängendem Kopf auf die Gartenmauer. Gefährlich sah er jetzt nicht mehr aus.

Herr Förster trat zu den Freunden und zeigte auf Nick. »Ihr dürft ihm das nicht übel nehmen. Diese Sache mit dem Schatz des Geheimbundes ist eine fixe Idee von ihm.«

Georg trat einen Schritt vor. »Nicht übel nehmen? Wir hätten uns alle miteinander den Hals brechen können, als er uns die Treppe hinuntergestoßen hat!«

»Und warum haben Sie uns eigentlich im Archiv eingesperrt, Herr Förster?«, fragte Richard mit vorwurfsvollem Ton.

»Und was treibt ihr überhaupt hier?«, mischte sich jetzt Onkel Quentin ein. »Und warum habt ihr Fanny und mich angeflunkert?«

»Und weshalb bist du plötzlich hier aufgetaucht?«, fragte Georg schnippisch.

Anne hielt die Luft an. Das war nicht nett von ihrer Cousine. Sie konnten doch froh sein, dass Onkel Quentin ihnen zu Hilfe gekommen war.

Herr Förster hob die Arme. »Halt, halt! Alles der Reihe nach. Zuallererst muss ich euch gestehen, dass ich nicht Förster heiße, sondern Fleming. Ich bin ein Nachkomme eines der Geheimbundmitglieder, genau wie unser Nick hier. Ich muss mich für meine kleine List entschuldigen, aber mir war sofort klar, wonach ihr sucht. Und genau das, was heute passiert ist, wollte ich vermeiden. Deshalb brauchte ich einen Vorsprung, um Nick zu finden. Aber er war nicht hier. Ich bin sehr oft im Archiv und kenne mich dort gut aus. Außerdem habe ich einen guten Draht zur Mitarbeiterin Frau Scholle. Sie fand es sehr nett von mir, dass ich den Schließdienst übernahm, als anscheinend niemand mehr kam. «

Anne blickte verstohlen zum Haus hinüber. Plötzlich tat ihr dieser Nick sogar leid. Er schien ziemlich einfältig und einsam zu sein. »Wohnt Nick hier etwa ganz allein?«

Herr Fleming schüttelte den Kopf. »Nein, natürlich nicht, er wohnt bei den Ordensschwestern im Nachbardorf. Aber er kommt oft her. Dies ist das Haus seines Großvaters, bei dem er aufgewachsen ist. Dieser Großvater war einer der Geheimbündler, genau wie mein Vater. Nick hat seinen Opa vergöttert, und der hat ihm immer spannende

Geschichten von *avis lucis* erzählt. Übrigens war er der Schatzwächter. Zugegebenermaßen hat er bei seinen Erzählungen reichlich übertrieben, und so kam es, dass Nick sich diese fixe Idee mit dem Schatz zugelegt hat. Es hat es quasi zu seiner Lebensaufgabe gemacht, einen Schatz zu bewachen und zu verteidigen, genau wie sein Großvater.«

»Einen Schatz, den es gar nicht gibt«, ergänzte Richard.

»Den es aber durchaus gab, eine nicht unbeträchtliche Summe Geld«, erklärte Herr Fleming. »Ich selbst bin an der interessanten Geschichte des Geheimbundes sehr interessiert. Wenn ihr einmal mehr darüber erfahren wollt, dann könnt ihr mich gern besuchen.«

»Wurde das Geld denn tatsächlich auf der Felseninsel deponiert?«, wollte Georg wissen, und als der alte Mann nickte, empfand sie so etwas wie Stolz.

»Was ist daraus geworden?«, fragte Julius.

Herr Fleming hob beide Hände. »Oh, offiziell hat das Meer es fortgespült.« Er zwinkerte ihnen zu. »Aber in Wahrheit wurde es seiner eigentlichen Bestimmung zugeführt.«

Georg blickte ihren Vater an. »Und du? Woher wusstest du …«

»Meine liebe Georgina, du hältst mich doch nicht etwa für dumm?« Onkel Quentin grinste. »Ich habe es doch deiner Nase angesehen, dass das gestern Abend mit der Zeichnung aus dem Geschichtsbuch geflunkert war. Also bin ich hinaufgegangen, um mir die Zeichnung mal genauer anzusehen. *Avis lucis*! Ein Steinzeitmensch würde das wohl nicht in eine Höhlenwand ritzen.«

Julius und Richard warfen sich belustigte Blicke zu. Ihr Onkel war manchmal doch ein Schlitzohr.

»Nun, und nachdem Fanny dieses Haus erwähnt hatte …« Onkel Quentin lächelte ein wenig verlegen. »Auch in deinem Vater steckt noch Pioniergeist!«

Jetzt musste Georg lachen. »Okay, das war heute unser Glück. Wer weiß, wie lange wir in dem muffigen Keller gehockt hätten.«

Jetzt grinste Herr Fleming. »Keine Sorge. Nick hätte euch wahrscheinlich irgendwann gefragt, ob ihr ein Butterbrot essen wollt.«

Ein Butterbrot. Anne musste an das Marmeladenmesser mit den Fliegen denken und spürte leichte Übelkeit aufkommen.

Nick erhob sich von der Mauer. »Tut mir leid«, sagte er, blickte die Freunde aber nicht an.

»Ist schon okay«, sagte Richard.

»Schon vergessen«, sagte Julius.

Anne sah Nick an. Jetzt sah er wirklich aus, als könne er keiner Fliege etwas zuleide tun. Trotzdem hatte sie vorhin Angst gehabt.

»So, Kinder, und nun sollten wir mal den Heimweg antreten«, sagte Onkel Quentin.

»Ja«, erwiderte Georg. »Das heißt … nein.«

»Nein?« Ihr Vater sah sie prüfend an.

»Nein, da gibt es einen Jungen, der auch bei seinem Großvater aufwächst, und dem schulden wir noch was. Ich denke, wir schauen mal eben bei ihm vorbei und lösen unser Versprechen ein.«

Onkel Quentin seufzte. »Gut, aber seid pünktlich zum Abendbrot zu Hause. Und was wir hier erlebt haben, braucht Fanny nicht zu wissen. Okay?«

Die Freunde verabschiedeten sich und machten sich auf den Weg zu Alf.

»Wisst ihr was?«, sagte Anne. »Ich finde, wir

sollten Nick demnächst mal besuchen. Er hat bestimmt eine Menge spannender Geschichten zu erzählen.«

»Und wisst ihr noch was?«, sagte Georg. »Wenn ich das nächste Mal meinen Fuß auf die Felseninsel setze, dann tu ich das mit einem völlig neuen Gefühl.«

Fünf Freunde im Orient-Express

Aufbruch

Anne hastete wie ein Wirbelwind durch das Zimmer, riss Schränke und Schubfächer auf, zog Sachen heraus, um sie gleich wieder hineinzulegen. »Ach, ich weiß einfach nicht, was ich einpacken soll.«

Georg lag auf ihrem Bett im Internatszimmer, hatte die Hände hinter dem Kopf verschränkt und starrte an die Decke. »Anne, du hast ganz sicher schon genug eingepackt.«

Anne blieb mitten im Zimmer stehen und überlegte. »Meinst du wirklich? Wenn ich doch nur wüsste, wie das Wetter wird.«

Georg sah ihre Cousine an. »Liebe Anne, ich befürchte, wir werden die meiste Zeit ohnehin drinnen verbringen müssen, und für den Fall, dass wir an die frische Luft können, reicht eine Wetterjacke. Und die hast du schon eingepackt.«

Anne stemmte sich die Hände in die Seiten. »Und du? Sag mal, bist du gar nicht aufgeregt?« Sie zeigte auf Georgs Rucksack, der bereits fertig gepackt neben ihrem Bettpfosten stand. »Ist das alles, was du mitnimmst?«

Jetzt richtete Georg sich auf. »Nein und ja.«

»Wie, nein und ja?« Anne war verwirrt.

»Na, du hast mich gefragt, ob ich gar nicht aufgeregt bin. Meine Antwort ist: Nein, ich bin nicht aufgeregt. Warum auch? Wir werden quer durch das Land geschickt, damit wir an diesem Ferienkurs teilnehmen. Ich würde lieber zur Felsenküste fahren und die Tage dort verbringen. Und dann hast du mich gefragt, ob das alles ist, was ich mitnehmen will. Diesmal lautet die Antwort: Ja, das ist alles. Hab dir doch eben erst gesagt, dass wir die meiste Zeit drinnen hocken werden, um zu lernen.« Georgs Unmut war ganz offensichtlich.

Anne setzte sich zu Georg auf die Bettkante. »Sei doch nicht so voreingenommen. Bestimmt werden wir viel Spaß haben in dem Ferienkurs. Schau, Richard und Julius kommen auch dorthin. Das ist doch einfach ideal. Und Tim kannst du auch mitnehmen.«

»Das wäre ja auch noch schöner gewesen, wenn ich Tim nicht hätte mitnehmen dürfen. Dann würde ich garantiert nicht zu diesem dämlichen Kurs fahren!«

Anne seufzte. Es war doch nun wirklich nicht

selbstverständlich, dass sie einen Hund im Ferienkurs duldeten. Georg war aber auch manchmal zu undankbar.

Sie stand auf. »Du wirst sehen, schon allein die Fahrt dorthin wird ein feines Abenteuer. Wenn du mich fragst, ich finde es wahnsinnig spannend, mit dem Nachtexpress durch das ganze Land zu fahren. Ein bisschen wie in dem Film über den berühmten Orient-Express, den wir letztens gesehen haben.«

Doch Georg winkte ab. »Wir werden wahrscheinlich kein Auge zutun, weil es so rappelt und die Kojen vollkommen unbequem sind.«

Jetzt war Anne sauer. »Ach, Georg, du bist wirklich ein hoffnungsloser Fall. Musst du denn jetzt alles schlechtreden? Auch wenn wir die ganze Nacht nicht schlafen können, eine spannende Beschäftigung zu finden, das ist uns doch nun wirklich noch nie schwergefallen. Oder bist du da anderer Meinung?«

Georg starrte weiter an die Decke.

»Aber wenn du schmollen willst, dann tu das«, sagte Anne. »Ich allerdings würde dir empfehlen, mit Tim noch einen schönen langen Spaziergang zu machen. Er wird in den kommen Stunden nicht viel Gelegenheit haben, sich die Beine zu vertreten.«

»Hast ja recht.« Georg sprang aus dem Bett und nahm ihre Jacke vom Haken. »Komm, Timmi. Raus mit uns.«

Anne seufzte vor Erleichterung auf, als ihre Cousine das Zimmer verlassen hatte. Endlich konnte sie in Ruhe ihre Sachen zusammensuchen. Wenn sie doch nur wüsste, was sie einpacken sollte!

Am Abend des gleichen Tages standen Georg, Anne und Tim auf dem zugigen Bahnsteig. Ein Taxi hatte sie mitsamt ihrem Gepäck zum Zug gebracht. Anne begann zu schlottern, denn der Wind pfiff scharf um die Ecken. Doch Georg verzog noch immer keine Miene.

Anne warf einen Blick auf die Tafel mit dem Wagenstandsanzeiger und forderte ihre Cousine auf, ihr ein Stück den Bahnsteig hinunter zu folgen.

»Unser Abteil ist im Wagen 9«, erklärte sie mit einem Blick auf ihre Platzkarte. »Und der wird in Abschnitt B halten. Das ist dort hinten.«

Missmutig folgte Georg ihr, den Rucksack geschultert. Anne war froh, dass sie selbst einen kleinen Trolley mit Rädern besaß, sodass sie ihr Gepäck nicht schleppen musste. Immer wieder schaute sie auf die Bahnhofsuhr. Die Zeiger wollten und wollten sich kaum von der Stelle bewegen. Sie waren zeitig aufgebrochen, um ja pünktlich am Bahnhof zu sein, und nun wurde ihnen die Wartezeit lang.

Anne begann auf dem Pflaster Hüpfekästchen zu spielen und sprang von einem Bein aufs andere. Dabei wurde ihr auch endlich warm. Doch auch dafür hatte Georg nur einen spöttischen Blick übrig.

»Ach, Georg, nun hör endlich auf, so griesgrämig zu gucken«, schimpfte Anne. »Du verdirbst mir noch die ganze Laune. Bist du denn nicht gespannt, wie es sein wird, in der Nacht mit dem Zug zu fahren? Stell dir einfach vor, es wäre der Orient-Express: *Fünf Freunde im Orient-Express* – das klingt doch toll, oder?«

Endlich, als Anne schon glaubte, ihr müssten die Ohren erfrieren, kam der Zug ratternd und schnaufend in den Bahnhof gefahren.

Wie es nicht anders zu erwarten war, reckten Julius und Richard sich weit aus dem Fenster und winkten. Annes Brüder waren bereits zwei Stationen vorher in den Zug gestiegen, denn sie gingen in einem anderen Ort ins Internat.

»Hier, hier sind wir!«, rief Richard und war auch schon vom Fenster verschwunden. Er kam zur Tür, um Anne mit ihrem Koffer zu helfen.

Georg trug ihren Rucksack natürlich selbst. Georgina, wie sie eigentlich hieß, wollte schließlich lieber wie ein Junge auftreten, da gehörte es dazu, dass man sein Gepäck selbst schleppte.

Doch bevor sie den Zug besteigen konnten, mussten sie jede Menge Reisender aussteigen lassen. Anne platzte fast vor Ungeduld. Sie war so neugierig! Der Strom der Reisenden schien kein Ende zu nehmen. Endlich konnte Anne ihrem Bruder den Koffer reichen und hinter ihm durch den engen Gang zu ihrem Abteil eilen.

Julius hielt die schmale Tür auf. »Willkommen in unserem Luxuspalast!«, rief er lachend.

Anne zwängte sich an ihm vorbei und staunte. »Das ist ja perfekt!«

»Alles da, was das Herz begehrt«, sagte Julius.

»Für jeden eine Koje mit Leselampe und ein Schubfach, und ein eigenes winziges Bad haben wir auch.« Er öffnete eine noch schmalere Tür zu einer kleinen Waschkabine mit Toilette, Waschbecken und Spiegel.

»Das Gepäck müssen wir unter die unteren Kojen schieben«, erklärte Richard. »Wo wollt ihr schlafen, oben oder unten?«

Georg war in der Eingangstür stehen geblieben. »Mir egal.«

»Dann schlafen Julius und ich oben«, entschied Richard kurzerhand.

Georg schob sich an ihm vorbei, um aus dem Fenster zu sehen. »Auf jeden Fall ist es ganz schön eng hier, wenn wir alle gleichzeitig im Abteil sind.«

Anne winkte ab. »Ist doch piepegal. Seien wir froh, dass wir alle vier schlank sind. Und Tim passt auch noch mit rein.«

»Und außerdem werden wir nachts ja in den Kojen liegen. Wenn wir nach dem Abendessen aus dem Speisewagen kommen, gehen wir sowieso ins Bett«, erinnerte Julius.

Dass es mit ihrem Schlaf nicht viel werden

würde, konnten die Freunde zu diesem Zeitpunkt nicht wissen. Nein, zu diesem Zeitpunkt setzte sich erst einmal der Zug in Bewegung und gab ein schrilles Pfeifsignal von sich, als er den Bahnhof verließ.

Während draußen die Landschaft an ihnen vorüberzog, richteten die Freunde sich ein. Dann klappten sie den kleinen Tisch aus, der an der Wand unter dem Fenster hing, und spielten eine Partie Karten. Sogar Georg ließ sich überreden mitzumachen.

Anne schenkte aus einer Thermoskanne Tee aus und verteilte Plätzchen, sodass sie es richtig gemütlich hatten. Selbst Tim streckte wohlig alle viere von sich und nahm damit fast den gesamten Platz auf dem Boden des Abteils ein.

Endlich ließ sich auch Georg zu einem Lachen hinreißen. »He, Tim, du kannst dich aber jetzt nicht immer so breitmachen. Wenn nachts mal einer auf die Toilette muss, fällt er glatt über dich.«

»Oder wir müssen durch den Raum schweben«, meinte Richard grinsend.

Sie waren so in ihr Spiel vertieft, dass sie gar nicht merkten, wie die Dämmerung einsetzte. Erst nach einer Weile wurde Anne plötzlich bewusst, dass die Landschaft beinahe in der Dunkelheit verschwunden war.

»Julius, wie spät ist es eigentlich?«, fragte sie.

Julius warf einen Blick auf seine Armbanduhr. »Huch, höchste Zeit für das Abendessen!«

Richard rieb sich den Bauch. »Gott sei Dank. Ich spüre schon ein großes Loch dort, wo sonst immer mein Magen ist.«

Anne schüttelte verständnislos den Kopf. »Wenn ich das recht mitbekommen habe, dann warst du doch eben derjenige, der die meisten Plätzchen gefuttert hat.«

»Ja, aber jetzt habe ich Appetit auf etwas Herzhaftes«, erwiderte Richard unbeeindruckt. »Ich bin gespannt, was wir serviert bekommen.« Er sprang auf und scheuchte damit auch Tim auf die Pfoten. »Ja, und vor allem hoffe ich, dass es reichlich gibt. Es muss schließlich die ganze Nacht vorhalten.«

Anne verdrehte die Augen. Aber sie verschwieg ihm erst einmal, dass sie für den Fall des Falles noch eine Packung Salzcracker im Gepäck hatte.

Tim musste im Abteil zurückbleiben, als die Freunde zum Essen gingen. Der Speisewagen war bereits gut gefüllt. Viele Reisende hatten Platz genommen, um ihr Abendessen einzunehmen.

Alles wirkte sehr elegant: Der Boden war mit vornehmem dunklem Teppichboden ausgelegt und über den Tischen hingen kleine Messinglampen.

»Wie schön«, flüsterte Anne ehrfürchtig und schritt wie eine Dame durch den Gang.

Mit abschätzenden Blicken verfolgten die Reisenden an den anderen Tischen jeden Schritt der Freunde.

»Haben wir Geldscheine auf der Stirn kleben, oder warum glotzen die alle so?«, zischte Georg genervt.

Anne winkte ab. »Die sind nur nicht gewöhnt, dass Kinder allein reisen. Mehr steckt sicher nicht dahinter.«

Zu ihrer Freude bot der Kellner den Freunden einen Platz in der Mitte des Wagens an. Von hier hatten sie nämlich einen guten Überblick über den ganzen Raum, zwei in der einen und zwei in der anderen Richtung. So konnten sie gut einem ihrer Lieblingshobbys nachgehen: Leute beobachten.

Aber erst mussten sie Streichhölzer ziehen, um

auszulosen, wer in Fahrtrichtung sitzen durfte. Das Los traf Anne und Julius.

»Beim nächsten Mal tauschen wir dann«, schlug Anne vor.

Als Vorspeise bekamen die Freunde eine kräftige Hühnersuppe serviert, über die Richard sich gleich hermachte, ohne auf die Warnung des Kellners zu hören.

»Autsch, heiß!«, fluchte er und fächerte sich Luft in den offenen Mund.

»Das kommt davon, wenn man so gierig ist«, tadelte Anne und reichte ihm ein Glas mit Mineralwasser. »Hier, zum Kühlen.«

Mit dieser Aktion hatten die Freunde natürlich sogleich wieder die Aufmerksamkeit der Leute erregt, die neugierig ihre Köpfe drehten und zu tuscheln begannen.

Anne und Julius schräg gegenüber saß ein älteres Paar. Das fast weiße, dünne Haar der Frau war wie ein aufgeplustertes Spinnennetz um den Kopf drapiert. Sie hatte nicht nur eine spitze Nase, sondern spitzte auch den Mund, als sie vornehm die Suppe von ihrem Löffel schlürfte. Ihr Mann dagegen löffelte hastig. Die beiden saßen schweigend nebeneinander und schienen wenig Lust auf Konversation zu haben. Ganz im Gegensatz zu den drei Frauen am Tisch dahinter, die in einer Tour plapperten.

»Die drei da schnattern die ganze Zeit durcheinander«, flüsterte Anne kopfschüttelnd. »Ob da eine überhaupt hört, was die anderen sagen? Das ist eigentlich nicht möglich.«

»Huch, jetzt fängt es auch noch an zu regnen.« Georg tippte mit dem Zeigefinger an die Fensterscheibe, an der die Regentropfen vom Fahrtwind getrieben fast waagerecht entlangliefen. »Julius, wann halten wir noch mal in… in Dingenskirchen? Ich muss vor der Nacht mit Tim noch mal kurz raus.«

Julius blickte auf seine Uhr. »In einer Viertelstunde halten wir. Wie die Stadt heißt, habe ich auch vergessen. Auf jeden Fall werden wir dort lang genug halten, dass du mit Tim noch einmal auf dem Bahnsteig auf und ab laufen kannst.«

Georg beeilte sich, ihre Suppe aufzuessen. Sie wollte rechtzeitig in ihrem Abteil sein, um Tim zu holen und eine Regenjacke anzuziehen. Hastig stand sie auf und hätte dabei beinahe ihr Wasserglas umgestoßen. Wieder zog sie die Aufmerksamkeit der Leute auf sich. Die Frau mit der spitzen Nase starrte sie unverwandt an. Doch Georg blickte, wie das so ihre Art war, mit festem Blick und völlig unbeeindruckt zurück. Die Frau errötete und widmete sich sogleich wieder dem Essen, als könnte sie auf dem Boden der Suppentasse ihre Zukunft ablesen.

Als Georg wenig später mit Tim aus dem Zug hüpfte, schlugen ihr kalter Wind und feine Regentröpfchen entgegen, die wie Nadelstiche auf der Gesichtshaut brannten.

Reisende eilten über den Bahnsteig und duckten sich in den Wind oder hielten sich Regenschirme vor den Körper.

Georg musste lachen, als sie das große Schild entdeckte. Hatte sie vorhin einfach Dingenskirchen gesagt, weil ihr der Name der Stadt nicht mehr einfiel, so lag sie doch gar nicht so sehr daneben. Die Stadt, in der der Zug soeben gehalten hatte, hieß Donnerskirchen.

»Komm, Tim, beeilen wir uns«, rief Georg. »Ich möchte so schnell wie möglich wieder in den warmen Zug.«

Auch Tim hatte wenig Lust, sich dem ungemütlichen Wetter auszusetzen, und hob auf der anderen Seite des Bahnsteiges an einer Böschung das Bein. Mit vom Wind zerzaustem Fell trottete er dann hinter Georg zum Zug zurück und wäre beinahe direkt vor einem Mann im hellen Trenchcoat in den Zug gesprungen. Doch Georg hielt ihn gerade eben noch zurück.

»Verzeihung«, sagte sie zu dem Mann, der sie verärgert ansah. Sie blieb stehen, um ihm den Vortritt zu lassen.

Der Mann bestieg wortlos den Waggon. Er trug in der linken Hand einen weinroten Aktenkoffer und hatte einen sandfarbenen Seesack geschultert. Merkwürdige Kombination, dachte Georg und war froh, als sie endlich zurück in ihrem Abteil war und die nasse Jacke ausziehen konnte.

Stürmische Nacht

Einen Moment lang stand Georg mit der tropfenden Jacke da und überlegte, wohin sie diese hängen sollte. Eigentlich war es auch egal, denn Anne würde in jedem Fall schimpfen, dass sie den Boden nass tropfte.

Als sie endlich zu ihrem Tisch zurückkehrte, hatte der Kellner den Hauptgang längst serviert. Es gab ein Stück Rinderbraten mit Soße, dazu Rosenkohl und Salzkartoffeln. Eine deftige Mahlzeit!

Das fand wohl auch die Frau mit den Spinnenhaaren. Ihr war das Essen wohl allzu deftig. Mit zusammengepressten Lippen stocherte sie darin herum. Offenbar hatte sie keinen rechten Appetit.

»Das wurde auch Zeit, dass du wiederkommst«, sagte Anne mit vorwurfsvollem Unterton. »Dein Essen wird kalt.«

Georg ließ sich auf dem Stuhl nieder. »Ich hab mich doch schon beeilt. Aber ich musste auch Tim noch füttern. Auf jeden Fall ist es draußen plötzlich ganz schön ungemütlich.«

Anne rieb sich die Hände. »Umso gemütlicher finde ich es hier drinnen.«

Richard sagte gar nichts, sondern widmete seine ganze Aufmerksamkeit seiner Mahlzeit. Auch Julius haute ordentlich rein. »Ziemlich lecker«, kommentierte er mit vollem Mund.

Georg wies mit einem angedeuteten Kopfnicken zu der Frau mit den Spinnenhaaren und flüsterte: »Das sag mal der Spitzmaus da drüben.«

Beinahe hätte Julius sich verschluckt, so sehr musste er über den Namen lachen.

Anne warf ihm einen mahnenden Blick zu.

In diesem Moment entdeckte Georg den Mann. Sie erkannte ihn sofort wieder, als er den Speisewagen betrat. Es war der Mann mit dem Trenchcoat, der eben in den Zug gestiegen war. Seine Haare waren noch nass vom Regen und er wirkte nervös und abgekämpft. Für einen Moment blieb er stehen und blickte sich um. Es gab keinen ganz freien Tisch mehr. Dies passte ihm offenbar nicht, und es schien, als wolle er den Speisewagen wieder verlassen. Doch dann fragte er ausgerechnet die drei schnatternden Damen, ob er sich zu ihnen gesellen dürfe. Georg staunte.

Anne tippte Georg an. »Was ist mit dir? Du guckst, als wär eben ein Geist hereingekommen.«

Georg schüttelte den Kopf. »Ach nichts. Ich wunder mich nur darüber, dass ein allein reisender Mann sich ausgerechnet zu den Schnatterhühnern an den Tisch setzt. Mich würde das an seiner Stelle nerven.«

Anne lehnte sich grinsend zurück. »Aber Georg. Sei doch nicht so naiv. Warum wohl sollte sich ein allein reisender Mann zu drei Frauen an den Tisch setzen? Na, macht es klick?«

Endlich meldete sich Richard zu Wort. »Na, vielleicht reist er ja nicht nur allein, sondern lebt auch sonst allein.«

»Bingo!«, rief Anne.

Georg antwortete nicht. Anne konnte glauben, was sie wollte. Dieser Mann da sah nicht so aus, als sei er auf der Suche nach weiblichem Anschluss.

Aber jetzt wollte sie sich erst einmal das Essen schmecken lassen. Sie spießte einen Rosenkohl auf und schob ihn sich in den Mund. Anne hatte leider recht, das Essen war inzwischen nur noch lauwarm.

Anne drehte sich auf ihrem Stuhl um und schaute quer durch den Speisewagen. »Du meinst den Typen da?«

»Mensch, guck doch nicht so hin!«, zischte Georg. »Ja, hab ich doch gesagt. Der Mann, der bei den Schnatterliesen sitzt.«

Jetzt schaute Anne über Georgs Schulter hinweg und grinste wieder. »Er ist das Gegenstück zu einem anderen Mann, der zwei Tische hinter dir sitzt.«

Georg war in Versuchung, sich ebenfalls neugierig umzudrehen, aber sie konnte es sich eben noch verkneifen. »Wie meinst du das: Gegenstück?«

»Er reist offenbar auch allein«, erklärte Anne. »Zumindest sieht es nicht so aus, als ob er zu den anderen Leuten am Tisch gehört. Nur, dass dieser Mann da nicht so nervös wirkt wie der andere.«

»Hm«, sagte Richard mit vollem Mund. »Da hast du recht. Er sieht aus wie die Ruhe in Person.«

Georg beobachtete, wie der Trenchcoat-Mann beim Kellner bestellte. Dieser brachte ihm wenig später die Suppe und ein Bier.

Nun war Georg gespannt, ob dieser Mann in

seiner Hektik genau wie Richard die Suppe zu hastig essen und sich den Mund verbrennen würde.

Und richtig. Ihm passierte das Gleiche wie Richard. Schnell spülte er mit einigen gierigen Schlucken Bier nach. Sein Gesicht war nun rot vor Hitze.

Georg musste innerlich grinsen. Wie leicht manche Leute doch einzuschätzen waren!

Doch zu ihrem Erstaunen löffelte der Mann nur seine Suppentasse leer, trank das Bier aus und verließ den Speisewagen, ohne auf die Hauptspeise zu warten.

»Na, der hatte aber nicht viel Hunger«, sagte Anne, als der Mann an ihrem Tisch vorbeikam.

»Wenn du mich fragst, dann ist das ein Kandidat für Magengeschwüre«, meinte Georg. »Hektisch. Keine Zeit, in Ruhe zu essen. Immer auf dem Sprung. Total ungesund.«

»Und die beiden am Nebentisch ebenso«, wisperte Julius kaum hörbar. »Die gehen zum Lachen bestimmt in den Keller. Auch total ungesund.«

»Spitzmäuse gehören nun mal in den Keller«, erwiderte Georg, woraufhin Julius sich beinahe wieder verschluckte. »Vielleicht haben sich dort auch die Spinnenweben um ihren Kopf gewickelt.«

Die Frau mit den Spinnenhaaren warf Julius einen missbilligenden Blick zu. Der versuchte immer noch krampfhaft, nicht gleichzeitig zu husten und zu lachen.

Wenn die wüsste, warum, dachte Georg, als sie plötzlich bemerkte, dass ihr Anne wieder sehr aufmerksam über die Schulter sah. »Jetzt steht der andere Mann auch auf. Er hat auch nur seine Suppe gegessen. Den Rest hat er stehen lassen. Was für eine Verschwendung.«

»Magengeschwür, sag ich doch.« Georg schenkte sich Wasser aus der Karaffe nach.

»Ja, wirklich eine Verschwendung«, kommentierte Richard, dessen Teller bereits abgeräumt worden war. »Ich könnte seine Portion glatt noch mit verputzen. Stattdessen wird sie nun weggeworfen.« Er lehnte sich zurück und ließ seinen Blick schweifen. »Was sehen meine entzückten Augen da!«, rief er plötzlich, als er den Kellner mit einem Tablett herannahen sah. »Wir kriegen Nachtisch!«

»Vanillepudding oder rote Grütze?«, erkundigte der Kellner sich.

Georg und Julius wollten rote Grütze, während Richard sich nicht entscheiden konnte. Anne sah ihrem Bruder an, dass er am liebsten beides genommen hätte. Er wählte schließlich Vanillepudding aus. Also nahm Anne rote Grütze.

»Hier, du kannst meinen Nachtisch auch haben«, sagte sie und schob das Schälchen über die Tischplatte zu Richard hinüber, sobald der Kellner ihnen den Rücken zugedreht hatte. »Ich hab eh keinen Hunger mehr.«

»Ehrlich?« Richards Augen glänzten.

»Ehrlich.« Anne nickte. »Aber nicht, dass du nachher schlecht schläfst, weil du so vollgefuttert bist.«

»Glaub mir, liebe Anne«, erwiderte Richard. »Das wirst du garantiert nicht erleben, dass ich von zu vielem Essen schlecht schlafe. Das Gegenteil ist viel häufiger der Fall. Also, wenn ich nachts Hunger kriege …«

Anne schmunzelte und musste an die Salzcracker in ihrem Koffer denken.

Auf einmal tippte ihr jemand auf die Schulter. Eine Frau mittleren Alters, die Rücken an Rücken mit ihr gesessen hatte, fragte Anne, ob sie ihr kurz den Salzstreuer ausborgen könnte. »Das Salz auf unserem Tisch ist vollkommen verklumpt«, erklärte sie und bedankte sich, als Anne ihr das Gewünschte reichte.

Als sie sich erneut umdrehte, um Anne den Salzstreuer zurückzugeben, sagte sie: »Entschuldige bitte, wenn ich so neugierig frage, aber seid ihr ganz allein unterwegs?«

Anne lächelte freundlich. Die Frau wirkte nett, daher gab sie ihr bereitwillig Auskunft. »Meine Cousine, meine Brüder und ich sind auf dem Weg zu einem Ferienkurs. Es ist das erste Mal, dass wir die ganze Nacht über mit dem Schlafwagen fahren. Und Georgs Hund Tim ist auch mit dabei, aber den haben wir in unserem Abteil gelassen.«

»Georg ist sicher einer deiner Brüder?«, fragte die Frau und blickte von Richard zu Julius.

Anne lachte. »Nein, Georg ist unsere Cousine. Sie heißt eigentlich Georgina.«

Alle vier sahen die Frau erwartungsvoll an. An der Reaktion auf Georgs Namen konnte man oft ablesen, mit was für einem Menschen man es zu tun hatte. Sympathische und humorvolle Personen reagierten fast immer positiv auf Georgs Spitznamen. So auch diese Frau. »Wie originell!«, erwiderte sie. Und zu Georgs Freude fügte sie noch hinzu. »Aber dass ihr in den Ferien auch noch lernen wollt? Ferien sind doch dazu da, auszuspannen und Spaß zu haben.«

»Ja, gewiss, aber es ist auch immer spannend bei solchen Gelegenheiten andere Kinder und Jugendliche kennenzulernen und sich auszutauschen«, erwiderte Anne.

»Mein Mann Richard und ich sind jedenfalls auf dem Weg zu einem sehr schönen Termin«, erklärte die Frau und strahlte über das ganze Gesicht. »Unser Sohn Tom heiratet.«

»Oh, Ihr Mann heißt auch Richard?« Anne grinste. »Mein Bruder hier auch.«

»Wie nett!«, rief die Frau. »Na, dann wünsche ich uns allen eine angenehme Reise.«

Nun begann einer nach dem anderen zu gähnen. »Ich sehne mich jetzt nach meiner gemütlichen Koje«, gab Julius zu. »Es war ein anstrengender Tag.«

Tim freute sich wie wild, als die Freunde endlich in das Abteil zurückkehrten. Es gab ein ziemliches Gedrängel, weil alle gleichzeitig an ihr Gepäck wollten, um die Pyjamas und das Waschzeug herauszuholen. Einer nach dem anderen verschwand in dem winzigen Bad, doch schließlich lagen sie zufrieden in ihren Kojen und es kehrte Ruhe ein.

Georg hatte die olivgrünen Vorhänge vor dem regennassen Fenster zugezogen und so den Blick auf das schlechte Wetter ausgesperrt.

Die Laken, die um Wolldecken im selben Olivgrün geschlagen waren, rochen frisch und die kleinen Leselampen warfen ein gemütliches Licht in den kleinen Raum.

Auch Tim streckte sich nun wohlig brummend aus. Alle vier zogen sie ihre Bücher unter dem Kopfkissen hervor und begannen, begleitet vom Rattern der Räder, zu lesen. Vereinzelt hörte man leise Stimmen auf dem Gang. Im Nachbarabteil musste jemand heftig niesen und irgendwo weinte ein kleines Kind. Dann kehrte langsam Ruhe ein. Es wurde Nacht.

Anne war ganz vertieft in ihr neues Buch, das auf einem Pferdehof spielte. Sie las Seite um Seite. Doch schließlich wurden ihr, eingelullt durch das monotone Rattern der Räder, die Augenlider schwer. Immer öfter musste sie die gleichen Zeilen ein zweites oder drittes Mal lesen, weil sie so müde war.

Julius und Georg hatten ihre Leselampen bereits ausgeknipst, nur aus Richards Koje direkt über Anne drang noch gedämpftes Licht in den kleinen Raum. Julius schnarchte leise.

Gerade noch schaffte Anne es, das Buch zuzuklappen und unter das Kissen zu schieben, bevor auch ihr die Augen gänzlich zufielen. Langsam glitt sie hinüber in einen tiefen Schlaf.

Irgendetwas stimmte nicht. Georg hatte keine Ahnung, wie spät es war, als sie ein leises Quietschen hörte. Dann spürte sie ein Rucken.

Im ersten Moment wusste sie nicht, wo sie war, doch dann war sie mit einem Mal hellwach. Sie richtete sich auf. Auch Tim hob den Kopf.

Georg hob den Zeigefinger vor den Mund. Tim sollte leise sein und die anderen nicht wecken.

Irgendetwas war anders als vorhin. Der Wind pfiff noch immer um den Zug, ein anderes Geräusch aber fehlte. Das Rattern der Räder! Jetzt erst wurde Georg bewusst, dass der Zug nicht mehr hin und her wackelte. Sie standen!

Vorsichtig schwang sie die Beine über die Kante der Koje und setzte die Füße auf den Boden. Leise schlich sie zum Fenster und spähte durch den Vorhangschlitz. Noch immer peitschte der Regen gegen die Fensterscheibe.

Georg hielt sich die Hände neben die Augen und versuchte, im Dunkeln etwas zu erkennen. Ja, sie standen tatsächlich. Schemenhaft waren Bäume zu sehen. Sie hielten also auf freier Strecke.

Und was war das? Weiter vorn waren vereinzelt Lichter zu sehen. Dort liefen offenbar Leute mit Handscheinwerfern herum. Irgendetwas musste geschehen sein.

Auf Zehenspitzen huschte Georg durch das Abteil. Leise öffnete sie die Tür und spähte durch den Spalt. Weiter vorn waren mehrere Leute aus ihren Schlafwagenabteilen gekommen. Ihre flüsternden Stimmen klangen aufgeregt.

Plötzlich spürte Georg eine Hand auf ihrer Schulter.

»Julius!«, zischte Georg. »Musst du dich so anschleichen!«

»Ich wollte die anderen nicht wecken«, flüsterte Julius. »Was ist denn eigentlich los?«

»Der Zug hat angehalten«, erklärte Georg. »Mitten in der Prärie, wenn du mich fragst.«

»Aber warum denn nur?«, wisperte Julius.

Georg zuckte die Schultern. »Ich habe keine blasse Ahnung. Irgendwas muss passiert sein. Draußen sind Männer mit Scheinwerfern unterwegs.«

Julius zupfte Georg am Ärmel. »Komm, wir fragen mal, ob die anderen Leute was wissen.«

Erst als sie hinter Julius den Gang entlanglief, fiel Georg auf, dass sie barfuß unterwegs war.

Am Ende des Waggons hatten sich bereits einige Leute versammelt, darunter die Frau mit den Spinnenhaaren nebst Ehemann. Auch die Frau, die zur Hochzeit ihres Sohnes wollte, war mit ihrem Mann auf den Gang gekommen.

»Warum geht es nicht weiter?«, fragte sie. »Weiß jemand etwas Genaues? Wieso halten wir hier mitten in dieser einsamen Gegend?«

»Gewiss ein technischer Defekt«, mutmaßte der Mann der Spinnenhaare-Frau. »Ich bin sicher, dass das Personal das schnell in den Griff bekommt. Sie müssen wissen, dass unsere Leute gut ausgebildet sind.«

Seine Frau blickte in die Runde. »Mein Mann ist im Aufsichtsrat der Eisenbahngesellschaft.«

»Ich möchte nicht bei dem Wetter draußen im Dunkeln eine Lok reparieren müssen«, sagte Georg. »Die Leute tun mir leid.«

Die Spinnenhaare-Frau machte wieder ihr Spitzmausgesicht und sah Georg abschätzig an. Offenbar hielt sie es für unangebracht, dass Georg ihre Meinung kundtat. Und dann entdeckte sie auch noch Georgs nackte Füße und wandte umgehend den Blick ab.

Die andere Frau hatte diese Reaktion mitbekommen und zwinkerte Georg zu. »Du solltest aufpassen, dass du dich nicht erkältest«, sagte sie freundlich.

Aber Georg winkte ab. »Keine Sorge. Ich laufe viel barfuß herum.«

Der Ehemann der freundlichen Dame machte sich derweil auf den Weg zur Spitze des Zuges, um zu sehen, ob er etwas Genaueres in Erfahrung bringen konnte.

Plötzlich tippte Julius Georg auf die Schulter und bedeutete ihr mit einem Nicken, dass er auf der anderen Seite des Ganges etwas entdeckt hatte. Georg drehte den Kopf und erkannte sofort den Trenchcoat-Mann wieder. Mit seinem beigefarbenen Morgenmantel sah er fast genauso aus wie mit seinem Wettermantel. Nervös lief er den Gang ein Stück hinauf und spähte durchs Fenster. Doch als er bemerkte, dass Georg ihn beobachtete, machte er auf dem Absatz kehrt und verschwand in seinem Abteil. Aha, dachte Georg. Jetzt weiß ich, wo der Herr logiert.

Draußen wurden jetzt Stimmen laut. Männer riefen aufgeregte Kommandos, und immer mehr

Scheinwerfer erhellten die Nacht, während der Sturm unaufhörlich den Regen gegen die Fensterscheiben fegte.

Bald darauf kam der Mann der netten Dame zurück. »Schlechte Nachrichten«, sagte er und schüttelte den Kopf. »Die Gleise sind blockiert. Der Sturm hat einen Baum umgeworfen.«

Der Mann aus dem Aufsichtsrat rückte den Kragen seines Morgenmantels zurecht. Die Nachricht schien ihn zu beunruhigen, dennoch versuchte er, die Lage herunterzuspielen. »Nun, das dürfte kein größeres Problem darstellen.«

Doch der andere hielt seinem Blick stand. »Ich befürchte doch.«

Zwangspause

Inzwischen war auch Anne auf den Gang gekommen. Verschlafen rieb sie sich die Augen und gähnte herzhaft. »Was ist denn hier los? Gibt es hier ein mitternächtliches Kaffeekränzchen oder so?«

Georg grinste. »Wir könnten anregen, eins draus zu machen. Nein, im Ernst, wir sitzen hier erst mal fest. Wie es aussieht, hat der Sturm einen dicken Baum auf die Gleise stürzen lassen.«

»Ach du lieber Himmel! Hoffentlich kommen wir nicht zu spät zu unserem Ferienkurs.«

Julius lachte. »Das ist wohl deine größte Sorge, oder? Seien wir doch froh, dass der Lokführer den Zug rechtzeitig zum Stehen bringen konnte. Es hätte einen richtig schlimmen Unfall geben können. Der Zug hätte entgleisen können.«

Erschrocken hielt sich Anne die Hand vor den Mund. »Darüber habe ich noch gar nicht nachgedacht. Wie schrecklich! Da hatten wir wohl Glück im Unglück, wie?«

Julius nickte. »So nennt man das wohl.«

Georg zuckte die Schultern. »Und der Ferienkurs… Also, wenn wir da nicht pünktlich kommen, dann ist das eben höhere Gewalt.«

Anne rümpfte die Nase. »Glaub nicht, dass ich dich nicht durchschaue. Darauf spekulierst du doch nur.«

In diesem Moment kamen zwei Männer in Arbeitskleidung eiligen Schrittes vom Ende des Zuges her durch den Gang gelaufen. Die Fahrgäste drängten sich an die Seiten, um die Männer vorbeizulassen.

»Jetzt geht es bestimmt gleich weiter«, meinte ein älterer Herr zuversichtlich.

»Das hängt davon ab, ob die eine große Kettensäge an Bord haben«, warf Julius ein. »Wie sollen sie sonst den Baum von den Gleisen kriegen?«

»Da hast du recht«, sagte die Frau, die sie im Speisewagen kennengelernt hatten. »Wie war noch mal dein Name? Bist du Richard?«

»Nein, ich bin Julius«, erwiderte Julius. Dann drehte er sich zu Anne um. »Wo steckt eigentlich Richard?«

Anne wies mit dem Daumen über die Schulter. »Schlummert wie ein Murmeltier. Du kennst ihn doch. Wenn der einmal schläft, kriegt ihn so schnell keiner wach.«

»Entschuldigt, bitte, aber ich habe uns ja noch gar nicht vorgestellt, nur dass mein Mann Richard heißt«, sagte die Frau. »Wir heißen Finke.«

Anne reichte der Frau die Hand. »Und ich heiße Anne.«

Jetzt mischte sich der ältere Mann ein. »Glauben Sie wirklich, dass es noch lange dauern wird?«

Julius zuckte die Schultern. »Nun ja, so ein dicker Baum verschwindet ja nicht durch Zauberei. Man müsste die Feuerwehr verständigen, denke ich. Es wird ja wohl eine Funkanlage im Zug sein.«

»Und wenn nicht?«, fragte Anne ängstlich.

Frau Finke legte ihr beruhigend die Hand auf die Schulter. »Keine Sorge. Spätestens wenn der Zug nicht planmäßig die nächste Haltestelle erreicht, werden sie sich auf den Weg machen.«

»Aber der nächste planmäßige Halt wäre erst im Morgengrauen«, erinnerte Georg.

»Hoffen wir das Beste«, sagte der alte Mann traurig. »Meine Nichte erwartet mich nämlich. Ich habe sie so lange nicht mehr gesehen. Sie ist meine einzige Verwandte.«

Allmählich wurde der ganze Zug, der eben noch in tiefstem Schlummer gelegen hatte, wach. Eine Tür nach der anderen wurde geöffnet und die Fahrgäste traten verschlafen und in ihre Morgenmäntel gehüllt auf den Gang, um zu erfahren, warum der Zug hielt. Wie ein Lauffeuer sprach sich die Neuigkeit herum.

Georg beobachtete die Gesichter der Menschen. Jeder reagierte anders. Einige blickten seufzend aus dem Fenster und stellten sich wohl schon innerlich auf eine lange Wartezeit ein, an der sie ohnehin nichts ändern konnten. Andere verfielen in helle Aufregung, sprachen von Terminen oder Anschlusszügen, die sie verpassen würden, und schimpften auf das Zugpersonal.

Endlich ließ sich ein Schaffner sehen. Er stellte sich an das Ende des Ganges und erhob sich auf die Zehenspitzen, damit alle ihn sehen und vor allem hören konnten. »Meine Damen und Herren, bitte behalten Sie Ruhe«, versuchte er zu beschwichtigen. »Wie Sie bemerkt haben, gibt es ein kleines Problem. Die Gleise sind zurzeit blockiert. Die Hilfskräfte sind benachrichtigt und werden sicher in Kürze eintreffen, um die Strecke frei zu räumen. Bitte haben Sie etwas Geduld. Es wird gewiss bald weitergehen.«

Das Gemurmel unter den Passagieren wurde lauter. Einigen schien die Auskunft nicht zu genügen. Andere protestierten und taten ihren Unmut kund. Wieder andere redeten den Unzufriedenen ins Gewissen.

Julius nahm ein Gewirr von Satzfetzen wahr: »... nichts dafür ...«, »... höhere Gewalt ...«, »... Termin nicht verpassen!«, »... fordere eine Entschädigung ...«

Der Schaffner hob beschwichtigend die Hände. »Ich darf doch bitten, meine Herrschaften. Beruhigen Sie sich. Gehen Sie bitte in Ihre Abteile zurück und schlafen Sie getrost weiter. Die Sache wird in Kürze behoben sein.«

»Dann muss ich Sie bitten, meiner Frau eine Tasse Kamillentee ins Abteil zu bringen«, sagte der Mann der Spitzmausfrau. »Sie kann solche Aufregungen nicht gut verkraften.«

Julius warf Georg einen belustigten Blick zu, doch diese hatte ihre Aufmerksamkeit auf etwas ganz anderes gerichtet. Alle Leute aus diesem Waggon waren aus ihren Abteilen gekommen, um zu hören, was der Schaffner zu sagen hatte, nur das Abteil des Trenchcoat-Mannes war, nachdem er wieder verschwunden war, verschlossen geblieben. Ob es ihn gar nicht interessierte, was vorgefallen war?

»Ich habe wenig Lust, mich wieder hinzulegen«, sagte Julius mit entschlossener Miene. »Jetzt bin ich einmal wach. Jetzt will ich auch wissen, wie es weitergeht.«

Wieder versuchte Georg in die Dunkelheit zu spähen. »Außer den Scheinwerferlichtern kann man nichts erkennen.«

Unentschlossen lehnte sie sich mit dem Rücken an die Wand.

»Aber was willst du hier herumstehen?«, fragte Anne und musste erneut gähnen. »Du kannst doch eh nichts machen. Komm wieder mit ins Abteil und leg dich ins Bett. Der Mann hat doch gesagt, es geht gleich weiter.«

Aber Julius schüttelte entschieden den Kopf. »Geh du nur. Ich bleib noch ein bisschen.«

Anne wurde misstrauisch. »Ihr wittert doch nur ein neues Abenteuer? Also, ich für meinen Teil geh jetzt wieder schlafen. Außerdem wäre es blöd, wenn Richard aufwacht und alle sind weg.« Damit verschwand sie den Gang hinunter.

»Ich würde ja zu gern wissen…«, setzte Julius zu reden an. Doch Georg fiel ihm ins Wort.

»Dazu müssten wir raus und uns das Ganze mal von Nahem ansehen. Aber hast du Lust, bei dem Wetter aus dem Zug zu steigen?« Sie richtete ihren Blick auf ihre nackten Füße.

Julius zuckte die Schultern. »Warum eigentlich nicht? Wir haben Wetterjacken dabei.«

»Lass uns doch erst einmal so weit wie möglich nach vorn laufen«, schlug Georg vor. »Vielleicht können wir dann mehr sehen.«

Julius zuckte die Schultern. »Also gut.«

Auf ihrem Weg durch den Zug kamen Georg und Julius auch durch den Speisewagen. Obwohl die Küche längst geschlossen war, hatten sich hier einige Passagiere eingefunden, um wenigstens eine Tasse Tee oder Kaffee zu trinken. Eine Bedienung, die man wohl eilig geweckt hatte, servierte mit verschlafenem Blick die Getränke.

Georg wäre gern kurz hier geblieben, um sich ebenfalls mit einem Tee zu wärmen, doch Julius war bereits weitergeeilt.

»Hoffentlich kann man bis ganz nach vorn durchlaufen«, keuchte er.

Georg ärgerte sich jetzt, dass sie ihre Schuhe nicht angezogen hatte. In den Verbindungsräumen zwischen den Waggons mussten sie über kalte Bodenplatten aus Metall laufen, sodass ihr allmählich eine Gänsehaut an den Beinen hinaufkroch.

Im Triebwagen an der Spitze des Zuges tummelte sich eine Gruppe von Männern. Durch die Scheibe in der Zwischentür erkannten Julius und Georg auch die beiden, die soeben an ihnen vorbeigeeilt waren. Es war nicht zu übersehen, dass helle Aufregung herrschte. Julius schob die Tür auf.

Ganz vorn, direkt hinter dem Führerstand, stand eine Luke offen und eisiger Wind pfiff herein. Georg schlang sich die Arme um den Oberkörper und stellte sich auf die Zehenspitzen, um besser sehen zu können.

Männern, die sich draußen durch den Sturm kämpften, wurden Kommandos zugerufen. Julius und Georg sahen, wie ihnen Eisenstangen und Ketten hinausgereicht wurden.

Julius ging zum Fenster und versuchte, etwas

zu erkennen. Da! Zuerst glaubte er, seinen Augen nicht trauen zu können, als sich die Silhouette des umgestürzten Baumes vor dem tintenblauen Himmel abhob. Rasch winkte er Georg zu sich heran.

»Das glaubst du kaum!«, zischte er. »So ein Riesenmonstrum! Da können wir ja wirklich froh sein, dass das Teil nicht auf den Zug gestürzt ist.«

Georg hielt sich die Handflächen an die Schläfen und spähte hinaus. Ihr Atem schlug sich auf der Scheibe nieder. Ungeduldig wischte sie das Glas mit der Handkante frei. Jetzt sah auch sie den Baum. »Puh, das kann dauern, bis die den da weg haben. Von wegen, es geht sicher gleich weiter. Ich frage mich, was sie da mit Ketten und Stangen ausrichten wollen.«

In diesem Moment wurde einer der Männer auf Julius und Georg aufmerksam. »He, ihr beiden. Ihr habt hier überhaupt nichts verloren. Verschwindet. Aber sofort!«

Julius hob die Hände zu einer hilflosen Geste. »Entschuldigung, wir wollten nur gucken, was …«

»Hier gibt's nichts zu gucken!«, maulte der Mann. »Verschwindet. Aber dalli!«

Sein Kollege legte ihm die Hand auf die Schulter. »Lass doch, Bobby, die Kinder sind doch nur neugierig.«

Aber der andere entzog ihm mürrisch die Schulter und kam entschlossen auf Julius und Georg zugestapft.

Schon waren die beiden durch die Schiebetür verschwunden und eilten den Gang hinunter.

»Puh, mit dem ist aber nicht gut Kirschen essen«, keuchte Georg, als sie wieder im Speisewagen angelangt waren. »Keine Ahnung, warum der sich so aufgeregt hat.«

Julius zuckte die Schultern. »Vielleicht wollen sie nicht, dass sich herumspricht, dass es sich doch um ein größeres Problem handelt. Ohne die Feuerwehr oder das technische Hilfswerk werden sie das Monstrum nie von den Gleisen kriegen.«

Georg kratzte sich nachdenklich am Kinn. »Und dann stellt sich noch die Frage, ob die Gleise was abbekommen haben. Bei solch einem schweren Baum könnte ich mir das durchaus vorstellen. Und wenn das der Fall ist, dann …«

Julius seufzte. »Also, wenn du mich fragst, dann werden wir hier sicher noch die ganze Nacht stehen. Wir sollten doch ins Bett gehen. Ich glaube nicht, dass wir was verpassen.«

Georg trat mittlerweile von einem Fuß auf den anderen. Es wäre zu blöd, wenn sie sich jetzt auch noch eine Erkältung einfangen würde. Sich in der kuscheligen Bettkoje die Füße zu wärmen, das wäre sicher nicht das Schlechteste. »Okay. Nehmen wir eine Mütze Schlaf und schauen wir, was passiert.«

Wie zwei Mäuschen schlichen Julius und Georg zurück in ihr Schlafwagenabteil. Vorsichtig stiegen sie über Tim, der sich auf dem Boden ausgestreckt hatte und nun neugierig den Kopf hob.

»Pst!«, machte Georg. »Sei bloß leise, Tim.«

Leise brummend ließ Tim den Kopf wieder sinken.

Aus Richards Koje drang noch immer leises Schnarchen. Er hatte sich die Decke bis zur Nasenspitze hochgezogen, während Anne sich wie ein Kätzchen eingekringelt hatte. Auch sie war wieder fest eingeschlafen.

Georg atmete auf, als sie ihre eisigen Füße endlich in die Bettdecke wickeln konnte. Es schmerzte sogar ein bisschen, als sich endlich wieder Wärme in den Füßen ausbreitete. Doch sie war zu aufgekratzt, um sogleich einzuschlafen. Sie knipste die kleine Lampe an und begann im warmen Lichtschein ein wenig zu lesen. Allerdings drifteten ihre Gedanken immer wieder ab. Sie war froh, hier unter der warmen Decke liegen zu können, und hatte Mitleid mit den Männern, die sich draußen bei dem heftigen Sturm mit dem dicken Baum abmühen mussten.

Es hatte keinen Sinn. Sie konnte sich einfach nicht auf das Buch konzentrieren, das sie im Übrigen ohnehin nicht sonderlich fesselte. Sie hätte es wissen müssen, denn ihre Klassenkameradin Conny hatte es ihr geliehen, und die hatte einen so ganz anderen Geschmack.

Irgendwann schlug Georg das Buch zu und legte es unter das Kopfkissen. Sie knipste die Lampe aus, schloss die Augen und horchte auf den Wind, der unvermindert um den Zug fegte und den Regen gegen die Scheibe peitschte.

Doch der Schlaf wollte sich nicht einstellen. Obwohl Georgs Füße nun wieder wohlig warm waren und die Koje sogar ziemlich bequem.

Auch Julius konnte nicht schlafen. Er drehte sich in der Koje über Georg von einer Seite auf die andere und ärgerte sich über das brüske Auftreten dieses Bobby. Warum sollte er nicht ein bisschen dabei zusehen, wie die Männer versuchten, den Schaden zu beheben? Ob die Männer Order von ihren Vorgesetzten hatten, das wahre Ausmaß des Schadens geheim zu halten? Einerseits konnte Julius verstehen, dass man eine allzu große Aufregung unter den Passagieren verhindern wollte. Andererseits würden am nächsten Morgen ohnehin alle merken, dass es nicht weiterging!

Ob es schon gelungen war, die Rettungskräfte zu alarmieren? Die hätten doch schon längst da sein müssen, oder?

»He, Julius, kannst du auch nicht einschlafen?«, flüsterte Georg plötzlich.

Julius beugte sich über die Bettkante. »Nein, und du offensichtlich auch nicht.«

Georg richtete sich in ihrer Koje auf. Sie sprach so leise es eben ging, um Richard und Anne nicht zu wecken. Gerade die Cousine hatte einen leichten Schlaf. »Was meinst du, sollen wir es noch einmal wagen, uns das Unglück aus der Nähe anzusehen?«

»Ich bin dabei!«, flüsterte Julius und kletterte auch schon geschmeidig wie eine Katze aus dem oberen Bett. »Diesmal müssen wir es aber geschickter anstellen. Ich werde mich wetterfest ausrüsten.«

Zum Glück hatten die Freunde ihre Jacken an den Garderobenhaken gehängt, sodass sie nicht lange im Gepäck kramen mussten. Dicke Socken zogen sie an und schlüpften dann in ihre Schuhe.

»Warte!«, zischte Georg, als Julius schon nach der Türklinke griff. Sie fasste in ihren Rucksack und fand auf Anhieb ihre Taschenlampe.

Julius hob den Daumen.

Georg schnalzte leise. »Tim nehmen wir besser mit«, wisperte sie. »Wenn wir ihn hierlassen, fängt er noch an zu fiepen.«

Dann schlichen sie aus dem Abteil.

Schreie in der Nacht

Als Julius die Waggontür öffnete, schlug ihnen die eisige Luft wie eine Wand entgegen. Georg verschlug es im ersten Augenblick schier den Atem. Wollte der Sturm denn gar nicht nachlassen? Winselnd wich Tim zurück, doch da war Julius schon mit einem beherzten Sprung in dem dunklen Viereck verschwunden.

»Georg, pass auf, wenn du raussteigst«, warnte er. »Es ist ganz schön tief und außerdem ziemlich rutschig hier.«

Als Georg mit den Füßen auf dem morastigen Boden landete, war sie froh, dass Julius sie gewarnt hatte. Da es hier auf freier Strecke keinen Bahnsteig gab, war es ein gutes Stück zwischen der untersten Stufe und dem Boden. Beinahe wäre sie ausgerutscht, doch Julius hatte sie schnell am Arm gepackt.

»Junge, Junge«, stöhnte Georg und musste im Windschatten des Waggons erst einmal tief durchatmen. Und da kam auch schon Tim an ihr vorbeigesegelt und landete sicher im Matsch.

Julius reckte sich und schob die Tür zu. Es musste ja nicht unbedingt jemand mitkriegen, dass sie aus dem Zug gestiegen waren.

Die Taschenlampe fest umklammert, stiefelte Georg vorweg. Dabei setzte sie umsichtig Fuß vor Fuß, um nicht auszugleiten oder zu straucheln, denn die Böschung neben dem Bahndamm war voller Gestrüpp. Langsam näherten sie sich der Spitze des Zuges und mussten zu ihrer Verwunderung erkennen, dass kein Scheinwerferlicht mehr zu sehen war. Dennoch machte Georg vorsichtshalber die Taschenlampe aus, damit sie nicht entdeckt wurden.

»Da!«, zischte Julius, der jetzt dicht neben ihr war. »Die sind alle wieder in den Waggon gestiegen.«

Durch die Fenster sahen sie in dem hell erleuchteten Triebwagen an der Spitze des Zuges die Männer. Einige saßen, manche standen. Es wurde hitzig debattiert.

»Bestimmt müssen sie sich mal aufwärmen«, meinte Georg und rieb sich fröstelnd die Arme. »Schau, da ist die Bedienung aus dem Speisewagen.«

Die junge Frau lief zwischen den Männern hin und her und reichte ein Tablett mit Tassen herum.

»Wenn die alle da drin sind, dann ist das für uns die Gelegenheit, uns hier mal genauer umzusehen«, rief Julius gegen den Wind an.

Georg begann schon jetzt, in ihrer Pyjamahose zu schlottern. Sie war froh, dass sie wenigstens dicke Socken, feste Schuhe und ihre Wetterjacke anhatte, und zog die Kapuze enger um den Kopf.

»Komm!«, rief Julius mit einem Nicken.

Sie liefen ganz dicht am Zug entlang. So war die Gefahr am geringsten, dass sie durch das Fenster gesehen werden konnten. Georg streckte die Hand aus, um Halt an der Außenhaut des Stahlkolosses zu finden.

»Au Backe!«, rief Julius, als sie die Spitze des Triebwagens erreicht hatten. Der Zug war tatsächlich nur wenige Meter vor dem umgekippten Baum zum Stehen gekommen.

Auch wenn sie es nicht wagten, die Taschenlampe wieder anzuknipsen, konnten Julius und Georg doch im spärlichen Licht, das aus dem vordersten Waggon auf die Gleise und die Böschung fiel, erkennen, dass überall Ketten und Eisenstangen herumlagen. Offensichtlich hatten die Arbeiter damit rein gar nichts ausrichten können.

»Eins ist sicher, professionelle Rettungskräfte mit entsprechendem Gerät sind hier nicht am Werk«, zischte Georg.

»Hoffentlich konnten sie die überhaupt benachrichtigen«, erwiderte Julius, aber darauf antwortete Georg nichts. Ihretwegen hätten sie noch lange hier festsitzen können. Sie hatte so wenig Lust auf diesen Ferienkurs!

Tief gebückt, um nicht gesehen zu werden, tasteten sich Julius und Georg an dem Baumstamm entlang, um sich ein Bild vom ganzen Ausmaß des Unglücks zu machen. Die Rinde fühlte sich rau und nass an.

Es war ziemlich schwierig, die Böschung zu überwinden. Im selben Moment, als das Brennen auf den Beinen begann, wusste Georg, dass sie soeben durch ein Brennnesselfeld liefen. Fluchend folgte sie Julius weiter. Jetzt wagten sie es auch, die Taschenlampe anzumachen, denn sie hatten das Ende des Baumstammes erreicht.

Julius hatte erwartet, im Schein der Lampe eine riesige Baumwurzel zu sehen, deren spindeldürre

Finger in den Nachthimmel ragten. Doch was er da erkannte, verschlug ihm schier die Sprache.

»Ich fress einen Besen!«, rief er erschrocken.

»Was ist?« Georg fasste ihn bei der Schulter. »Was hast du entdeckt?«

»Schau doch selbst!«

Georg leuchtete die Stelle gründlich ab. Zuerst wusste sie nicht, was er meinte, doch dann sah sie es auch.

Plötzlich zuckte sie zusammen und schaltete instinktiv die Lampe aus. »Was war das, Julius? Hast du das auch gehört?«

Julius spitzte die Ohren, doch je mehr er sich zu konzentrieren versuchte, desto lauter schien das Rauschen des Sturms zu werden. »Keine Ahnung, was das war. Vielleicht hat ein Ast im Wind geknarrt.«

Georg wandte sich zum Zug um. Unheimlich war das plötzlich. »Nein, ich finde, das klang eher wie …«

In diesem Moment trug der Wind das Geräusch erneut zu ihnen herüber.

»… ein Schrei!« Julius und Georg blickten sich entsetzt an. Tim begann zu fiepen.

Georg spürte, dass ihr eine Gänsehaut über den Rücken kroch.

Julius packte Georg am Ärmel. »Besser, wir hauen ab. Sehen wir zu, dass wir zurückkommen.«

Georg nickte. Mit einem Mal war es ihr wirklich unheimlich und sie hatte nur einen Gedanken: Zurückzukommen in den sicheren Zug.

Doch sie hatte die Rechnung ohne Tim gemacht. Ihm kam es gar nicht in den Sinn, Georg und Julius zu folgen. Er wollte lieber in die Dunkelheit hinauslaufen und suchen, woher diese Schreie gekommen waren.

»Tim, komm endlich!«, brüllte Georg gegen den Wind an. Ihr war es jetzt egal, ob sie drinnen im Waggon jemand hörte. Sie wollte nur noch zurück. »Tim!«

Doch Julius zog sie weiter. »Auf Tim können wir jetzt keine Rücksicht nehmen, Georg! Lass ihn. Er wird schon kommen.«

Georg war das nicht geheuer. Doch was hatte sie für eine Wahl? Widerstrebend folgte sie Julius.

Julius hetzte am Zug entlang, den Blick auf die Waggons geheftet. Welcher war denn nun ihrer gewesen? Im Dunklen sahen sie alle gleich aus.

»Hier! Hier ist es!«, keuchte Julius, als er die kleine weiße Neun auf dem Wagen entdeckte, und reckte sich nach dem Türgriff. »Mist, so komme ich nicht ran! Komm, ich hieve dich hoch!«

Georg hob den Fuß, so hoch sie es vermochte, und erreichte mit der Fußspitze die unterste Stufe, während Julius sie mit den Händen unter dem Hinterteil packte und hochstemmte. Mit einem Ruck langte Georg an den Griff und die Tür schwang auf. Georg fasste die Haltestange, die an der Seite befestigt war, und zog sich ins Innere. Bevor sie Julius die Hand reichte, spähte sie in die Dunkelheit. Sie konnten doch Tim nicht da draußen zurücklassen! Er würde niemals allein in den Zug klettern können.

Georg fasste sich ein Herz, steckte zwei Finger zwischen die Lippen und schickte einen lauten Pfiff in die Nacht hinaus. Jetzt war es ihr schnurzegal, ob jemand sie bemerkte.

Und tatsächlich kam im selben Moment ein heller Fleck aus der Dunkelheit herangeschossen.

»Tim, da bist du ja endlich, du Ausreißer!«, rief Julius erleichtert und packte den Hund unter dem Bauch, um ihn in den Zug zu bugsieren. Dann ergriff er Georgs Hand und ließ sich von ihr ebenfalls hineinziehen. Mit einem Knall fiel die Tür ins Schloss.

Das Herz schlug Julius und Georg bis zum Hals, als sie wieder in ihr Schlafwagenabteil schlüpften. Georg schleuderte nur noch die Schuhe von den Füßen und kauerte sich dann mit Jacke und Socken in die Decke gewickelt in ihre Koje. Das Blut rauschte in ihren Ohren wie ein Wasserfall und der Herzschlag wollte nicht zur Ruhe kommen. Außerdem brannten ihre Waden von den Brennnesseln wie Feuer. Tausend Gedanken fuhren ihr durch den Kopf. Was war da draußen los gewesen? Warum hatte jemand geschrien? Und wer war das gewesen? Es war offenbar kein Zufall, dass der Zug anhalten musste. Hatte es jemand auf die Reisenden im Zug abgesehen? Waren sie hier sicher?

Später erst, als sie Tim erlaubte, ebenfalls in die Koje zu klettern, und dieser sich an sie kuschelte, übermannte sie endlich der Schlaf.

Als Richard die Augen aufschlug, drangen bereits erste Sonnenstrahlen durch den Spalt zwischen den Vorhängen. Er brauchte einen Moment, um zu realisieren, wo er sich befand. Zu seinem Erstaunen musste er feststellen, dass der Zug stand.

Er lugte über den Rand seiner Koje. »Pah, was ist das denn für eine Sauerei!«, entfuhr es ihm. Mitten auf dem Boden lagen zwei Paar lehmverschmierte Schuhe und im Eingangsbereich war der gesamte Fußboden ebenfalls mit Lehm beschmutzt. Ob Tim mitten in der Nacht rausgemusst hatte? Und wo war Tim überhaupt? Der schlummerte doch tatsächlich seelenruhig in Georgs Bett!

Was hatte das denn zu bedeuten? Und warum fuhr der Zug noch immer nicht?

Vorsichtig spähte Richard durch den Vorhangspalt. Der Sturm hatte sich gelegt. Doch Richard konnte nicht weit genug nach vorn sehen, um zu erkennen, ob dort etwas vor sich ging.

Sein Magen knurrte leise. Wie spät es wohl sein mochte? Ob es schon Frühstück gab?

Vorsichtig, um Anne, die unter ihm schlief, nicht zu wecken, ließ er sich aus seiner Koje gleiten, um auf seine Uhr zu schauen, die in seiner Hosentasche steckte.

Doch Tim hatte natürlich mitbekommen, dass

sich etwas regte, und als er verschlafen seinen Kopf hob, wurde auch Georg wach. Sie rieb sich die Augen und blickte in Richards grinsendes Gesicht. »Du glaubst nicht, was hier heute Nacht los gewesen ist«, sagte sie gähnend.

Richard zeigte auf den schmutzigen Boden. »Lass mich raten, ihr wart mit Tim draußen, du und Julius.«

»Ja, schon.« Georg wickelte sich aus der Decke. Sie fror immer noch ein wenig. Hoffentlich habe ich mich nicht erkältet, dachte sie. »Die Strecke ist von einem umgestürzten Baum blockiert, aber …«

»Der Baum!«, rief Julius dazwischen, der nun ebenfalls aufgewacht war und seinen Kopf über die Bettkante reckte. »Der Baum ist nicht einfach so auf die Gleise gekippt.«

»Wie meinst du das ›nicht einfach so‹?«, fragte Richard.

Julius setzte sich auf und ließ die Beine über die Bettkante baumeln. »Wir haben uns heute Nacht da draußen mal ein bisschen umgesehen, und weißt du, was wir entdeckt haben? Der Baum wurde umgesägt!«

»Was?« Jetzt war auch Anne hellwach. »Was hast du da gesagt? Der Baum wurde umgesägt?«

Julius nickte heftig. »Und es ist ein riesenhaftes Monstrum, sag ich euch. Den kriegen die da so schnell nicht weg.«

Richard zog die Augenbrauen hoch. »Aber das bedeutet doch …«

»… dass jemand den Zug absichtlich zum Stehen bringen wollte«, vollendete Georg den Satz.

»Und zwar in einer ziemlich schwer zugänglichen Gegend, wie es scheint«, führte Julius den Gedanken weiter. »Rettungskräfte haben wir heute Nacht jedenfalls nicht gesehen.«

Julius zog den Vorhang auf und ließ die Sonne herein. »Und wie es scheint, sind noch immer keine da.«

»Dafür haben wir etwas anderes mitbekommen«, sagte Georg jetzt etwas leiser.

»Was denn?«, fragte Anne und hüpfte nichts ahnend aus dem Bett. »Igitt! Was ist das denn für eine Schweinerei?« Sie stand barfuß mitten in den Lehmklumpen, die Georg und Julius hereingeschleppt hatten. »Verdammt, wenn das auf dem Gang auch so aussieht, dann wissen aber jetzt alle von eurem Ausflug.« Anne hob die Schuhe mit spitzen Fingern hoch und stellte sie zur Seite.

Georg rümpfte die Nase. »Du hast recht. Darum müssen wir uns gleich kümmern.«

»Aber jetzt sag endlich, was ihr heute Nacht mitbekommen habt«, erinnerte Richard.

»Da waren Schreie«, berichtete Julius. »Gerade als wir ganz vorn bei dem Baum waren. Man konnte bei dem Sturm nicht so genau heraushören, aus welcher Richtung sie kamen.«

Georg nickte. »Ja, beim ersten hab ich gedacht, ich hab mich verhört, aber beim zweiten war ich mir sicher, dass es ein Schrei war.«

Anne rieb sich die Arme. »Uah, das ist ja richtig unheimlich.«

»Ja, deshalb haben wir auch ordentlich Fersengeld gegeben«, sagte Georg. »Wer weiß, was für Typen da draußen rumlungern und auf wen sie es abgesehen haben.«

Richard verzog das Gesicht zu einem Grinsen. »Das ist ja wie im Wilden Westen. Wisst ihr übrigens, ab wann es Frühstück gibt?« Er warf einen Blick auf seine Uhr. »Es ist erst sechs Uhr.«

Anne schüttelte verständnislos den Kopf. »Dass du auch immer nur ans Essen denken kannst. Da draußen laufen irgendwelche Verbrecher rum und haben vielleicht schon ihr erstes Opfer überfallen, und du denkst ans Frühstück.«

Richard zog die Schultern hoch. »Aber essen muss man doch, liebe Anne. Sonst kann man nicht nachdenken.«

Julius hüpfte von der Bettkante. »Richard hat recht. Machen wir uns fertig und schauen mal, ob es schon was Leckeres für uns gibt. Und dann schauen wir, ob wir herausfinden, was es mit dem Schrei auf sich hat.«

Anne sah ihren Bruder erstaunt an. »Herausfinden? Ja, aber willst du den Vorfall denn nicht melden?«

Julius legte Anne die Hände auf die Schultern. »Warum die Pferde scheu machen. Vielleicht wollte ja noch jemand aus dem Zug steigen und ist schlicht und ergreifend hinuntergefallen. Da geht es nämlich ganz schön tief runter.«

»Genau«, sagte Georg. »Und wenn gleich jemand zum Frühstück gehumpelt kommt, dann wissen wir Bescheid.«

Anne schob Julius' Hände unwirsch von ihren Schultern. Sie konnte es nicht leiden, wenn die anderen sie wie ein kleines Kind behandelten. Ihr war doch längst klar, dass Georg und ihre Brüder ein neues Abenteuer witterten.

»Ich geh als Erste ins Bad«, sagte sie trotzig und verschwand hinter der schmalen Tür.

Georg stieß einen leisen Pfiff aus. »Junge, Junge, da ist aber jemand geladen. Kommt, sehen wir zu, dass wir den Dreck hier wegkriegen, um ihr Gemüt ein wenig zu beruhigen.«

Zum Glück fand Julius in dem winzigen Schrank Handfeger und Kehrblech, und da der Lehm schon ziemlich getrocknet war, ließ sich das Gröbste damit gut entfernen.

Richard zog das Fenster herunter und mit einem Schwupp war der Lehm verschwunden. Georg steckte derweil die Nase durch den Türspalt. »Hm, ich glaube, im Gang sollten wir lieber auch kehren, bevor alle munter werden.«

Schnell machte Richard sich an die Arbeit. Hier im Gang war der Boden mit Linoleum belegt, daher war der Lehm leichter zu entfernen als vom Teppichboden im Schlafwagenabteil.

Julius verschränkte zufrieden die Arme. »Das ist ja echt nett von dir, Brüderchen, dass du unseren Dreck wegmachst.«

Aber Richard winkte ab. »Ich will doch nur so schnell wie möglich zu meinem Frühstück kommen. Nichts weiter steckt dahinter.«

»Das Bad ist frei!«, rief Anne, und schon stürmten alle drei zurück ins Abteil.

Georg hielt Julius am Ärmel zurück. »Lassen wir Richard den Vortritt. Er hat die Arbeit gemacht und hat den größten Hunger.«

»Ich beeil mich auch!«, versprach Richard. »Ich mach nur Katzenwäsche.«

Als er kurz danach auch schon wieder aus dem winzigen Bad trat, meinte Julius: »Dann geh doch zusammen mit Anne schon einmal in den Speisewagen. Damit du uns nicht vom Fleisch fällst.«

»Und sucht einen guten Tisch aus!«, rief Georg ihnen hinterher.

Auch sie hielt sich nicht lange im Bad auf und wartete dann auf Julius. Da sie aber wenig Lust hatte, so lange im Abteil zu hocken, trat sie schon einmal auf den Gang. Langsam schlenderte sie auf und ab. Noch war es ruhig. Hier und da hörte man in den anderen Schlafwagenabteilen das Wasser rauschen oder jemanden husten. Ganz am Ende ging eine Tür auf und ein Paar machte sich auf den Weg zum Speisewagen. Sie grüßten freundlich, als sie an Georg vorbeikamen. Die Frau warf einen belustigten Blick auf Tim, der hechelnd neben Georg stand. Dann tuschelte sie mit ihrem Mann und begann zu kichern.

Georg wusste nicht, ob sie über Tim lachte oder über die Tatsache, dass er mit ihnen reiste.

Wo blieb denn nur Julius? Ungeduldig durchmaß Georg den Gang, als ihr Blick plötzlich an einer Tür hängen blieb. Auch dort befanden sich Lehmspuren auf dem Boden.

Einer fehlt

Langsam erwachte der Zug. Je mehr Leute in den Speisewagen kamen, desto lauter wurde das Gemurmel. Alle wunderten sich, dass sich der Zug entgegen der Ankündigung nicht von der Stelle bewegt hatte. Es wurde wild spekuliert, ob womöglich noch Schlimmeres passiert war. Ob das Personal etwas verschwieg? Einige Reisende nahmen es gelassen oder mit Humor, andere waren nun sichtlich nervös. Herr und Frau Finke machten lange Gesichter. Waren sie in der Nacht noch zuversichtlich gewesen, rechtzeitig zur Hochzeit ihres Sohnes anzukommen, so schien diese Hoffnung nun zu schwinden. Auch der ältere Herr, der auf dem Weg zu seiner Nichte war, saß in sich gekehrt an einem Tisch und blickte traurig in seine Teetasse. Er tat Anne leid. Sie hätte ihn gern aufgemuntert, wusste aber nicht wie.

»Oh, Achtung!«, zischte Georg plötzlich grinsend, als auch schon der Mann der Spinnenhaare-Frau mit hochrotem Kopf an ihnen vorbeigestürmt kam. »Das darf doch wohl nicht wahr sein!«, fluchte er vor sich hin. »Die sollen sich warm anziehen!«

»Uiuiui«, machte Julius und schob sich eine Gabel voll Rührei in den Mund.

Kurz darauf geleitete der Zugchef den Mann zurück zu seinem Tisch und stellte ihm eine Tasse Kaffee vor die Nase. Er sprach sehr leise, aber die Freunde konnten trotzdem verstehen, was er sagte. »Hören Sie, ich kann Ihnen keine andere Auskunft geben. Wir warten noch immer auf die Rettungskräfte.«

Der Mann schlug mit der Faust auf den Tisch, dass der Kaffee überschwappte. »Ja, wie lange soll das denn noch dauern!«

»Wir befinden uns hier leider in einem schwer zugänglichen Gelände«, erklärte der Bahnbeamte um Ruhe bemüht. »Auf der einen Seite ist die Zufahrtsstraße von dem heftigen Regen unterspült worden und deshalb nicht befahrbar, und auf der anderen sind weitere Bäume umgestürzt. Die Rettungskräfte müssen sich selbst erst einen Weg bahnen.«

»Pah, Rettungskräfte!«, maulte der Mann. »Schöne Rettungskräfte sind mir das. Müssen sich erst mal selber retten. Ha, ha!«

»Auch ein Kandidat für Magengeschwüre«, flüsterte Georg hinter vorgehaltener Hand.

»Anders als seine Frau«, erwiderte Anne leise. »Sie nippt brav an ihrem Kamillentee.«

Georg grinste. »Vermutlich hat sie bereits eins.«

Allmählich fanden sich alle Reisenden im Speisewagen ein, und langsam, aber sicher wurden die Stimmen ruhiger und die Menschen widmeten sich ihrem Frühstück.

Die junge Frau, die in der Nacht die Getränke herumgereicht hatte, wirkte müde und erschöpft, während sie durch die Reihen ging und Kaffee und Tee nachschenkte. Als sie an den Tisch der Freunde kam, lächelte Anne ihr aufmunternd zu. »Sie hatten wohl auch eine lange Nacht, nicht wahr?«

Die junge Frau nickte und unterdrückte ein Gähnen. »Ich habe kaum ein Auge zugetan.« Dann warf sie einen Blick auf die Uhr an der Stirnseite des Wagens. »Eigentlich würden wir jetzt in den nächsten Bahnhof einfahren, wo ich abgelöst werden sollte. Aber das kann ich jetzt vergessen. Wer weiß, wie lange wir hier noch festsitzen.«

Julius sah sich in alle Richtungen um. »Tja, und

die Leute wollen bedient werden. Gerade jetzt, wo sie alle warten müssen.«

Resigniert zuckte die Frau die Schultern. »Na denn, lasst es euch schmecken.«

Plötzlich sprang Richard auf. »Da! Ich glaube, die Rettungskräfte treffen endlich ein!«

Sofort erhoben sich die Reisenden von ihren Plätzen und reckten die Hälse. Viele drängten an die Fenster. Tatsächlich, in der Ferne waren blinkende Lampen zu sehen!

Der Mann der Spitzmausfrau lehnte sich am Nachbartisch in seinem Sessel zurück und blickte zufrieden drein. »Na, ich hab's doch gesagt, auf unsere Leute ist Verlass.«

Georg warf Anne belustigte Blicke zu und verdrehte die Augen. Hatte er nicht gerade eben noch auf seine Leute geschimpft wie ein Rohrspatz?

»Vielleicht kommen wir doch noch rechtzeitig zur Toms Hochzeit«, sagte Frau Finke zu ihrem Mann. »Wenn keine Zeit mehr ist zum Umziehen, dann nehmen wir halt so an der Trauung teil, wie wir sind. Hauptsache, wir sind dabei.«

Auch der ältere Herr hatte sich von seinem Platz erhoben und lächelte nun.

Anne ließ sich auf den Stuhl zurücksinken. Sie war die Kleinste und konnte hinter all den anderen ohnehin nichts sehen. Gedankenverloren ließ sie den Blick durch den Speisewagen wandern. Alle bis auf den Mann am Nachbartisch hatten sich von ihren Plätzen erhoben. Nein, noch jemand war sitzen geblieben: der Mann, über den sie gestern Abend gesprochen hatten und den sie als Gegenstück des Mannes mit dem Trenchcoat bezeichnet hatten. Er saß seelenruhig da und aß seine Rühreier mit Speck, als würde es ihn in keiner Weise interessieren, was da draußen vor sich ging.

Anne stutzte. Und der Trenchcoat-Mann? Wo war der? Sie reckte den Hals und sah sich um. Er war nicht zum Frühstück erschienen.

»Möchtest du noch Rührei?«, fragte die Bedienung.

Anne zuckte zusammen. Sie hatte gar nicht mitbekommen, dass die junge Frau an den Tisch zurückgekommen war. »Nein danke«, antwortete sie. »Aber mein Bruder Richard bestimmt. Richard, möchtest du noch mehr Rührei?«

»Na klar!« Richard ließ sich auf seinen Stuhl plumpsen und hielt der Frau seinen Teller hin.

»Sagen Sie, lassen sich manche Passagiere das Frühstück auch ins Abteil bringen?«, erkundigte sich Anne.

Die Frau zog die Augenbrauen hoch und lachte. »Nein, wir sind hier doch kein Hotel. Da müsste jemand schon sehr krank sein, dass er so eine Extrawurst gebraten kriegt.«

»Das heißt, wenn jemand nicht rechtzeitig zum Frühstück kommt, dann hat er Pech gehabt und kriegt nichts mehr«, stellte Anne mehr fest, als dass sie fragte.

Die Frau zuckte die Schultern. »Schon richtig. Aber die meisten Leute stehen ja sowieso früh auf, weil sie dann irgendwann bald aussteigen müssen.«

»Außer heute«, fügte Richard mit vollem Mund hinzu.

»Ja, leider«, sagte die Kellnerin seufzend, setzte die Edelstahlhaube wieder über die Schüssel mit dem Rührei und ging weiter zum nächsten Tisch.

Richard zeigte mit der Gabel auf seine Schwester. »Warum wolltest du das wissen?«

»Weil ich den Typen mit dem Trenchcoat nirgendwo entdecken kann«, erklärte Anne. »Das kann dann nur bedeuten, dass er keinen Hunger hat.«

»Du meinst den, der gestern bei den Schnatterliesen am Tisch saß?« Richard schüttelte den Kopf. »Vielleicht hat er verschlafen.«

Anne kicherte. »Was dir natürlich nicht passieren könnte. Ich meine, dass du eine Mahlzeit verschläfst.«

Georg und Julius klebten förmlich an der Scheibe, so gespannt verfolgten sie, was draußen vor sich ging.

»Von hier aus ist es schwer zu erkennen, was die da machen, aber es sieht so aus, als wären sie mit einem Trecker über den Acker gekommen«, sagte Julius.

Georg hielt sich wieder die Handflächen wie einen Trichter an die Schläfen, um besser sehen zu können. »Ja, scheint so, als sei ein Kran drauf montiert. Bin gespannt, ob die damit was ausrichten können.«

Julius wandte sich zu Richard um. »Sag mal, hab ich eigentlich mein Fernglas eingepackt?«

»Weiß ich doch nicht«, antwortete Richard kauend.

»Ich geh mal schnell nachschauen«, sagte Julius, nahm sich den Schlüssel, den Georg auf den Tisch gelegt hatte, und war auch schon durch die Schiebetür verschwunden.

Im Abteil klaubte er seine Reisetasche unter dem Bett hervor und begann darin nach dem Fernglas zu suchen, als er aus dem Augenwinkel heraus eine Bewegung vor dem Fenster wahrnahm. Neugierig spähte er hinaus und entdeckte zwei Männer in Arbeitskleidung. Instinktiv versteckte Julius sich hinter dem Vorhang, um die Männer genauer beobachten zu können, die langsam am Zug entlangliefen und diesen dabei genauer unter die Lupe nahmen.

Ob der Zug etwa bei der Vollbremsung Schaden genommen hatte? Vielleicht würden sie auch dann nicht weiterfahren können, wenn der Baum von den Gleisen geschafft war. Oder war dies nur ein Routinekontrollgang?

Doch etwas kam Julius sonderbar vor. Die Männer schienen sich mehr für die Fenster als für die Fahrwerke der Waggons zu interessieren. Sie diskutierten leise und blickten sich immer wieder um, als hätten sie Sorge, beobachtet zu werden.

Plötzlich blieben sie stehen und einer der beiden zeigte zu einem der Fenster empor.

Natürlich konnten sie von ihrem Standpunkt aus nicht durch die Fenster hineingucken, und Julius fragte sich, wen oder was die Männer wohl suchten. Auf jeden Fall musste er das sofort den anderen berichten.

Die beiden verschwanden eiligen Schrittes aus seinem Blickfeld und Julius durchsuchte leise fluchend weiter seine Reisetasche. Wie es aussah, lag sein Fernglas noch auf seinem Schreibtisch im Internat, wo er es extra zurechtgelegt hatte, damit er es nicht vergaß.

Gerade wollte er das Abteil verlassen und hatte die Tür schon einen Spaltbreit geöffnet, da sah er die beiden Männer wieder. Sie waren in den Zug gestiegen und standen nun vor der Tür eines Abteils. Julius war sofort klar, dass es dasselbe sein musste, für dessen Fenster die Männer sich vorhin so interessiert hatten.

Schnell schloss Julius die Tür so weit, dass ihm nur noch ein winzig schmaler Spalt den Blick auf die Männer freigab und er selbst nicht entdeckt werden konnte.

Der eine drückte die Klinke der Abteiltür, während der andere ganz offensichtlich Schmiere stand. Die Tür war jedoch verschlossen. Dann zog der erste einen Schraubenzieher aus der Tasche und versuchte, das Schloss damit zu öffnen, was ihm jedoch nicht gelingen wollte. Beim zweiten Versuch rutschte er sogar ab und verletzte sich an der Hand. Fluchend steckte er sich die verletzte Stelle in den Mund.

Jetzt nahm ihm der andere das Werkzeug aus der Hand und versuchte sein Glück. Aber auch er schaffte es nicht, die Tür zu öffnen. Er machte seinem Kollegen ein Zeichen, woraufhin sie beide den Gang entlang verschwanden.

In einem Punkt war sich Julius sicher. Die beiden hatten nicht den Eindruck gemacht, als würden sie nun aufgeben. Bestimmt würden sie bald zurückkommen!

Sobald die Männer außer Sichtweite waren, kehrte Julius in den Speisewagen zurück.

»Hey, da bist du ja endlich!«, rief Anne eifrig. »Hast du dein Fernglas gefunden? Hier ist in der Zwischenzeit allerhand passiert. Stell dir vor, der Trecker wäre fast die Böschung hinabgerutscht. Ist wohl ganz schön schlammig dort drüben.«

Julius fiel ihr ins Wort. »Das Fernglas habe ich wohl leider im Internat vergessen, aber mir ist gerade etwas Seltsames passiert.«

Er machte den anderen ein Zeichen, dichter zusammenzurücken, und berichtete im Flüsterton, was er soeben beobachtet hatte.

»Was sagst du? Welches Abteil war das?«, fragte Georg.

»Das zweitletzte in unserem Waggon«, antwortete Julius.

»Das ist das von dem Trenchcoat-Mann!«, rief Georg und hielt sich im selben Moment die Hand vor den Mund. Hoffentlich hatte sie nicht zu laut gesprochen!

Julius schlug sich mit der flachen Hand auf die Stirn. »Jetzt, wo du es sagst.«

»Woher wisst ihr das?«, fragte Anne.

»Als wir heute Nacht auf dem Gang waren, kam er kurz aus seinem Abteil«, erklärte Georg. »Das war wohl noch, bevor du aufgewacht bist.«

Anne blickte sich noch einmal aufmerksam um und sagte dann: »Das Merkwürdige ist nämlich, dass dieser Trenchcoat-Mann der Einzige ist, der nicht zum Frühstück erschienen ist, wenn ich das richtig überschaue.«

»Was?« Jetzt sah auch Georg sich hastig um. »Das ist ja wirklich ein sonderbarer Zufall.«

Richard runzelte die Stirn. »Wenn es denn mal ein Zufall ist. Ich habe da so meine Zweifel.« Er schlug die Faust in die hohle Hand. »Wir sollten zusehen, dass wir auf Lauerposten gehen und das Abteil observieren. Und zwar flugs, bevor die Männer zurückkommen.«

Anne machte ein nachdenkliches Gesicht. »Ich

frage mich etwas ganz anderes. Wo mag der Trenchcoat-Mann stecken? Ob er sich in seinem Abteil verschanzt hat? Oder ob er verschwunden ist?«

»Um das herauszufinden, müssten wir erst mal in sein Abteil schauen«, überlegte Georg.

»Vielleicht können wir eine Räuberleiter machen und von draußen durchs Fenster schauen?«, schlug Richard vor.

Aber Julius schüttelte den Kopf. »Das wird schlecht gehen. Es gibt hier schließlich keinen Bahnsteig, und die Böschungen links und rechts vom Bahndamm sind rutschig und steil.«

»Es wäre aber zumindest einen Versuch wert«, beharrte Richard.

Doch Anne, die einen Moment vor sich hin gegrübelt hatte, hatte eine bessere Idee. »Geht schon mal vor in unser Abteil und behaltet durch den Türspalt das Abteil vom Trenchcoat-Mann im Auge. Ich komme gleich nach.«

»Was hast du vor?«, fragte Georg.

Aber Anne winkte ab. »Ihr werdet es gleich sehen. Entweder es klappt oder es klappt nicht.«

Als Georg und die Jungen zusammen mit Tim

den Speisewagen verlassen hatten, spürte Anne erst, wie heftig ihr Herz schlug. Was hatte das alles zu bedeuten? Taten sie das Richtige? Was war, wenn dieser Mann mit dem Trenchcoat gefährlich war? Vielleicht tappten sie geradewegs in eine Falle! Und dennoch: Wenn sie nicht versuchten herauszufinden, wo er steckte und was es mit diesen Schreien in der Nacht auf sich hatte, würden sie nie verstehen, was hier vor sich ging und warum der Zug angehalten worden war.

Anne holte tief Luft und steuerte dann auf die junge Bedienung zu. Diese war inzwischen mächtig blass um die Nase und hatte dunkle Ringe unter den Augen.

Immer noch herrschte ein ziemliches Gewimmel im Speisewagen und alle wollten gleichzeitig bedient werden.

Anne warf einen verstohlenen Blick auf den Schlüsselbund, der am Gürtel der Bedienung unter der weißen Schürze hervorlugte, und tippte ihr auf die Schulter. »Entschuldigung.«

»Ja?« Die junge Frau sah sie ein wenig verwirrt an.

»Ähem, die Sache ist die«, erklärte Anne und

setzte dabei das unschuldigste Lächeln auf, das sie zu bieten hatte. »Eines der Abteile in unserem Waggon gehört einem Herrn, der eben, als ich dort vorbeikam, gerade auf den Gang hinausschaute. Er hat mich gebeten, Ihnen zu sagen, Sie möchten ihm eine Tasse Kamillentee bringen. Er hat gesagt, er habe ganz schreckliche Bauchkrämpfe.«

Zufrieden bemerkte Anne, dass ihre Bitte genau die Wirkung erzielte, die sie erhofft hatte. Die junge Frau wirkte plötzlich sehr gestresst. Sofort bot sich Anne an, ihr die Arbeit abzunehmen. »Das wäre kein Problem, wenn Sie mir den Tee geben, dann bringe ich ihn dorthin. Sie haben so viel zu tun, wie ich sehe.«

Die Bedienung sah Anne erleichtert an und rang sich ein Lächeln ab. »Wenn du das tun würdest, wäre das sehr nett von dir. Warte. Ich gebe dir sofort den Tee.«

Kurz darauf hielt Anne die Tasse mit dem dampfenden Getränk in den Händen und verließ den Speisewagen. Sie hatte aber keineswegs vor, direkt zu dem Abteil zu gehen, sondern wartete einen Moment hinter der Schiebetür. Dann setzte sie eine verzweifelte Miene auf und ging zu der jungen Frau zurück, die sich soeben den Schimpftiraden der Spinnenhaare-Frau ausgesetzt sah, die offenbar irgendetwas an ihrem Frühstück auszusetzen hatte.

Gut so, dachte Anne. Genau die richtige Situation! Sie trat näher und sagte: »Entschuldigen Sie noch einmal, aber …«

Die junge Frau versuchte Anne abzuwiegeln. »Das ist jetzt gerade sehr ungünstig, du siehst doch, dass …«

Doch Anne fiel ihr sogleich ins Wort. »Es ist dringend. Ich wollte dem Nachbarn den Tee bringen, aber seine Abteiltür ist ins Schloss gefallen und verriegelt, und auf mein Klopfen reagiert er auch nicht. Ich mache mir Sorgen, weil er doch gesagt hat, dass es ihm so schlecht geht …«

Die junge Bedienung blickte genervt von der Spinnenhaar-Frau zu Anne und wieder zurück. Die Situation überforderte sie offensichtlich.

Jetzt machte Anne ein besorgtes Gesicht. »Der Mann könnte zusammengebrochen sein!«

Die Frau sah sich um. »Wir müssten einem der Schaffner Bescheid geben, aber ich weiß nicht, wo die stecken. Bestimmt sind sie alle im Stress und ich kann hier nicht weg.«

Und dann tat sie das, was Anne sich erhofft hatte. Sie drehte sich zu Seite, nahm den Universalschlüssel, der an ihrem Schlüsselbund hing, und drückte ihn heimlich Anne in die Hand. »Hier. Ich darf das eigentlich nicht tun, und wenn es rauskommt, dann gerate ich in Teufels Küche, hörst du? Das ist der Schlüssel für die Personalräume, aber er passt auch für die Abteiltüren. Schau bitte bei dem Herrn nach dem Rechten und melde dich dann sofort bei mir wieder. Hast du verstanden?«

Anne nickte und zwinkerte der jungen Frau verschwörerisch zu. »Das bleibt selbstverständlich unter uns.«

»Danke für deine Hilfe«, flüsterte die Frau Anne zu. Sie sah unendlich müde aus.

Als Anne die Teetasse am Abteil der Freunde vorbeibalancierte, hielt sie mit der anderen Hand den Schlüssel winkend in die Höhe.

Sofort schlüpften die anderen durch die Tür und folgten ihr den Gang hinunter. Während Julius und Richard jeder in einer Richtung schauten, ob die Luft rein war, klopfte Anne leise an die Tür und horchte.

Georg zuckte die Schultern. »Nichts zu hören. Aber lass uns lieber noch mal klopfen.«

Wieder reagierte niemand.

Anne hatte die Tasse auf den Boden gestellt. Mit pochendem Herzen schloss sie die Tür auf und drückte die Klinke.

Dann traten die Freunde in das Abteil des Trenchcoat-Mannes.

Seltsame Entdeckung

Eigentlich dürfte ich hier gar nicht sein, fuhr es Anne durch den Kopf. Ein ungemütliches Kribbeln durchfuhr ihren Körper. Und als müsse sie sich rechtfertigen, dass sie in das Abteil eines Fremden eingedrungen war, stellte sie rasch die Teetasse auf den Tisch.

Der Mann war nicht in seinem Abteil, Julius sah auch in dem kleinen Bad nach. »Nichts. Der ist nicht hier. Jetzt sind wir auch nicht schlauer.«

Richard, der an der Tür stehen geblieben war, um Wache zu halten, fragte: »Ist das Zimmer denn durchwühlt worden?«

Georg schüttelte den Kopf. »Durchwühlt worden nicht, aber es sieht auch nicht aufgeräumt aus. So, als hätte jemand den Raum überstürzt verlassen, würde ich sagen.«

»Vielleicht hat er sich aus dem Staub gemacht«, sagte Anne.

Georg schüttelte zweifelnd den Kopf. »Ja, aber wo sollte er denn hin sein? Ich meine, hier ist doch weit und breit nichts. Und dann bei dem Sturm!«

Julius zuckte die Schultern. »Das heißt doch gar nichts. Wenn man unbedingt wegmuss, dann schafft man das auch. Auch bei solch einem Sturm.«

»Das könnte heißen, dass er geflohen ist«, schlussfolgerte Anne. »Aber vor wem oder was?«

»Vielleicht kamen die Schreie von ihm«, meinte Julius nachdenklich.

Wieder spürte Anne, wie sie eine Gänsehaut bekam. Womöglich waren hier tatsächlich Wegelagerer am Werk! Aber hätten die dann nicht gleich den ganzen Zug überfallen und ausgeraubt? Oder wenigstens mehrere Personen?

»Mir kommt da etwas in den Sinn«, sagte Georg. »Wie es aussieht, ist der Zug also absichtlich gestoppt worden. Das muss doch einen Grund haben. Das Verschwinden des Trenchcoat-Mannes und die nächtlichen Schreie sind bisher unsere einzigen Anhaltspunkte. Also müssen wir davon ausgehen, dass beides miteinander zusammenhängt. Und da wir gerade hier sind, sollten wir uns mal gründlich umsehen. Vielleicht finden wir einen Hinweis.«

Anne protestierte. »Das können wir doch nicht einfach machen. Das ist Hausfriedensbruch! Wir haben doch jetzt gesehen, dass der Typ nicht hier ist, also sollten wir wieder verschwinden.«

Aber die anderen tat so, als hörten sie ihre Einwände gar nicht, was Anne wiederum auf die Palme brachte. Sie starrte auf die Tasse mit dem Kamillentee. Was sollte sie damit machen? Wenn sie sie stehen ließ, würde der Mann sehen, dass jemand hier war, falls er zurückkam. Wenn sie sie aber zurückbrachte, würde die Bedienung fragen, warum sie dem Mann den Tee nicht gegeben hatte. Anne seufzte und trank den Tee selbst. Eine leere Tasse zurückzubringen, war wohl das Unverfänglichste. Außerdem hoffte sie, dass der Kamillentee ihre Nerven beruhigen würde. Sie steckten mal wieder mitten drin im Schlamassel!

»Beeilt euch!«, mahnte Richard vom Gang her, während Julius die Schranktür öffnete. »Ein Aktenkoffer!«, sagte er.

Georg erkannte den weinroten Koffer wieder, den der Mann beim Betreten des Zuges bei sich getragen hatte.

Vorsichtig hob Julius den Deckel des Aktenkoffers an. »Leer!«

Georg zog den sandfarbenen Seesack unter der

Schlafkoje hervor und schaute verstohlen hinein. »Keine Sorge«, maulte sie, als sie Annes missbilligende Blicke wahrnahm. »Ich durchwühle seine Sachen schon nicht. Ich will nur einen kurzen Blick hineinwerfen.« Damit schloss sie den Seesack auch schon wieder und schob ihn mit dem Fuß zurück unter die Koje. Dabei fiel ihr Blick auf ein graues Stofftaschentuch, das auf dem Boden lag.

»Moment mal!«, rief Julius plötzlich und zog mit spitzen Fingern an einer schwarzen Ecke, die unter dem Kopfkissen hervorlugte.

»Was ist das?«, fragte Anne, die jetzt wider Willen selbst neugierig wurde.

»Irgendein Ringbuch«, stellte Georg fest. »Sieh nach, was drin ist, Julius.«

Julius klappte den schwarzen Lederumschlag auf. »Das Ringbuch ist leer, bis auf diese leeren Plastikhüllen, die darin eingeheftet sind!«, stellte er verdutzt fest.

»Aber, was ist das für ein Ringbuch?«, fragte Georg und zeigte auf die merkwürdigen runden Taschen aus durchsichtigem Plastik.

»Ein Münzalbum«, stellte Julius sachlich fest. »Ganz klare Sache.«

»Ein Münzalbum ohne Münzen«, sagte Georg nachdenklich.

»Dann ist also nicht nur der Trenchcoat-Mann verschwunden, sondern auch eine Münzsammlung?«, stellte Anne mehr fest, als dass sie fragte.

»Die Frage ist nur, ob die Münzen mit ihm verschwunden sind oder ob er wegen der Münzen verschwunden ist oder …«

Weiter kam Julius nicht, denn Anne hatte auf dem Boden einen glänzenden Gegenstand entdeckt. »Hallo, was ist denn das?«

Georg ließ sich auf die Knie nieder. »Sieht ganz so aus, als wäre eine der Münzen runtergefallen und vergessen worden.« Sie beugte sich hinunter und suchte den Boden ab. »Scheint aber die einzige zu sein.« Sie streckte die Hand aus und griff nach dem Stofftaschentuch. Dort hinein wickelte sie die Münze und steckte sie in die Hosentasche.

Anne wollte soeben protestieren, dass sie die Münze nicht einfach mitnehmen durften, als Richard aufgeregt rief: »Leute, seht zu, dass ihr verschwindet! Da kommt jemand!«

Rasch schob Julius das schwarze Münzalbum

zurück unter das Kopfkissen und huschte hinter Anne und Georg aus dem Abteil. Dabei fiel ihm ein wichtiges Detail auf, das er sogleich den anderen mitteilen wollte.

Anne hielt die weiße Porzellantasse in der linken Hand und konnte gerade eben noch den Schlüssel mit der rechten vom Schloss abziehen, als zwei Männer am Ende des Ganges auftauchten. »Ich verschwinde direkt und bring den Schlüssel zurück«, zischte sie.

Richard zog einen kleinen Flummi aus der Hosentasche und warf ihn auf den Boden. Georg und Julius fingen sofort an zu lachen, und im Nu sah es aus, würden sich die Freunde die Zeit im Spiel vertreiben. Die Tarnung war perfekt!

Tim war von Georg glücklicherweise ins Abteil gebracht worden. Er liebte Flummis über alles, aber die Gefahr, dass er einen beim Spiel verschluckte, war einfach zu groß.

Julius hatte die beiden Männer sofort wiedererkannt. Vielleicht waren sie mit besserem Werkzeug zurückgekommen und wollten nun erneut versuchen, in das Abteil des Trenchcoat-Mannes einzudringen. Jetzt aber blieben sie ratlos im Gang stehen. Schließlich spielten die Freunde direkt vor der Tür, die sie knacken wollten.

Julius hätte den anderen zu gern von der Entdeckung erzählt, die er in dem Schlafwagenabteil gemacht hatte, aber er konnte schlecht einschätzen, ob die Männer in Hörweite waren. Die beiden machten aber auch keine Anstalten, unverrichteter Dinge abzuziehen.

Jetzt wollen wir mal sehen, wer den längeren Atem hat, dachte Julius. Andererseits – wenn wir ihnen nicht die Möglichkeit geben, ihrem Vorhaben nachzugehen, werden wir nie erfahren, was sie im Schilde führen. Er zwinkerte den anderen zu und sagte extra laut: »Ach, ich hab keine Lust mehr. Ich möchte lieber noch ein bisschen lesen.«

Richard runzelte die Stirn und wollte gerade protestieren, aber im letzten Moment kapierte er. »Ach… Ich… Ja, du hast recht. Lesen wäre jetzt nicht schlecht.«

Georg verdrehte die Augen. Das hatte aber jetzt absolut einstudiert geklungen! Aber sei es drum.

Als sie die Tür ihres Abteils hinter sich ins Schloss gezogen hatten, konnte Julius den anderen endlich berichten, was er vorhin entdeckt hatte. »Hört mal, ich hab vorhin gesehen, dass der Trenchcoat dieses Typen noch immer in seinem Abteil am Haken hängt. Ist das nicht sonderbar?«

Georg schürzte die Lippen. »Aber absolut! Das bedeutet doch, dass er im Bademantel draußen unterwegs ist!«

Julius machte ein nachdenkliches Gesicht. »Es sei denn, er hat den Zug gar nicht verlassen. Richard, was sagst du denn dazu?«

Aber Richard winkte ab. »Pst!« Er war bereits wieder auf Lauschposten gegangen und spähte den Gang entlang.

Tim verstand überhaupt nicht, was hier los war. Schnaufend ließ er sich dort, wo er gerade stand, auf den Boden plumpsen und legte die Schnauze auf den Pfoten ab.

Richard hielt den Atem an. Was sie schon vermutet hatten, geschah. Sobald die Freunde das Feld geräumt hatten, hatten sich die beiden Fremden an der Tür zu schaffen gemacht. Diesmal war es ihnen gelungen, diese zu öffnen. Gerade sah Richard, wie sie darin verschwanden.

»Die sind jetzt im Abteil von dem Trenchcoat-Typen«, berichtete er flüsternd.

Georg merkte, wie sich in ihrem Kopf die Gedankenmaschinerie in Gang setzte. Teil für Teil setzten sich die Informationen zusammen. Was wollten die Männer in dem Abteil? So wie es aussah, waren sie zusammen mit dem Hilfstrupp gekommen.

»Ziemlich geschickt, findest du nicht auch?«, sagte sie zu Julius.

»Was meinst du?«

»Na ja, wenn du mich fragst, dann haben die Männer den Baum umgesägt, um den Zug zum Halten zu bringen«, begann Georg, ihre Theorie zu erklären. »Und dann sind sie vollkommen unauffällig zusammen mit dem Hilfstrupp hergekommen. Verstehst du? Sie gehören zum Team. Also fällt es niemandem auf, wenn sie hier in ihrer Arbeitskluft um den Zug herumscharwenzeln.«

»Außer uns«, sagte Julius grinsend.

»Außer uns«, bestätigte Georg mit einem Kopfnicken. »Ihr Pech, wenn sie sich einen Zug ausgesucht haben, in dem wir mitfahren.«

Julius kam wieder auf den Punkt zurück. »Du meinst also, dass sie es auf den Mann mit dem Trenchcoat abgesehen und deshalb den Zug angehalten haben?«

»Das wäre die logische Schlussfolgerung daraus, dass sie in sein Abteil eingebrochen sind.« Georg kratzte sich an der Schläfe. »Aber vermutlich haben sie es weniger auf ihn abgesehen als auf seine Münzen.«

Julius hob die Arme zu einer hilflosen Geste. »Aber die Münzen sind bereits weg. Wie geht das zusammen?«

Georg ließ sich auf die Bettkante nieder. Von draußen drang das Motorengeräusch von schwerem Arbeitsgerät herein. Wie lange sie wohl noch hier festsitzen würden? Standen die beiden Männer jetzt unter Zeitdruck? Wurden sie jetzt etwa nervös?

»Dafür kann es nur zwei Erklärungen geben«, beantwortete sie Julius' Frage. »Entweder hat der Trenchcoat-Mann selbst kalte Füße gekriegt, als er merkte, dass der Zug gestoppt wurde, und sich deshalb mitsamt seiner Münzsammlung aus dem Staub gemacht. Oder …«

»Oder den Männern ist jemand anders zuvorgekommen!«, fiel Julius ihr ins Wort. »Das würde vielleicht die Schreie erklären. Und mal ehrlich, wenn der Mann geflohen wäre, hätte er sich sicher wenigstens seinen Mantel angezogen, meinst du nicht auch?«

»Seine Schuhe!«, rief Georg. »Was ist mit seinen Schuhen? Standen sie im Abteil? Hast du drauf geachtet?«

Julius zuckte die Schultern. »Ich kann mich nicht erinnern.«

»Pst!«, machte Richard plötzlich und winkte die anderen zu sich heran. Da ging etwas vor sich!

Julius und Georg spähten mit durch den Türspalt. Sie erkannten, dass die Tür des anderen Abteils wieder geöffnet worden war. Jetzt traten die beiden Männer auf den Gang. Sie waren offensichtlich sehr aufgebracht und diskutierten im Flüsterton.

»Da, der eine hat das Münzalbum in der Hand!«, flüsterte Julius.

Tatsächlich! Dann könnte unsere Theorie also stimmen, dachte Georg. Die Männer hatten den Zug gestoppt, weil sie es auf die Münzen abgesehen hatten. Doch diese waren verschwunden!

»Bin gespannt, was sie jetzt machen«, zischte Richard.

Die Männer waren sich wohl uneinig, denn der

eine schien den anderen von etwas abhalten zu wollen. Er packte ihn am Arm und versuchte ihn zurückzuhalten. Doch sein Partner riss sich los und eilte mit hochrotem Kopf den Gang entlang.

Au Backe, dachte Julius. Wenn der mal nicht innerlich brodelt!

»Verflucht!«, platzte Richard plötzlich heraus, denn im selben Moment kam von der anderen Seite her Anne aus dem Speisewagen zurück. Und die rannte dem Mann direkt in die Arme!

Für einen Moment war Anne in dem Gewühl im Speisewagen stehen geblieben und hatte aus dem Fenster geschaut. Jemand hatte ein Guckloch in den Niederschlag auf der Scheibe gewischt, sodass sie von hier einen guten Blick auf die Räumarbeiten hatte. Noch lag der Baum an Ort und Stelle, aber das Blinken der Warnlampen, das Dröhnen der Hydraulikmotoren und das geschäftige Treiben der Männer ließen darauf schließen, dass sich bald etwas bewegen würde.

Anne wartete auf einen günstigen Moment, in dem sie der Bedienung den Schlüssel zustecken konnte. Der Oberkellner, der sicher ihr Vorgesetzter war, eilte ebenfalls von Tisch zu Tisch. Es war gewiss nicht ratsam, wenn er etwas davon mitbekam.

Anne hatte Mitleid mit der jungen Frau, die sich mittlerweile kaum mehr auf den Beinen halten konnte.

Und wieder winkte jemand sie mit schnippenden Fingern heran und gab eine Bestellung auf.

Die junge Frau nickte und eilte dann, das Tablett auf einer Hand balancierend, zur Küche. Das ist die Gelegenheit, dachte Anne und fing sie ab, ehe sie hinter der kleinen Theke verschwinden konnte.

»Darf ich die Teetasse auf das Tablett stellen?«, fragte Anne und zwinkerte der Frau zu.

Diese sah Anne für einen kurzen Moment verwirrt an, doch dann entdeckte sie den Universalschlüssel, den Anne in die leere Tasse gelegt hatte.

»Oh ja, selbstverständlich gerne!«, antwortete sie übertrieben freundlich und fischte den Schlüssel mit spitzen Fingern aus der Tasse, als sie das Tablett auf die kleine Theke stellte und die Tasse herunternahm, um sie in den Korb für das gebrauchte Geschirr zu stellen.

»Noch einmal danke«, sagte sie müde. »Geht es dem Herrn denn jetzt besser?«

Anne zuckte die Schultern. »Ich glaube schon. Er hat die Tasse leer getrunken und sie mir direkt wieder mitgegeben.« Dann erkundigte sie sich, ob die Frau nicht bald eine Pause einlegen konnte.

Die Bedienung warf einen erschöpften Blick durch das Fenster. »Es scheint ja nun endlich voranzugehen. Aber solange wir den nächsten Bahnhof nicht erreicht haben, kann ich keine Pause machen.«

»Hoffen wir, dass es nicht mehr so lange dauert«, sagte Anne zuversichtlich. Dabei war sie sich inzwischen gar nicht mehr so sicher, ob sie sich das wirklich wünschte. Schließlich wollte sie wissen, was nun mit dem Trenchcoat-Mann und seinen Münzen war. Und wenn sie nun bald weiterfahren würden, war es fraglich, ob sie es je herausfinden konnten.

Sie drehte sich um und schaute quer durch den Speisewagen. Die Spitzmausfrau mit den Spinnenhaaren saß mit ihrem Mann noch immer am Tisch. Er trommelte nervös mit den Fingern auf die Tischplatte, während sie mit spitzem Finger Brötchenkrümel aufpickte. Zu erzählen hatten die beiden sich anscheinend nicht viel.

Im Gegensatz zu Herrn und Frau Finke, die sich angeregt mit dem älteren Herrn unterhielten, dessen Stimmung inzwischen wieder gestiegen zu sein schien. Er unterstrich seine Worte mit ausladenden Gesten. An diesem Tisch wurde jetzt sogar gelacht. Offenbar hatten sich die drei mit der Situation abgefunden.

»Hallo, Anne«, rief Frau Finke und winkte.

»Möchtest du dich nicht einen Moment zu uns setzen?«

Anne überlegte. Sie konnte schlecht sagen, dass sie mitten in einem Abenteuer steckte und zu ihren Freunden zurückwollte. Also blieb sie unverbindlich. »Danke, sehr freundlich, aber ich muss zurück. Georg und die Jungs warten auf mich.«

Wenige Sekunden später bereute Anne bitter, dass sie die Einladung des netten Ehepaares nicht angenommen hatte. Denn kaum hatte sie den Speisewagen verlassen und war den schmalen Gang hinuntergeeilt, da war sie einem Mann in Arbeitskleidung in die Arme gelaufen. Und der packte sie mit festem Griff an den Oberarmen und knurrte: »Du kommst mir gerade recht, Fräulein!«

Auf einmal hatte Anne schreckliche Angst.

Geiselnahme

»Bist du verrückt, Robin? Lass das Mädchen los!« Der zweite Mann hatte seinen Partner am Arm gepackt und schüttelte ihn. »Was soll das denn?«

Doch der Mann, der Robin hieß, stieß den anderen zur Seite. »Denk doch mal nach, Ed. Die Kleine ist ein gutes Unterpfand. Jackson kann unmöglich von hier abgehauen sein. Bestimmt hat er sich im Zug versteckt. Wenn er will, dass der Kleinen nichts passiert, muss er sich zu erkennen geben und uns die Münzen aushändigen.«

Anne, die verstanden hatte, dass es sich bei diesem Jackson um den Trenchcoat-Mann handeln musste, versuchte, sich loszureißen. »Ich bin keine ›Kleine‹, dass Sie's wissen!«

Für einen Moment starrten die beiden Anne ungläubig an.

»Ganz schön frech, die Kleine«, sagte Robin, wobei er das Wort *Kleine* extra betonte und die Finger noch fester um Annes Arm klammerte.

»Aua!«, brüllte Anne.

»Lass sie doch los, Mann«, maulte der andere.

»Das ist Freiheitsberaubung oder Geiselnahme oder was weiß ich. Das bringt auf jeden Fall eine Menge Ärger ein.«

Robin zuckte mit den Schultern. »Wieso? Die müssen uns ja nicht kriegen. Den Schlüssel vom Unimog hab ich. Sollen die uns etwa mit dem Trecker verfolgen? Ha, dass ich nicht lache!«

»Und was ist, wenn Jackson gar nicht mehr im Zug ist?«, hakte der andere nach. »Hast du schon mal darüber nachgedacht, dass uns jemand zuvorgekommen sein könnte? Vielleicht hat irgendwer Wind davon bekommen, dass die Münzen heute übergeben werden sollten. Außerdem: Wenn wir Pech haben, ist Jackson die Kleine total egal.«

»Pah! Einen Versuch ist es wert«, fauchte Robin. Damit drehte er um und schob Anne vor sich her. »Und du, Kleine, kommst jetzt brav mit uns. Und wehe, du muckst dich.«

»Anne«, sagte Anne. »Ich heiße Anne.« Was sollte sie tun? Sollte sie versuchen, Reißaus zu nehmen? Was würde geschehen, wenn es ihr nicht gelänge? Und die wichtigste Frage: Hatten die anderen mitbekommen, was geschehen war?

Auf dem Weg zur Spitze des Zuges mussten sie

auch den Speisewagen durchqueren. Zu Annes großer Enttäuschung herrschte hier noch immer solch ein Trubel, dass niemand bemerkte, dass die Männer sie in ihre Gewalt gebracht hatten. Verzweifelt versuchte sie, Blickkontakt zu Frau Finke herzustellen, aber diese schenkte ihre ganze Aufmerksamkeit dem älteren Herrn und seinen Erzählungen.

Also beschloss Anne, sich erst einmal in ihr Schicksal zu fügen. Vielleicht war das sogar schlau? Vielleicht würde dieser Jackson sich ja tatsächlich zu erkennen geben und …

In diesem Moment trat Robin gegen die Tür zum vordersten Waggon. Diese flog krachend auf und schlug gegen die Wand.

Zwei Männer aus dem Arbeitstrupp, die gerade bei einer Tasse Kaffee Pause machten, zuckten zusammen.

»Wo ist der Käpt'n?«, brüllte Robin und nahm Anne in den Schwitzkasten.

Die beiden Männer hätten sich beinahe an ihrem Kaffee verschluckt. »Der Käpt'n?«

Jetzt war Robins Partner Ed von hinten an ihn herangetreten und flüsterte ihm zu: »Hey, Robin, das heißt nicht Käpt'n, das heißt Zugführer.«

»Halt's Maul!«, fauchte Robin über die Schulter hinweg. »Also, wo ist dieser verdammte Zugführer?«

Verdutzt zeigten die Männer mit dem Daumen über die Schulter Richtung Führerstand.

Anne staunte, als Robin auch die nächste Tür mit einem kräftigen Tritt öffnete. Der Lokführer hatte es sich doch tatsächlich bequem gemacht und hielt ein Nickerchen! Sofort musste Anne an die arme Bedienung denken, die sich nur noch mühsam auf den Beinen halten konnte. Wenn sie sich nicht selbst in solch einer misslichen Lage befunden hätte, hätte sie dem Mann nur gar zu gerne die Meinung gesagt! Sie versuchte möglichst flach zu atmen, dann war der Druck, den Robins Arm auf ihren Hals und ihren Brustkorb ausübte, nicht allzu groß.

»Was…? Wie…?«, stammelte der Lokführer, als er von seinem Fahrersessel hochschreckte. »Aber…«

In diesem Moment löste Robin seinen Klammergriff und schubste Anne seinem Komplizen in die Arme. »Hier, sieh zu, dass die Kleine keine Dummheiten macht. Ich kümmere mich um den da.«

Der Lokomotivführer war noch vollkommen verschlafen und verdutzt. Als er sich entschloss, zu reagieren, war es schon zu spät. Robin hatte ein langes Kabel von der Wand gerissen und den Mann damit auf dem Sessel festgebunden. Die Tür zum Führerstand hatte er von innen verriegelt.

»Wären Sie so freundlich mir zu erklären, was …«, setzte der Gefangene zum Protest an.

»Maul halten!«, brüllte Robin ihn an. Dann lehnte er sich ans Armaturenbrett und überlegte kurz. »Wo ist das Mikro?«

»Wie? Welches Mikro?«

»Na, ihr habt doch hier so eine Sprechanlage, mit der ihr Durchsagen machen könnt!«, knurrte Robin. »Wo also ist das?«

Resigniert machte der Zugführer eine Kopfbewegung. »Es hängt da am Haken.«

Ungeduldig riss Robin das kleine Mikrofon von seiner Halterung und blaffte hinein.

Nichts geschah. Wenn ihr nicht so bang gewesen wäre, hätte Anne über so viel Töpelhaftigkeit gekichert.

Robin stieß den Lokomotivführer gegen die Schulter. »Wie funktioniert das, hä?«

Außer einem Schulterzucken erhielt er keine Antwort.

Jetzt drohte Robin ihm mit der Faust. »Wie das funktioniert, habe ich gefragt!«

Wieder zuckte der Lokführer die Schultern.

In diesem Moment schlugen die Arbeiter, die im Waggon gesessen hatten, von außen gegen die Tür. »Hallo, was ist da drin los? Können wir helfen?«

»Haut bloß ab!«, brüllte Ed durch die geschlossene Tür.

Doch die Männer ließen nicht nach. »Was ist denn da drinnen los?«

»Ihr sollt abhauen, hab ich gesagt!« Anne spürte, dass der Mann immer nervöser wurde, und hielt die Luft an. »Wenn ihr nicht abhaut, passiert hier ein Unglück.«

Die Faustschläge hörten augenblicklich auf, und Anne merkte, dass sich der Komplize ein wenig entspannte.

»Also?«, fragte Robin erneut und hielt dem Zugführer das Mikrofon vor die Nase.

Der aber schüttelte den Kopf. »Keine Ahnung. Ist wohl kaputt.«

Anne sah die Schweißtropfen auf Robins Stirn

und fragte sich, wie lang dieses Spiel noch gut gehen würde.

Im Abteil der Freunde herrschte große Ratlosigkeit. Nachdem sie beobachtet hatten, wie die beiden Männer Anne in ihre Gewalt gebracht hatten, hatte Richard Julius nur mit Mühe davon abhalten können, ihnen direkt hinterherzurennen. Sie mussten jetzt einen klaren Kopf bewahren, sonst würden sie Anne am Ende in noch größere Gefahr bringen.

»Aber wir müssen doch wenigstens gucken, wohin sie sie bringen!«, protestierte Julius. »Nachher verlassen sie den Zug und verschwinden mit ihr irgendwohin und …«

Georg drückte sich die Nase an der Fensterscheibe platt. »Sieht nicht so aus, als würde jemand aus dem Zug steigen. Aber Julius hat recht. Lassen wir ihnen einen kleinen Vorsprung und versuchen wir dann, ihnen unauffällig zu folgen.«

Richard spähte den Gang hinauf und hinab. »Kommt, verlieren wir lieber nicht zu viel Zeit.«

Doch Georg hatte plötzlich einen anderen Einfall. »Geht ihr schon mal. Ich muss noch was anderes kontrollieren.«

Also machten Julius und Richard sich auf den Weg nach vorn, während Georg mit Tim die andere Richtung einschlug. Vor dem Abteil des Trenchcoat-Mannes blieb sie stehen und zog das Stofftaschentuch mit der Münze aus der Hosentasche.

Zusammengeknüllt hielt sie es Tim vor die Nase. »Such, Tim. Wohin ist der Typ verschwunden. Such!«

Tim hatte augenblicklich verstanden, dass er jetzt eine Aufgabe zu erledigen hatte. Eifrig begann er zu schnüffeln und hatte auch sofort die richtige Spur in der Nase. Das war doch einfach gewesen, die intensivste Spur führte nämlich direkt ins Abteil. Fröhlich wedelte Tim mit dem Schwanz in Erwartung eines Lobes.

Doch Georg stampfte ungeduldig mit dem Fuß auf. »Nein, Tim, ich weiß, dass der Mann da drin gewesen ist. Aber du musst woanders suchen. Er hat sein Abteil längst verlassen.« Sie zeigte auf den Boden. »Hier, Tim, hier musst du schnuppern. Wo ist er hingegangen?«

Aber Tim verstand nicht sofort, was Georg von ihm wollte. Hechelnd sah er sie an.

»Tim, sei doch nicht so schwer von Begriff!«, schimpfte Georg liebevoll und hielt Tim noch einmal das Taschentuch vor die Schnauze. Dann tippte sie wieder auf den Boden. »Such!«

Endlich wusste Tim, was sein Frauchen von ihm wollte, und begann, intensiv zu schnüffeln.

Georg spürte, wie ihre Anspannung stieg, und sehr zu ihrer Freude fand Tim tatsächlich eine Spur. Schwanzwedelnd trottete er den Gang entlang. Georg folgte ihm auf dem Fuße. Wenn sie Glück hatte, würde Tim sie direkt zum Versteck des Trenchcoat-Mannes bringen!

Tim lief immer weiter den Gang entlang. Hier und da blieb er stehen, und Georg hatte schon Angst, er habe die Spur verloren, doch dann trottete er doch weiter.

Plötzlich hielt er vor einer Tür an und bellte.

Georg seufzte. Die Tür führte nach draußen. »Mist«, fluchte sie. Mühsam gelang es ihr, ihre Gedanken zu sortieren. Wie es aussah, hatte der Mann den Zug tatsächlich verlassen, und zwar im Bademantel. Sie wusste nur nicht, ob er das freiwillig getan hatte oder nicht. Die Schreie, die sie in der Nacht vernommen hatten, stammten vielleicht von ihm. Vielleicht war er entführt worden oder lag gar verletzt irgendwo dort draußen. Ob sie es wagen sollte, mit Tim draußen weiterzusuchen? Aber was war, wenn sie sich zu weit vom Zug entfernten und dieser dann plötzlich seine Fahrt fortsetzte, ohne dass sie es merkten?

Doch die Entscheidung wurde Georg abgenommen, denn in diesem Moment dröhnte ein lautes Knacken aus diversen Lautsprechern, die in den Gängen unter der Decke installiert waren. Das Geräusch tat Tim in den Ohren weh, und er ließ sich fiepend auf dem Boden nieder und langte mit den Pfoten nach seinem Kopf.

Georg kniete sich neben ihn und versuchte, ihn zu beruhigen, während sie auf die Stimme lauschte, die jetzt aus dem Lautsprecher drang.

Die Stimme klang ungehobelt. »Jackson, wenn du das hier hörst, dann stell mal deine Ohren auf Empfang. Wir haben nicht nur ein junges Mädchen in unsere Gewalt gebracht, sondern auch den Kä… ähem … den Zugführer. Du brauchst dir also nicht einzubilden, dass du den rettenden Bahnhof bald erreichst. Wenn du nicht dafür verantwortlich sein willst, dass den beiden was zustößt, dann kommst du besser sofort aus deinem Versteck und gibst uns, was wir haben wollen. Kapiert?«

Georg war sofort klar, dass es sich bei diesem Jackson um den Trenchcoat-Mann handeln musste und dass die Männer es auf die Münzen abgesehen hatten. Doch die Männer wussten nicht, was sie jetzt wusste. Nämlich, dass Jackson nicht mehr im Zug war.

Georg spürte Panik in sich aufsteigen. Wenn sich dieser Jackson nicht zu erkennen gab, würden die Männer, die Anne in ihrer Gewalt hatten, möglicherweise die Nerven verlieren. In wie großer Gefahr schwebte Anne?

Konzentrier dich, mahnte Georg sich selbst. Vielleicht war das ihr Trumpf, dass dieser Jackson verschwunden war und sie und Tim es wussten? Aber wie konnte sie Profit daraus schlagen?

Georg ließ den Blick wandern. Eine Idee musste her! Und zwar schnell!

Über der Tür klebte ein Schild, auf dem *Notausstieg* stand. Links neben der Tür gab es eine Vertiefung mit einer Glasscheibe, hinter der sich ein Feuerlöscher befand. *Im Notfall Scheibe einschlagen!* stand darunter und daneben war ein kleiner roter Hammer angebracht. Nützte ihr das irgendetwas? Vermutlich nicht. Interessanter war da schon die Klappe daneben, auf der *Notfallwerkzeug* stand.

Georg öffnete die Klappe und lächelte zufrieden. »Was meinst du, Tim, ist dies ein Notfall?« Tim legte den Kopf schief. »Du meinst also auch, dass es ein Notfall ist? Gut!«

Damit griff Georg in die Klappe. Sollten diese Verbrecher doch kriegen, was sie wollten. Georg wusste nun, was zu tun war!

Richard und Julius waren den Männern bis in den ersten Waggon gefolgt und sahen gerade noch, wie sie Anne in das Führerhaus stießen und die Tür hinter ihnen ins Schloss krachte.

Richard hielt Julius am Arm zurück. »Was machen wir jetzt?«

Julius beobachtete die Situation mit zusammengekniffenen Augen. In dem Waggon befanden sich noch zwei weitere Männer Arbeiter, die gerade Kaffeepause machten und ebenso ratlos dreinschauten wie Richard.

»Anne war wohl zur falschen Zeit am falschen

Ort.« Richard biss sich auf die Lippen. »Wir müssen ihr helfen!«

Julius nickte. »Klare Sache. Die Frage ist, wie wir das am besten anstellen. Wenn wir doch nur wüssten, was die Typen vorhaben!« Er schaute durch die Tür zurück zum Speisewagen. »Wenn Georg doch nur endlich käme! Was die wohl wieder ausheckt?«

Richard trat unruhig von einem Fuß auf den anderen. »So lange können wir nicht warten. Wir müssen uns jetzt etwas einfallen lassen.«

In diesem Moment stellten die beiden Arbeiter ihre Kaffeebecher zur Seite, traten an die Tür und lauschten. Dann trommelten sie mit den Fäusten an die Tür. »Hallo, was ist da drin los? Können wir helfen?«

Aus dem Führerhaus antwortete jemand. Julius und Richard konnten nicht richtig verstehen, was gesagt wurde, doch die Stimme hatte ungehalten und drohend geklungen.

»Aber was ist denn da los?«, versuchten es die Arbeiter erneut.

Dann traten sie einen Schritt zurück und blickten sich entsetzt an.

»Gar nicht gut!«, flüsterte Julius. »Ich mache mir echt Sorgen um unsere kleine Schwester.«

»Ob es noch eine andere Möglichkeit gibt, in das Führerhaus zu gelangen?«, fragte Richard.

»Von außen bestimmt, aber das bringt uns nicht weiter«, erwiderte Julius flüsternd.

In diesem Moment ertönte ein lautes Knacken.

»Was war das?« Julius blickte sich suchend um. »Ah, da, die Lautsprecher!«

»Jetzt bin ich aber mal gespannt«, sagte einer der Arbeiter und zeigte mit dem Daumen über die Schulter. »Die Ansage muss aus dem Führerhaus kommen. Da ist das Mikrofon installiert.«

Dann vernahmen Julius und Richard dieselben Worte wie Georg.

»Dieser Jackson muss der Typ mit dem Trenchcoat sein«, flüsterte Julius. »Lass mich raten, was die von ihm wollen.«

»Die Münzen natürlich«, erwiderte Richard. »Sie haben Anne als Geisel. Verdammt. Aber glaubst du, dass sich so einer wie dieser Jackson von denen beeindrucken lässt? Der würde doch sagen: Rutscht mir den Buckel runter, was mit anderen passiert, ist mir egal!«

»Ich mag gar nicht daran denken, was das für Anne bedeutet«, sagte Julius. »Aber hoffen wir mal, dass der Knilch ein Gewissen hat, und hoffen wir vor allem, dass er überhaupt noch im Zug ist und das eben gehört hat.«

Richard blickte betreten zu Boden. »Ja, hoffen wir es.«

»Wo Georg nur bleibt!«, fluchte Julius.

Richard hatte keine Geduld mehr zu warten und ging in den Wagen hinein. Vielleicht konnten die beiden Arbeiter ihnen weiterhelfen. »Hey«, grüßte er lässig, dabei war ihm gar nicht so zumute. »Sagen Sie, gibt es noch eine andere Möglichkeit, da ins Führerhaus reinzukommen? Die haben nämlich unsere kleine Schwester als Geisel genommen und …«

Einer der Männer stemmte sich die Fäuste in die Seite. »Das ist eure kleine Schwester da drin? Da hättet ihr aber mal ein bisschen besser aufpassen sollen auf eure kleine Schwester, sag ich euch.«

Der andere fasste ihn an der Schulter. »Lass doch, Cooper, das bringt doch jetzt nichts. Lass uns lieber überlegen, was wir machen können.«

»Pah«, machte Cooper. »Du hast es doch gehört,

Paul. Wenn wir uns einmischen, dann machen die da drin nachher Dummheiten. Ich hab sowieso nicht kapiert, was die überhaupt wollen.«

»Wir aber«, antwortete Richard. »Wir wissen, worauf die es abgesehen haben.«

»Aha«, blaffte Cooper. »Dann habt ihr euch die Sache womöglich selbst eingebrockt, was?«

Richard seufzte wütend. »Nein. Ganz bestimmt nicht.«

»Unsere Schwester war nur zur falschen Zeit am falschen Ort«, wiederholte Julius. Dann wandte er sich an Richard. »Komm jetzt, die beiden können uns auch nicht weiterhelfen. Wir müssen es auf eigene Faust probieren. Verdammt, wo Georg nur bleibt!«

Paul, der eine Arbeiter, fasste sich ans Kinn. »Hört mal zu, es gäbe da vielleicht eine Möglichkeit, ihr seid schlank genug. Das würde aber voraussetzen, dass wir die Typen da drinnen tüchtig ablenken.«

Cooper wurde stutzig. »Was hast du vor? Doch nicht etwa …«

Aber in diesem Moment geschah draußen vor dem Fenster etwas.

»Richard, schau mal da! Siehst du auch, was ich sehe?«, rief Julius entgeistert.

Richard, der mit dem Rücken zum Fenster gestanden hatte, drehte sich mit einem Ruck um und erkannte, wie eine Gestalt in einem hellen Trenchcoat und mit einem Hut auf dem Kopf am Zug vorbeilief! »Das ist doch dieser … wie haben die ihn eben genannt? Jackson?«

»Ja, Jackson«, bestätigte Julius. »Wo kommt denn der jetzt her? Ob er die Durchsage gehört hat?«

Richard zog die seitliche Schiebetür ein Stück auf und hielt Ausschau. Er hatte so eine Ahnung, dass Georg ebenfalls nicht weit sein konnte. Doch von ihr war keine Spur zu sehen.

Die Jungen ließen den Trenchcoat-Mann nicht aus den Augen. Was hatte der vor? Wollte er sich tatsächlich stellen, um die Geiseln auszulösen? Sie mochten es nicht glauben.

Jetzt war ein lautes Rumpeln aus der Führerkabine zu hören, ein Fenster wurde offenbar aufgeschoben, und draußen tönte eine ungehobelte Stimme über den Acker. »He, Jackson, bleib stehen, du Halunke. Oder willst du, dass den Leuten hier was passiert?«

Doch wie die Jungen es befürchtet hatten, drehte der Trenchcoat-Mann sich keineswegs um, sondern setzte seinen Weg über das Feld fort. Schritt um Schritt entfernte er sich weiter vom Zug. Und dann blieb er plötzlich stehen, zog ein kleines Säckchen aus der Manteltasche und hielt es schüttelnd in die Höhe.

»Die Münzen!«, brüllte einer der Ganoven aus dem Führerstand.

Wo ist Jackson?

Paul fackelte nicht lange. »Jetzt ist die Gelegenheit. Die da drin sind abgelenkt. Kommt!« Damit schnappte er sich eine Werkzeugkiste und ermahnte die Jungen, leise zu sein. »Haltet euch eng am Zug, damit wir vom Führerhaus aus nicht gesehen werden können.«

Er schob die seitliche Schiebetür gerade so weit auf, dass sie durch den Spalt schlüpfen konnten.

Der Wind hatte wieder aufgefrischt und in der Ferne türmten sich erneut bedrohlich dunkle Wolken auf.

Dicht an den Zug gedrängt, liefen Paul, Richard und Julius ein kleines Stück nach vorn. Dann machte der Arbeiter den Jungen ein Zeichen, mit ihm unter den Triebwagen zu kriechen. Mit einem Schraubenschlüssel machte er sich an der Unterseite des Zuges zu schaffen, während ihnen der Wind um die Ohren pfiff. Richard schlug sich den Rollkragen seines Pullovers hoch.

»Hört zu, ich schraube da jetzt eine der Bodenplatten ab. Die schmale vorne rechts. Dahinter ist ein Schacht, der ganz nach oben durch geht«, erklärte Paul. »Das Loch ist nur klein und man muss sich an der Achse vorbeischlängeln. Aber für euch oder eure Schwester wird es reichen. Allerdings werde ich beim Abmontieren der Bodenplatte ein bisschen Krach machen.«

»Da kommt uns der Sturm gerade recht«, meinte Julius. »Und dass der Typ da auf dem Acker rumläuft, natürlich auch.«

Richard hob den Daumen. »Mal sehen, ob ich noch ein bisschen nachhelfen kann.«

Auf allen vieren kroch er über den Schotter und ging hinter einem der Räder in Deckung. Mitten auf dem Acker stand noch immer der Mann, den sie Jackson nannten. Inzwischen hatte er sich umgedreht und sich den Hut tief in die Stirn gezogen.

Irgendwie wirkt er wie eine Vogelscheuche, wie ihm der Mantel so um den dünnen Körper flattert, dachte Richard.

Der eine Entführer hatte sich mittlerweile weit aus dem offenen Fenster gelehnt. »Jackson, verflucht, komm her! Oder den beiden hier drin wird es schlecht ergehen!«, brüllte er aus vollem Halse und ballte die Faust.

Doch der Mann im Trenchcoat hielt nur wieder das graue Bündel mit den Münzen in die Höhe und winkte. Komm doch, wenn du die Beute haben willst, sollte das wohl heißen.

Jetzt hatten die Entführer sich selbst in die Zwickmühle gebracht. Richard hoffte nur, dass sie nicht die Nerven verloren und Anne wehtaten. Besorgt sah er sich um.

Hoffentlich waren Paul und Julius gleich so weit.

Über ihm zeterte der Entführer weiter. Wenn der nicht aufpasst, fällt er gleich aus dem Fenster, dachte Richard.

Im nächsten Augenblick hörte er tatsächlich einen Schrei. »Ed, Hilfe! Ed, verdammt, hilf mir!«

Der Mann hatte das Gleichgewicht verloren und hing nun wie ein Kartoffelsack im Fenster. Verzweifelt hielt er sich mit einer Hand am Rahmen fest.

Ganz schön unsportlich, dachte Richard und freute sich gleichzeitig diebisch. Das geschah dem Kerl recht! Er drehte sich um und hob den Daumen. »Jetzt!«, zischte er Julius und Paul zu. »Einen günstigeren Augenblick gibt es nicht!« Denn im selben Moment schien Ed seinem Komplizen zu Hilfe geeilt zu sein. Seine schimpfende Stimme war jetzt laut über Richards Kopf zu hören.

In genau diesem Moment nahm Paul die Bodenplatte ab und sogleich sah man Julius nach oben in die Öffnung verschwinden. Wenige Sekunden später schlüpften Anne und er wieder hinaus. Dabei hatten sie sich ihre Pullover ordentlich verschmiert. Aber was machte das jetzt schon aus!

Richard eilte Paul zu Hilfe und hielt die Metallplatte wieder unter das Loch, sodass er sie in Windeseile provisorisch festschrauben konnte.

Anne atmete erleichtert auf. Doch mit sorgenvoller Miene erinnerte sie daran, dass der Zugführer noch in der Gewalt der Männer war. »Wenn die mitkriegen, dass ich mich soeben in Luft aufgelöst habe, dann werden die sicher erst recht sauer.«

Julius nahm seine Schwester in den Arm. »Wir müssen hoffen, dass sie ihm nichts tun. Hauptsache, du bist erst einmal in Sicherheit.«

Anne blickte sich suchend um. »Wo ist Georg? Wo ist Tim?«

Richard zuckte die Schultern. »Wir wissen es nicht.«

»Und was ist mit dem da?«, fragte Anne und zeigte auf den Mann auf dem Acker. »Wo kommt der plötzlich her? Hat er da die Münzen in der Hand?«

»Keine Ahnung, was der im Schilde führt«, sagte Richard.

»Sehen wir erst mal zu, dass wir in den Zug zurückkommen«, zischte Julius. »Hier holen wir uns ja den Tod.«

Doch als sie eben unter der Kante hervorkrabbeln wollten, ertönte mit einem Mal ein ohrenbetäubendes Krachen. Instinktiv hielten sich die Freunde die Hände über den Kopf.

»Was war das?«, jammerte Anne. »Fällt uns jetzt etwa der Himmel auf den Kopf?«

»Keineswegs«, gab Richard Entwarnung. »Seht doch!«

Dem Hilfstrupp war es nämlich gelungen, die mächtige Baumkrone abzusägen und mit dem großen Lastenkran von den Gleisen zu ziehen. Das Schlagen und Knacken der Äste stimmte in das Quietschen des Metallmonstrums mit ein, und als die Baumkrone die Böschung hinabrutschte, gab sie ein lautes Donnern von sich.

Diesen Moment der Überraschung nutzte Robin aus, um aus dem Führerhaus zu klettern und die Verfolgung des Mannes im Trenchcoat aufzunehmen, der immer noch das Objekt seiner Begierde in der Hand hielt.

Jackson hatte nicht aufgepasst. Auch er war kurz durch die Räumarbeiten so abgelenkt gewesen, dass Robin ihm gefährlich nahe kam.

Sofort steckte er das kleine Bündel in die Manteltasche und trat die Flucht über den Acker an. Fluchend rannte ihm der schwerfällige Robin hinterher. Es sah ziemlich unbeholfen aus, denn schon nach wenigen Schritten klebten dicke Lehmklumpen unter seinen Schuhen.

In diesem Moment fegte eine heftige Windböe Jackson den Hut vom Kopf.

»Das ist ja …«, rief Anne verdutzt. »Aber das ist ja Georg!«

Julius schüttelte den Kopf. »Jetzt verstehe ich gar nichts mehr.«

»Ich schon«, erwiderte Richard. »Kluge Georg. Der Plan ist aufgegangen, Anne ist frei.«

»Aber woher hat sie denn die Münzen?«, fragte Julius. »Und den Mantel?«

»Vielleicht hat sie den Besitzer ausfindig gemacht«, versuchte Richard eine Erklärung.

»Nein, nein.« Julius schüttelte den Kopf. »Der Mantel hing doch in seinem Schlafwagenabteil. Erinnerst du dich nicht?«

Anne seufzte. »Ich sag doch, ich versteh gar nichts mehr.« Dann blickte sie zu den Männern hinüber, die mit den Räumarbeiten beschäftigt waren. Sie schienen nun gut voranzukommen. Bald würden die Gleise frei sein und der Zug konnte seine Fahrt fortsetzen. Mit Sorge sah sie, wie Georg vor dem Mann davonlief und sich immer weiter vom Zug entfernte. Der Zugführer war noch immer in der Gewalt des zweiten Entführers und das Schicksal des Trenchcoat-Mannes war in diesem Moment genauso ungewiss.

»Los jetzt!«, rief Anne entschlossen. »Wir müssen handeln. Die Zeit läuft uns davon!«

Julius und Richard wechselten erstaunte Blicke. Das waren ja ganz neue Töne aus dem Mund ihrer kleinen Schwester.

Paul kroch unter dem Triebwagen hervor und streckte den schmerzenden Rücken durch. »Cooper und ich müssten eigentlich zurück und mit anpacken. Unsere Kaffepause ist längst zu Ende. Ich meine, bevor es da drüben Ärger gibt und dem Entführer was auffällt …«

Anne dachte angestrengt nach und sah Paul dann flehend an. »Wir müssen Zeit schinden.«

Paul blickte sich skeptisch um. »Das wird schwierig. Wir können den Kollegen schlecht sagen, dass sie die Hände in den Schoß legen sollen. Wenn draußen nicht mehr gearbeitet wird, merkt der da drin das sofort.« Er deutete auf das Führerhaus.

In diesem Moment wurde die Schiebetür weit aufgerissen und der Mann der Spinnenhaare-Frau baute sich breitbeinig in der Tür auf. »Was höre ich da von ›Hände in den Schoß legen‹? Ich dulde nicht, dass Angestellte der Eisenbahngesellschaft …«

Paul hob beschwichtigend beide Hände. »Ja, schon gut. Es ist alles in Ordnung.« Doch im Umdrehen zwinkerte er Anne zu. Er hatte verstanden, worauf es jetzt ankam.

Als sein Kollege aus dem Waggon sprang, um ihm zu folgen, rief der Mann der Spinnenhaare-Frau ihm mit erhobener Faust hinterher: »Wenn

Sie Ihrer Aufgabe nicht nachkommen, wird das Folgen für Sie haben.«

»Schon verstanden«, beruhigte Cooper. »Wir tun wie immer unser Bestes.«

Doch die Freunde sahen deutlich, dass der Mann sich keineswegs beruhigte. Sein Gesicht glühte feuerrot und die Adern an seinem Hals waren dick geschwollen.

Der muss wirklich unter Druck stehen, dachte Anne und hatte beinahe Mitleid mit ihm.

Flink wie Äffchen kletterten die drei geschwind in den Waggon zurück und ließen den verdutzten Mann stehen. Sie waren sich einig, dass sie den Zugführer zunächst besser seinem Schicksal überließen. Solange er gefesselt und bewacht auf seinem Sitz hockte, konnte der Zug auch nicht weiterfahren.

»Und so, wie ich diesen einen Ganoven, diesen Ed, einschätze, ist der ziemlich harmlos, wenn er auf sich allein gestellt ist«, meinte Anne. »Der tut dem armen Zugführer sicher nichts zuleide.«

Als die drei den Speisewagen durchquerten, mochten sie ihren Augen kaum trauen. Die Reisenden saßen seelenruhig an ihren Tischen und plauderten! Hatten sie denn überhaupt nicht mitbekommen, was geschehen war?

Frau Finke winkte Anne sogar fröhlich zu.

Richard schüttelte den Kopf. »Die sind alle so mit sich selbst beschäftigt, die bemerken nicht mal, dass eure Pullis voller Maschinenöl sind. Und was der Typ vorhin durch den Lautsprecher gebrüllt hat, haben die bei dem Geräuschpegel hier vermutlich kaum verstanden. Also, wenn du in Not bist, solltest du dich nie auf andere verlassen.«

Julius hob den Zeigefinger. »Außer auf uns natürlich.«

»Was unternehmen wir denn jetzt, um Georg zu helfen?«, fragte Anne ungeduldig. »Wenn wir jetzt auch noch hinterherrennen, hilft das wenig. Oder was meint ihr?«

Julius schlug sich mit der Faust in die hohle Hand. »Am besten wir schicken Tim hinterher. Der holt die beiden locker ein und mit diesem Typen wird der doch spielend fertig.«

»Gute Idee!«, rief Anne. »Aber wo steckt Tim überhaupt?«

Richard zuckte die Schultern. »Keine Ahnung.

Georg hat ihn vorhin mitgenommen. Vielleicht hat sie ihn in unser Abteil gebracht.«

Anne spurtete los. »Also, worauf warten wir noch! Sehen wir nach.«

Sie fanden Tim tatsächlich in ihrem Schlafwagenabteil. Beinahe hätten sie gelacht. Tim konnte Georg nicht hinterherrennen. Er hatte gerade eine andere wichtige Aufgabe zu erfüllen.

Schlammpantoffeln

»Es … es ist nicht so, wie es aussieht!«, stotterte der Mann, der mit hoch erhobenen Händen mit dem Rücken zum Fenster stand, während Tim ihm mit gefletschten Zähnen den Fluchtweg durch die Tür versperrte. »Und könntet ihr diesem Hund jetzt vielleicht mal sagen, dass er mich nicht so böse anknurren soll? Ich hab ihm nichts getan.«

Julius klatschte. »Komm her, Tim.«

Unter Protest setzte Tim sich neben Julius auf den Boden. Er traute dem Braten nicht.

Die Freunde hatten den Mann sofort wiedererkannt. Er war der, den sie ›das Gegenstück zum Trenchcoat-Mann‹ genannt hatten.

»Kann ich jetzt die Hände runternehmen?«, fragte er. »Mir läuft allmählich das Blut aus den Armen.«

Die Freunde hatten sich vor ihm aufgebaut. Fliehen konnte er sowieso nicht.

Julius ergriff das Wort. »Zuerst einmal seien Sie doch bitte so freundlich und erklären uns, was Sie hier in unserem Abteil zu suchen haben.«

»Das ist nämlich Hausfriedensbruch!«, ergänzte Anne.

»Ich habe mir Hinweise auf den Verbleib einer gewissen Person namens Philipp Jackson erhofft«, antwortete der Mann.

»Auf den Trenchcoat-Mann?«, rief Richard erstaunt. »Aber wieso in unserem Abteil? Und wer sind Sie überhaupt?«

Jetzt nahm der Mann die Hände hinunter, woraufhin Tim sofort wieder in Habachtstellung ging. »Entschuldigt bitte, ich habe mich noch gar nicht vorgestellt. Mein Name ist Vincent Bell. Ich arbeite als Privatdetektiv für eine große Versicherungsgesellschaft. Ach verflucht, ich war so nah dran und jetzt ist er mir durch die Lappen gegangen. Ich weiß gar nicht, wie ich das meinem Auftraggeber erklären soll.«

»Was heißt das, Sie waren so nah dran?«, fragte Anne.

Herr Bell stellte sich etwas bequemer hin und holte tief Luft, bevor er seinen kleinen Vortrag begann. »Die Sache ist die: Philipp Jackson arbeitet seit vielen Jahren in einem Museum für Alteuropäische Geschichte. Vor über zwei Jahren wurde eine wertvolle Sammlung antiker Münzen gestohlen, und seit einiger Zeit hatte die Versicherung die Vermutung, dass Angestellte des Museums mit der Sache zu tun haben könnten. Jackson geriet ins Visier, was er allerdings nicht ahnte. Nun hatten wir Hinweise darauf, dass er die Sammlung auf dieser Zugreise an einen Zwischenhändler übergeben würde. Er und seine Komplizen dachten wohl, es sei inzwischen genug Gras über die Sache gewachsen.«

Richard hob die Hand. »Moment mal. Er und

seine Komplizen? Dann hat er das Ding nicht allein gedreht?«

Herr Bell nickte. »Es soll Mittäter oder zumindest Mitwisser gegeben haben.«

Julius kratzte sich an der Schläfe. »Hm, langsam wird ein Schuh draus. Wenn ich das richtig verstehe, dann hat er versucht, den Deal allein zu machen und seine Komplizen außen vor zu lassen.«

»Du meinst Robin und Ed?«, fragte Anne und setzte sich auf die Bettkante. »Und die sind ihm auf die Schliche gekommen und haben dann den Baum auf die Gleise fallen lassen, um ihm die Münzen hier abzunehmen, wo er nicht entwischen kann.«

Richard grinste. »Aber jetzt ist er ihnen doch entwischt.«

Herr Bell wurde nun ungeduldig. »Nein, er muss noch im Zug sein. Ich habe ihn vorhin in diesem Abteil verschwinden sehen!«

Die Freunde lachten. »Das war unsere Cousine Georg!«, erklärte Julius. »Übrigens ist sie gerade da draußen unterwegs und versucht, diesen Robin abzuhängen.«

Anne sprang von der Bettkante hoch. »Ja, und dieser Ed ist noch vorn im Triebwagen und hat den Lokführer in seiner Gewalt. Langsam sollten wir jetzt mal zusehen, dass wir Tim losschicken, um Georg zu helfen!«

Vincent Bell dachte angestrengt nach. »Wenn das vorhin nicht Jackson war, dann frage ich mich, wo er steckt. Und mit ihm die Münzen.«

»Also los!«, trieb Anne die anderen an. »Wie lange wollen wir Georg noch hängen lassen?«

»Einen Augenblick noch«, sagte Julius, als sie eben das Abteil verlassen wollten. »Haben Sie eine Ahnung, wer dieser Zwischenhändler ist? Ich meine, wenn Jackson die Münzen auf dieser Reise übergeben wollte, dann muss dieser Zwischenhändler doch auch im Zug sein.«

Vincent Bell runzelte die Stirn. »Irgendetwas habe ich übersehen.«

»Aber jetzt ist erst mal Georg dran!«, rief Anne und setzte sich an die Spitze der kleinen Gruppe.

Auf dem Weg durch den Speisewagen gab es einen kleinen Rückstau, und Anne beobachtete zufrieden, dass die junge Bedienung hinter dem kleinen Tresen auf einem Stuhl eingenickt war.

Am Tisch der Frau mit den Spinnenhaaren hatte mittlerweile auch deren Mann wieder Platz genommen, doch er wirkte nach wie vor, als könnte er jeden Moment explodieren.

»Kannst du bitte mal aufhören, ständig mit den Fingern auf dem Tisch herumzutrommeln?«, fuhr seine Frau ihn an. »Ich habe grauenhafte Kopfschmerzen.«

»Dann leg dich ins Bett, wenn du Kopfschmerzen hast«, maulte ihr Mann zurück.

»Das kannst du nicht im Ernst von mir erwarten!«, zischte die Spinnenhaare-Frau. »Solange dieser …«

»Pst!«, machte der Mann und sah sich ängstlich um. »Geht es vielleicht noch lauter?«

»Geh lieber noch mal nachsehen, wann es endlich weitergeht«, forderte die Frau ihn auf. »Das halten meine Nerven langsam nicht mehr aus. Unternimm irgendwas!«

»Aber dieser lästige Typ ist noch im Führerhaus«, flüsterte der Mann. »Wenn der rauskriegt, dass ich …«

»Du bist im Aufsichtsrat!«, erinnerte die Frau empört. »Du hast ein Recht zu erfahren …«

»Ist ja schon gut.« Entnervt sprang der Mann auf und drängelte sich vorbei.

»He!« Richard wollte protestieren, aber Anne hielt ihn zurück. Dieser Mann, der vorhin noch im Triebwagen gewesen war, wusste also offensichtlich von der Geiselnahme. Warum unternahm er nichts dagegen? Vielleicht war es schlauer, ihm den Vortritt zu lassen.

Endlich ging es weiter, und als sie im Triebwagen den Vorraum mit der Schiebetür erreichten, blieben sie in der Tür stehen.

»Wieso treibt der sich denn schon wieder hier herum?«, flüsterte Julius, als er sah, dass der Mann der Spinnenhaare-Frau nun dicht vor der Tür zum Führerhaus stand.

»Der ist doch im Aufsichtsrat der Eisenbahngesellschaft«, erinnerte Richard.

Anne machte ein wichtiges Gesicht. »Ich glaube, es hat einen anderen Grund.«

Vincent Bell hielt sich den Zeigefinger vor den Mund. Jetzt hieß es, leise zu sein, damit sie verstehen konnten, was der Mann sagte. Ganz offensichtlich war er noch immer ziemlich aufgeregt und klopfte leise, aber hektisch an die Tür.

»Hören Sie, ich muss so schnell wie möglich zur nächsten Bahnstation … aus äh … aus geschäftlichen Gründen. Die Gleise sind bald frei geräumt und …«

Jetzt war von drinnen eine Stimme zu hören. Was gesprochen wurde, war nicht zu verstehen, aber die Stimme klang ziemlich grob und ungehalten.

»Vielleicht können wir uns irgendwie einigen. Ich, äh … ich meine geschäftlich«, sagte der Mann halblaut. »Ich könnte Ihnen ein kleines Sümmchen bieten, und wenn wir uns beeilen, dann fahren wir ohne Ihren Komplizen los und Sie müssen nicht teilen!«

Vincent Bell sah die Freunde einem nach dem anderen an. »Denkt ihr auch, was ich denke, Kinder?«

Die Freunde nickten, und Anne war ein bisschen stolz, dass sie gerade eben so besonnen gehandelt hatte.

»Wisst ihr, wo das Abteil von dem Knilch da ist?«, fragte Vincent Bell.

Richard und Anne schüttelten den Kopf, doch Julius stutzte. Er erinnerte sich plötzlich an ein wichtiges Detail. »Moment mal. Könnte sein, dass ich es doch weiß. Als wir heute Morgen auf dem Gang sauber gemacht haben, habe ich mich gewundert, dass die Schlammspuren ein Stück weiter führten als bis zu unserem Abteil, obwohl wir dort gar nicht entlanggelaufen waren. Vielleicht hat das was zu bedeuten.«

»Und du weißt noch, bis zu welchem Abteil die Spuren führten?«, hakte Richard nach.

Julius nickte. »Glaube schon.«

»Worauf warten wir dann noch?« Richard lief sofort los.

»He, was ist denn nun mit Georg? Wir wollten doch ...« Aber die anderen waren schon den Gang hinuntergeeilt, sodass Anne nichts anderes übrig blieb, als ihnen im Laufschritt zu folgen.

»Hier müsste es sein.« Julius war vor einer der Türen stehen geblieben und schnappte nach Luft.

»Und wie kommen wir da jetzt rein?«, fragte Richard.

Aber Vincent Bell grinste nur und zog einige seltsam geformte Haken aus der Tasche. »Arbeitswerkzeug«, erklärte er sachlich. »Manche sagen auch ›Dietrich‹ dazu.«

Vorsichtshalber klopfte er an, bevor sich am Türschloss zu schaffen machte.

»Na, sieh mal einer an!«, rief er fröhlich, als die Tür wenig später aufschwang.

Auf einer der Kojen lag der Trenchcoat-Mann, an Händen und Füßen gefesselt, mit seinem sandfarbenen Bademantel bekleidet. An den Füßen hatte er schlammverklebte Pantoffeln!

Anne zeigte auf den Boden und hielt sich lachend die Hand vor den Mund. Da standen die Schuhe des Mannes, auch diese waren lehmver-

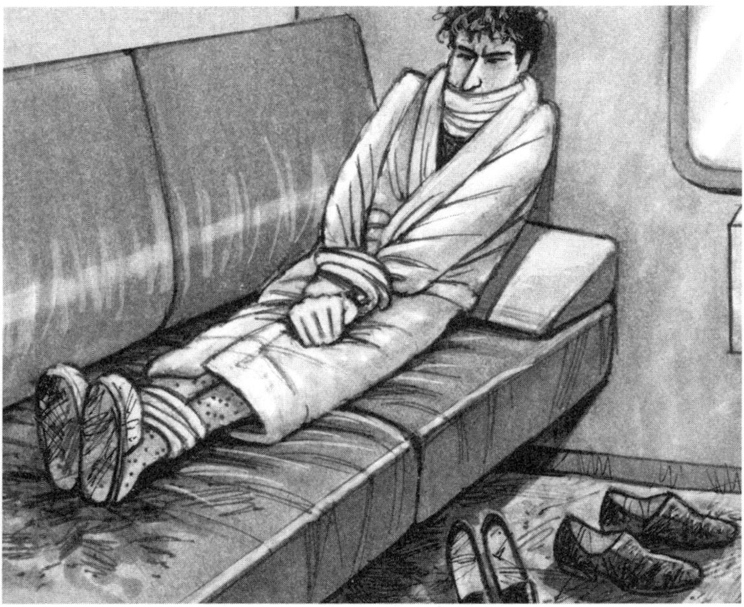

schmiert. Und daneben standen doch tatsächlich die feinen Pumps der Spinnenhaare-Frau. Und auch an diesen klebte Lehm!

»Na, das muss ja ein tolles Erlebnis für sie gewesen sein, mit ihren piekfeinen Klamotten bei dem Sturm über den Acker zu stöckeln«, kommentierte Anne.

Vincent Bell hatte Philipp Jackson derweil geholfen sich aufzurichten. Von seinen Fesseln befreite er ihn allerdings nicht. Nur den Knebel nahm er ihm aus dem Mund.

»So, mein Lieber, jetzt erzähl Onkel Vincent mal der Reihe nach, was passiert ist«, sagte der Detektiv. »Aber zuerst die wichtigste Frage: Wo sind die Münzen?«

»Ich sag gar nichts«, knurrte Philipp Jackson.

Jetzt ging Herr Bell vor ihm in die Hocke. »Oh, das würde ich dir aber empfehlen. Ich habe nämlich hier ein paar junge Leute, die einiges über die Vorgänge hier im Zug erzählen und vor Gericht als Zeugen auftreten können. Und wenn du brav kooperierst, dann könnte sich das auf deine Strafe mildernd auswirken.«

»Pah!«, fauchte Herr Jackson verächtlich.

»Übrigens ganz schön armselig, dass du dich von so einem unsportlichen Typen und seiner piekfeinen Lady so einfach hast überrumpeln lassen«, sagte Vincent Bell.

»Der wollte mich übers Ohr hauen, der Ganove!«, maulte der Trenchcoat-Mann jetzt. »Hat mir mein Geld in die Hand gedrückt, ich ihm die Münzen, da hinten im Waschraum, wie abgemacht. Und als ich nachzähle, ist es nur die Hälfte von dem Geld. Hat so ein dummes Zeug gefaselt, weil das Risiko zu groß wär oder so.«

»Was ist dann passiert?«, wollte Julius wissen. »Wir haben heute Nacht draußen Schreie gehört. Waren Sie das?«

»Hm«, machte der Gefesselte, was sowohl Ja als auch Nein heißen konnte. »An allem ist nur diese Trulla schuld.«

»Trulla?« Anne lachte.

»Ja, die Lady mit den komischen Haaren«, erklärte Jackson. »Hab die Münzen wieder an mich genommen und wollte eben in mein Abteil zurück, da springt die mich an und schubst mich durch die offene Tür aus dem Zug, dieses habgierige Biest.«

Anne konnte sich ein Grinsen nicht verkneifen, als sie sich vorstellte, wie die Frau mit den Spinnenhaaren auf den armen Jackson losging.

»Ich dachte, ich renn der spielend davon, aber Wolfram ist aus der anderen Seite vom Zug raus. War ja alles dunkel und stürmisch, und plötzlich kommt der zwischen den Waggons rausgesprungen.« Bei dem Gedanken, wie leicht er sich hatte überrumpeln lassen, schien er sich innerlich zu winden.

»Ach ja«, sagte Vincent Bell abschätzig. »Und ganz zufällig hatte er auch was dabei, um dich zu fesseln.«

Philipp Jackson wurde rot und sagte nichts. Jetzt erst fiel den Freunden auf, dass der Mann mit seinem eigenen Bademantelgürtel gefesselt war, was ihm höchst peinlich zu sein schien.

»Anfängerfehler«, kommentierte Vincent Bell. »Übrigens, erwähntest du gerade den Namen Wolfram? Interessant!«

»Also, wenn ich das richtig verstehe, haben dieser nervöse Mann und seine Spinnenhaare-Frau jetzt nicht nur das Geld, sondern auch die Münzen«, mischte Richard sich jetzt ein.

Philipp Jackson nickte betreten und ließ den Kopf hängen. Das alles musste ihm schrecklich peinlich sein. »Hat sie alles in ihrem süßen kleinen Handtäschchen.«

»Kein Wunder, dass er so schnell wie möglich zur nächsten Bahnstation will«, sagte Julius.

Plötzlich bellte Tim und erinnerte die Freunde daran, dass Georg immer noch draußen irgendwo herumlief.

Der Privatdetektiv klopfte Jackson kameradschaftlich auf die Schulter. »Tut mir leid, Kollege, aber du bleibst noch schön hier sitzen. Wir haben jetzt noch was anderes zu erledigen.«

Als sie das Abteil verließen, erklärte er den Freunden mit verbissener Miene: »Eins sag ich euch, Leute. Ich werde nicht ohne diese Münzen zu meinem Auftraggeber zurückkehren.«

Wieder war von draußen ein lautes Krachen zu vernehmen. »Au Backe!«, rief Richard. »Jetzt sollten wir aber zusehen, dass wir Georg wiederfinden. Sonst fährt der Zug noch ohne sie ab!«

Im Speisewagen fanden sie die Situation unverändert vor. Die Leute saßen beieinander und plauderten. Manche beobachteten, was draußen bei den Aufräumarbeiten vor sich ging. Die Bedienung war allerdings inzwischen wieder erwacht. Das kleine Nickerchen schien ihr gutgetan zu haben, sie sah jetzt wieder frischer aus.

Als die Freunde mit Vincent Bell zwischen den Tischen hindurchstürmten, hielt Frau Finke Anne auf. »Aber, liebe Anne, jetzt rennst du schon zum x-ten Mal hier vorbei. Du kommst ja gar nicht zur Ruhe. Komm, setzt dich doch einen Moment zu uns. Wir unterhalten uns gerade so schön.«

Plötzlich hatte Anne eine Idee. »Aber sehr gern. Und mein Bruder Richard hier, der wollte sowieso gern eine heiße Suppe essen. Sie müssen wissen, dass er an chronischem Hunger leidet.«

Richard blickte Anne fragend an, aber bei dem Stichwort Suppe strahlte er. Anne machte Julius ein Zeichen, weiterzugehen.

Richard freute sich auf seine Suppe, obwohl er natürlich genau wusste, was Anne im Sinn hatte.

Sie mussten ein wenig Geduld haben und folgten dem Gespräch am Tisch mehr schlecht als recht, denn ihre ganze Aufmerksamkeit galt der Spinnenhaare-Frau.

Endlich – Richard hatte soeben eine Tomatensuppe serviert bekommen – erhob sich die Frau, spitzte die Lippen wieder wie eine Maus und blickte nach rechts und nach links, bevor sie den Weg zur Toilette einschlug.

Anne nickte Richard zu. Jetzt!

In dem Moment, in dem die Frau an ihrem Tisch vorbeiging, stellte Richard seinen Fuß ein kleines Stück zu weit in den Gang, sodass sie gegen seine Schuhspitze stieß und beinahe stolperte. Um nicht das Gleichgewicht zu verlieren, riss sie die Arme in die Höhe. Das war der Moment, in dem Anne zuschnappte.

Triumphierend hielt sie die Handtasche in die Höhe.

Und jetzt schnell weg. Richard tat es um seine Suppe leid, aber jetzt war es wirklich wichtiger, Fersengeld zu geben. Und als er Anne unter den verdutzten Blicken sämtlicher Anwesender hinterherrannte, dachte er: Jetzt halten sie uns alle für nichts Besseres als miese Handtaschenräuber.

Die Reise geht weiter

Als der Mann der Spinnenhaare-Frau Anne und Richard mit der Handtasche seiner Frau in den Waggon stürmen sah, sperrte er den Mund auf und stammelte: »Aber … Aber …« Man konnte ihm förmlich ansehen, dass sein Gehirn anfing zu rotieren. Sollte er sich jetzt dumm stellen, explodieren oder gar aufgeben?

Anne stürmte zur Schiebetür. Wo waren denn jetzt Julius und Vincent Bell und Tim?

Anne riss die Tür auf und im selben Moment entfuhr ihr ein spitzer Schrei.

»Aber Anne, ich bin's doch nur!«, rief Georg fröhlich.

»Das musst du aber wirklich dazusagen!«, sagte Anne erschrocken. »Du müsstest dich mal sehen!«

Georg war über und über mit Schlamm und Lehm bespritzt, so als wäre sie über den Acker gerobbt. Sie zeigte auf Annes verschmierten Pullover. »Du siehst auch nicht viel besser aus.«

»Wir wollten dir gerade Tim hinterherschicken, damit … Aber du kannst dir nicht vorstellen, was hier los war!«, erklärte Anne verwirrt. Hier passierte gerade zu viel auf einmal.

Georg zeigte auf die Handtasche und grinste. »Läufst du neuerdings mit Handtäschchen rum?«

»Ach ja, stimmt ja!«, rief Anne und öffnete die Handtasche.

Jetzt kam der Mann von der Tür auf sie zugesprungen. »Gib das sofort wieder her. Die Tasche ist Eigentum meiner Frau. Du bist eine Diebin.«

Doch Anne war natürlich flinker. »Aha, Sie geben also zu, dass Sie mit der Sache zu tun haben?«

Anne griff in die Tasche. »Was haben wir denn da? Sieht nach einer feinen Münzsammlung aus!« Sie hielt ein kleines Bündel in die Höhe.

Der Mann machte einen Satz nach vorn und wollte nach dem Bündel greifen, doch da hatte Anne es schon blitzschnell Richard zugeworfen, der es grinsend in der Hand hielt.

»Vergessen Sie's«, sagte Richard. »Wir sind zu viele und zu flink für Sie.«

Das war der Moment, in dem der Mann offenbar kapierte, dass seine letzte Chance die Flucht war. Mit einem Satz war er an der Schiebetür und wollte eben hinausspringen, als er sich Tim gegenübersah, der ihn mit gefletschten Zähnen begrüßte. Er wurde flankiert von Vincent Bell und Julius.

»Guten Tag, Herr Wolfram! Wie schön, Sie endlich persönlich kennenzulernen«, sagte der Detektiv. »Welch eine Überraschung! Das hätte ich mir doch denken können, dass Sie in die Sache verwickelt sind. Traurig, wenn die Ehefrauen immer höhere Ansprüche stellen, und man nicht mehr weiß, woher man das Geld nehmen soll. Nicht wahr?«

»Ich würde Ihnen ohnehin nicht empfehlen, hier draußen allein herumzulaufen«, ergänzte Julius.

»Zumal ohne Mantel und Hut. Der Sturm geht gleich wieder richtig los! Oh, ich sehe gerade, die Gleise scheinen wieder frei zu sein!«

Der Mann, der Herr Wolfram hieß, ließ den Kopf hängen. Julius hievte Tim durch die Schiebetür und kletterte hinterher. Zu den Schmierfett-Flecken auf seinem Pullover kamen nun noch Schlammflecken von Tims Pfoten.

»Wo steckt denn eigentlich dieser Robin?«, fragte Anne.

Georg winkte grinsend ab. »Ach der, der hockt da hinten irgendwo auf dem Acker. Vollkommen außer Puste. Der hat echt keine Kondition, sag ich euch. Wenn er Glück hat, erreicht er den Zug noch, bevor wir weiterfahren. Ansonsten muss er eben laufen.«

Richard zuckte die Schultern. »Selber schuld.«

In dem Moment wurde die Tür zum Führerstand aufgerissen und Ed schaute heraus. »Was sagst du da?«

Georg zeigte mit dem Daumen über die Schultern. »Na, Ihren Kumpel können Sie vergessen. Und am besten binden Sie den Lokführer jetzt los. Gleich geht's nämlich weiter.«

Resigniert öffnete Ed die Tür ganz und ließ Richard herein, der den armen Mann endlich von seinen Fesseln befreite.

»Das wurde auch Zeit«, schimpfte der Zugführer.

»Tja«, sagte Anne, während Vincent Bell Herrn Wolfram Handschellen anlegte. »Das passiert, wenn man zur falschen Zeit am falschen Ort ein Nickerchen macht.«

Die Aufregung war groß gewesen, als der Versicherungsdetektiv mit den Kindern, Tim und den beiden Festgenommenen in den Speisewagen zurückkehrte und eine Erklärung abgab. Frau Wolfram fiel beinahe in Ohnmacht und die Freunde ernteten von den übrigen Passagieren gewaltigen Applaus.

Später wurden die Eheleute Wolfram, Philipp Jackson und Ed gefesselt in ihren Abteilen eingesperrt und bewacht. Endlich setzte sich der Zug wieder in Bewegung. Fast alle Passagiere saßen gemütlich im Speisewagen beisammen, um sich den Rest des Weges über die Vorfälle auszutauschen.

Der andere Ganove, Robin, war seinem Schicksal überlassen worden. Vermutlich hatte er sich zu Fuß abgesetzt, denn den Schlüssel für den Unimog hatte Ed in der Tasche gehabt.

Die Freunde saßen mit Vincent Bell, dem alten Herrn und den Eheleuten Finke an einem Tisch.

»Wie bist du denn an den Trenchcoat gekommen?«, wollte Anne von Georg wissen.

»Pah, das war ein Kinderspiel«, erklärte diese. »Mit der richtigen Zange vom Notfallwerkzeug war ich ruck-zuck im Abteil unseres Freunds und konnte mich bedienen. War doch eine gute Idee, oder?«

Anne hob den Daumen. »Hat astrein geklappt. Danke! Und was war jetzt in dem kleinen Bündel, wenn es nicht die Münzen waren?«

»Ach«, Georg winkte ab. »Das war nur so eine kleine Kette, die beim Werkzeug gehangen hatte. Tim hatte ich natürlich erst in unser Abteil gebracht«, sagte Georg. »Er hätte mich sonst verraten.«

»Und ich habe dich für Jackson gehalten und bin in euer Abteil eingebrochen«, sagte Vincent Bell lachend. »Das ist wirklich eine Verkettung ziemlich verrückter Ereignisse.«

Georg, die sich inzwischen gewaschen und umgezogen hatte, ließ sich bequem im Stuhl zurücksinken. »Tja, so sind wir eben. Immer für ein Abenteuer gut.«

»Aber jetzt erklären Sie uns doch bitte, woher Sie Herrn Wolfram kennen«, sagte Julius.

Vincent Bell strich sich mit der Hand durch die Haare. »Ihr wisst ja schon, dass er zum Aufsichtsrat der Eisenbahngesellschaft gehört. Diese ist einer der Hauptsponsoren des Museums. Er hat sich in letzter Zeit auffällig oft dort sehen lassen und sich sehr für die Münzsammlungen interessiert. Daher war meine Überraschung jetzt nicht allzu groß.« Er rieb sich die Hände. »Na, jetzt wird er sehen, was er davon hat.«

Frau Finke hob ihr Glas. »Und jetzt lasst uns mal anstoßen auf diese aufregende Zugfahrt.«

»Fahrt ist gut«, bemerkte Anne lachend. »Wir haben ja die meiste Zeit gestanden.«

»Jedenfalls war es sicher aufregender als eine Hochzeitsfeier«, sagte ihr Mann und zwinkerte seiner Frau zu.

Sie zuckte die Schultern. »Vielleicht kriegen wir das Ende ja noch mit.«

Georg prostete ihr zu. »Ich muss gestehen: So eine Fahrt zum Ferienkurs ist wirklich toll.«

»Siehst du!«, sagte Anne. »Ich habe es dir doch von vorneherein gesagt: *Fünf Freunde im Orient-Express.* Auch wenn es nur ein ganz normaler Nachtexpress ist, spannender kann es auch im Orient-Express nicht sein!«

Alle lachten.

»Übrigens.« Vincent Bell räusperte sich. »Die Versicherungsgesellschaft wird sich bestimmt noch bei euch melden. Wegen einer Belohnung.«

Richard grinste. »Das kommt uns doch bekannt vor!«

Dann hoben sie alle ihre Gläser und stießen an.

Leseprobe

Enid Blyton®

Fünf Freunde

erforschen die
Schatzinsel

Eine seltsame Geschichte und ein neuer Freund

Die drei Kinder blickten George überrascht an.

»Wie meinst du das?«, fragte Dick schließlich. »Die Felseninsel kann dir doch gar nicht gehören. Gib doch nicht so an!«

»Tu ich nicht«, erklärte George mit fester Stimme. »Ihr könnt meine Mutter fragen. Ich lüge nicht.«

Julian erinnerte sich an die Worte von Tante Fanny, dass George sehr wahrheitsliebend sei. Er kratzte sich am Kopf und sah George wieder an. »Reg dich nicht gleich so auf. Daran muss man sich erst mal gewöhnen. In unserem Alter ist man äußerst selten Inselbesitzer.«

»Wieso gehört die Insel dir, Georgina?«, lenkte Dick ein.

George sah ihn nur an, gab aber keine Antwort.

»Entschuldigung!«, sagte Dick hastig. »Ich wollte natürlich George sagen.«

»Schieß los, George – erzähl uns, wieso die Insel dir gehört«, drängte jetzt auch Julian und legte die Hand auf die Schulter seiner Cousine.

Sie rückte sofort von ihm ab. »Lass das«, sagte sie. »Noch weiß ich nicht, ob ich überhaupt mit euch Freundschaft schließen will.«

»Schon gut, schon gut«, sagte Julian, der allmählich die Geduld verlor. »Freundschaft, Feindschaft, was auch immer. Aber wir mögen deine Mutter und möchten nicht, dass sie denkt, wir gäben uns keine Mühe, mit dir gut auszukommen.«

»Ihr habt meine Mutter gern?«, wollte George wissen. Ihre Augen nahmen einen sanften Schimmer an. »Ja – sie ist ein Schatz, nicht wahr? Also gut – ich werde euch erzählen, warum die Felseninsel mir gehört. Kommt, setzt euch hier hin, damit uns niemand hören kann.«

Sie ließen sich in einer sandigen Ecke am Strand nieder.

George sah hinüber zu der kleinen Insel in der Bucht. »Also das kam so«, begann sie. »Vor Jahren gehörte der Familie meiner Mutter beinahe das ganze Land hier herum. Doch nach und nach verarmten sie und mussten fast alles verkaufen. Aber für diese kleine Insel wollte sich kein Käufer finden. Niemand hielt sie für wertvoll genug, vor allem, weil die Burg schon lange verfallen war.«

»Komisch«, meinte Dick, »ich würde sie sofort kaufen, wenn ich Geld hätte!«

»Meine Mutter sagt, wenn ich erwachsen bin, werde ich sie bekommen. Sie gehört also mir, sie ist meine eigene private Insel und niemand darf sie ohne meine Erlaubnis betreten.«

»Unglaublich!«, sagte Dick. »Ist so alt wie wir und hat 'ne eigene Insel! Ist doch klar, dass wir so schnell wie möglich zu deiner Insel hinüberwollen. Wann geht das nächste Schiff?«

»Nun – da wäre schon etwas zu machen«, sagte George. »Wir werden sehen. Ich habe noch nie jemanden mit hinübergenommen.«

Einen Augenblick lang trat Schweigen ein. Die vier Kinder sahen über das Wasser der Bucht zur Insel. Die Ebbe kündigte sich an. Es sah aus, als könnten sie hinüberwaten.

Dick fragte: »Und zu Fuß schaffen wir das nicht?«

»Ich sage euch ja, man kann nur mit dem Boot hinüber. Die Entfernung täuscht, es ist viel weiter, als man glaubt, und das Wasser ist sehr, sehr tief. Außerdem sind überall Felsen im Wasser – man muss genau wissen, wo man mit dem Boot entlangrudern kann, sonst sitzt man plötzlich mitten auf einem Felsen fest. Es ist ein gefährliches Stück Küste. Eine Menge Wracks lagen hier früher herum.«

»Wracks!«, rief Julian. Seine Augen leuchteten. »Toll! Ich habe noch nie ein altes Wrack gesehen. Kann man irgendwo eines durchstöbern?«

»Jetzt nicht mehr«, sagte George. »Sie sind alle weggeschleppt worden. Bis auf eins, aber das liegt an der anderen Seite der Insel, ziemlich tief. Du kannst gerade noch den zerbrochenen Mast sehen, wenn du an einem windstillen Tag darüberruderst. – Das Wrack gehört mir übrigens auch«, fügte sie stolz hinzu.

Diesmal wollten die Kinder ihrer Cousine nicht glauben. Aber sie nickte beharrlich mit dem Kopf. »Doch«, sagte sie, »es war ein Schiff, das einem meiner Ururururgroßväter gehört hat. Es war mit großen Goldbarren beladen und lief vor der Felseninsel auf ein Riff.«

»Und was ist mit dem Gold geschehen?«, fragte Anne und riss dabei die Augen weit auf.

»Das weiß keiner«, antwortete George. »Ich nehme an, es ist aus dem Schiff gestohlen worden. Es sind schon Taucher da gewesen, aber sie konnten kein Gold finden.«

»Wenn das wahr ist, ist es eine tolle Geschichte«, meinte Julian. »Ich muss das Wrack unbedingt einmal sehen.«

»Wir können vielleicht heute Nachmittag hinfahren, wenn die Flut zurückkommt«, sagte George. »Das Wetter ist ruhig und klar. Es ist sicherlich etwas zu sehen.«

»Au ja!«, rief Anne. »Aber können wir jetzt endlich mal Schwimmen gehen?«

»Ich muss zuerst Timmy holen«, sagte George und erhob sich.

»Wer ist Timmy?«, fragte Dick.

»Könnt ihr ein Geheimnis hüten? Das soll nämlich niemand zu Hause wissen.«

»Und wie!«, rief Julian. »Du kannst es uns ruhig erzählen. Wir halten dicht.«

»Timmy ist mein allerbester Freund«, sagte George. »Ich könnte nicht ohne ihn sein. Aber Vater und Mutter mögen ihn nicht und deshalb muss ich ihn verstecken. Ich hole ihn.«

Sie lief über den Klippenweg davon.

»Wer in aller Welt mag nur Timmy sein?«, wunderte sich Julian. »Irgend so ein Fischerjunge, vermute ich, von dem Georges Eltern nichts wissen wollen.«

Die Kinder legten sich in den warmen Sand und

warteten. Kurz darauf hörten sie George von der Klippe her rufen: »Komm, Timmy, komm!«

Die drei setzten sich schnell auf, um nach Timmy Ausschau zu halten. Sie sahen aber keinen Fischerjungen, sondern einen großen braunen Hund, eine Promenadenmischung, mit einem unwahrscheinlich langen Schwanz und einem so großen, breiten Maul, dass es aussah, als ob der Hund lachte. Schwanzwedelnd umsprang er George.

»Das ist Timmy«, sagte sie, als sie die Kinder erreichte. »Findet ihr nicht, dass er einfach perfekt ist?«

Von perfekt konnte keine Rede sein. Timmy hatte eine fast lächerliche Körperform, sein Kopf war zu

groß, seine Ohren zu spitz, der Schwanz zu lang. Es war unmöglich, seine Rasse festzustellen. Aber er war so vergnügt, hechelte vor Aufregung, begrüßte die drei mit Schwanzwedeln und hüpfte um sie herum, dass ihn alle gleich mochten.

»Oh, Timmy!«, rief Anne und schon spürte sie Timmys feuchte Zunge auf der Nase.

»Kein Zweifel, du bist ihm sympathisch«, bemerkte Dick und gab Timmy einen freundschaftlichen Klaps. Daraufhin sprang der Hund drei-, viermal voll Begeisterung an ihm hoch.

»Ja, George, der ist in Ordnung. Auf den kannst du stolz sein«, sagte Julian, der Hunde wirklich liebte und immer schon gern selbst einen gehabt hätte.

George setzte sich in den Sand und der Hund legte sich neben sie. Wo er nur ein Stück bloße Haut entdecken konnte, versuchte er, sie mit seiner langen Zunge zu lecken. »Ich habe ihn wahnsinnig gern«, sagte sie. »Ich hab ihn draußen im Moor gefunden, vor einem Jahr. Da war er noch ganz jung. Ich hab ihn mit nach Hause genommen. Zuerst hat ihn auch meine Mutter gerngehabt, aber als er größer wurde, hat er sie oft geärgert.«

»Was hat er denn angestellt?«, fragte Anne.

»Er ist ein schrecklicher Spürhund«, sagte George.

»Er stöberte alles auf, was er nur erreichen konnte – eine neue Decke, ihren schönsten Hut, Vaters Pantoffeln, einige seiner Papiere und was weiß ich noch. Nichts war vor ihm sicher. Und außerdem bellte er dauernd. Ich mag sein Gebell. Mein Vater nicht. Er sagt, es macht ihn ganz verrückt. Er hat den armen Timmy geschlagen. Da bin ich wütend geworden. Und er natürlich noch mehr.«

»Da gab es sicher schlimmen Ärger«, meinte Anne. »Ich möchte mich mit deinem Vater ja nicht in die Haare kriegen. Der hat vielleicht einen scharfen Blick.«

George sah auf die Bucht. Ihr Gesicht hatte sich wieder verdüstert. »Ach, der Ärger zu Hause war auszuhalten«, sagte sie nach einer Weile. »Das Schlimmste war, dass ich Timmy nicht länger behalten durfte. Und meine Mutter hat Vater noch unterstützt! Da hab ich vielleicht geheult. Tagelang. Und ich heule sonst wirklich nie, weil das mädchenhaft ist. Jungen tun das nie. Jedenfalls fast nie.«

»Na, auch Jungen weinen manchmal«, sagte Anne mit einem Seitenblick auf Dick. Ihr Bruder verpasste ihr dafür einen Rippenstoß.

George aber meinte zu Anne gewandt: »Weinen ist

kindisch. Aber als Timmy gehen musste, konnte ich nicht anders. Er hat übrigens auch geheult.«

Die Kinder sahen Timmy erstaunt an. Sie hatten bisher nicht gewusst, dass Hunde weinen können.

»Meinst du, er hat richtige Tränen geweint?«, fragte Anne.

»Nein, so nicht«, erwiderte George. »Dafür ist er zu tapfer. Er weinte mit seiner Stimme. Er hat gejault und gejault und richtig gebettelt, bleiben zu dürfen. Da hab ich gewusst, ich kann mich nie von ihm trennen.«

»Und was ist weiter geschehen?«, fragte Julian gespannt.

»Ich bin zu James gegangen, einem Fischerjungen, den ich gut kenne, und hab ihn gefragt, ob er sich um Timmy kümmern würde, wenn ich ihm mein ganzes Taschengeld gebe. Er ist auf den Vorschlag eingegangen. Daher habe ich nie Geld zum Ausgeben. Er frisst, scheint's, schreckliche Mengen – nicht wahr, Timmy?«

»Wau«, machte der Hund, rollte sich auf den Rücken und streckte die Beine in die Luft. Julian kraulte ihn.

Alle Bände auf einen Blick

Fünf Freunde

... erforschen die Schatzinsel (Band 1)
... auf neuen Abenteuern (Band 2)
... auf geheimnisvollen Spuren (Band 3)
... auf Schmugglerjagd (Band 4)
... beim Wanderzirkus (Band 5)
... auf der Felseninsel (Band 6)
... im Zeltlager (Band 7)
... geraten in Schwierigkeiten (Band 8)
... helfen ihrem Kameraden (Band 9)
... auf großer Fahrt (Band 10)
... als Retter in der Not (Band 11)
... im Alten Turm (Band 12)
... jagen die Entführer (Band 13)
... verfolgen die Strandräuber (Band 14)
... wittern ein Geheimnis (Band 15)
... auf dem Leuchtturm (Band 16)
... im Nebel (Band 17)
... und das Burgverlies (Band 18)
... und die wilde Jo (Band 19)
... und der Zauberer Wu (Band 20)
... machen eine Entdeckung (Band 21)
... meistern jede Gefahr (Band 22)
... und das Höhlengeheimnis (Band 23)
... und die Juwelendiebe (Band 24)
... und die geheimnisvolle Formel (Band 25)
... und die Entführung (Band 26)
... und das versunkene Schiff (Band 27)
... und die schwarze Maske (Band 28)
... jagen die Spione (Band 29)
... auf Expedition (Band 30)
... und das Geheimnis der Statue (Band 31)
... und die geheimnisvolle Schatztruhe (Band 32)
... und die seltsame Erbschaft (Band 33)
... suchen den verschollenen Goldschatz (Band 34)
... im Dschungel (Band 35)
... und der verdächtige Professor (Band 36)
... entlarven den Betrüger (Band 37)
... und das Vermächtnis des Ritters (Band 38)
... und die verschwundene Erfindung (Band 39)
... und die versteckten Perlen (Band 40)
... und der geheimnisvolle Schneemensch (Band 41)
... und der rätselhafte Friedhof (Band 42)
... und der gefährliche Wassermann (Band 43)
... und die geheimnisvolle Burgruine (Band 44)
... retten die Felseninsel (Band 45)